Für Janine,
Freundin und Wegbegleiterin.
Alexandra

Für meinen Sohn Mika,
der in Boltenhagen das erste Mal das Meer sah.
Carola

Das Meer bedeckt sieben Zehntel der Erdoberfläche, und der Seewind ist rein und gesund. In dieser unermesslichen Einöde ist der Mensch doch nie allein; denn er fühlt das Leben um ihn herum; ein übernatürliches wundervolles Dasein rührt sich in demselben; es ist nur Bewegung und Liebe.

Aus 20.000 Meilen unter dem Meer - Jules Verne

1

FINE

Der Wind fegt über die Wellen hinweg und trägt kleine Tropfen der Ostsee mit sich. Die Nässe vermischt sich mit dem hellen, trockenen Sand und piekst in meine Wangen. Ich stehe auf der Seebrücke und sehe dem Spiel des Meeres zu. Der Himmel spannt sich hellblau über das Wasser, Wolken ziehen schnell darüber hinweg. Ich atme tief ein und aus. Wie jeden Mittag komme ich hierher an meinen Platz und wie jeden Mittag genieße ich jede Veränderung. Die Farben des Meeres und des Himmels sind jeden Tag anders und ich liebe es so sehr, hier zu leben. Im Mai hat der Boden noch keine Sonne gespeichert. Die Kühle zieht durch die Sohlen meiner Schuhe und lässt mich frösteln. Den Frühlingsduft des Strandes mag ich ganz besonders. Die Bitterkeit der kalten Tage weicht einer Süße, die mich bezaubert. Sehnsucht steigt in mir auf. Ich weiß, woran es liegt, doch ich kann es nicht ändern. Seufzend streiche ich mir die Haare aus der Stirn, die sich aus dem Gummi gelöst haben und um meinen Kopf tanzen.

»Fine! Fiiine!«

Ich muss grinsen, als ich die glockenhelle Stimme höre, die sich mir schnell nähert. Ich bleibe stehen und tue so, als würde

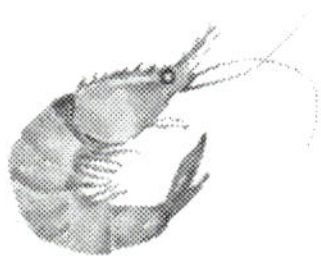

ich nichts mitbekommen. Jemand zupft an meinem Mantel und wiederholt ständig meinen Namen, der mir schon in den Ohren klingelt.

»Fine, Fine, Fine! Guck doch mal! Da bin ich!«

»Wer bist du?« Ich drehe mich ruckartig zu der Stimme hinter meinem Rücken um und verziehe mein Gesicht zu einer Grimasse, um ihn zu erschrecken.

»Haha, Fine. Du kannst mich nicht erschrecken. Vor dir hab ich keine Angst.«

»Aha«, erwidere ich lahm und schaue möglichst enttäuscht. »Max, du Krabbe. Was machst du denn hier. Solltest du nicht in der Schule sein? Woher weißt du überhaupt, dass ich hier bin?«

»Erstens bist du jeden Tag hier, zweitens schickt mich Mama und drittens haben wir donnerstags immer um zwölf aus! Das solltest du längst wissen«, mault der achtjährige Sohn meiner besten Freundin Isa.

»Hm, da hast du wohl recht. Ich streichle ihm über die braunen, schulterlangen Haare. Max ist nicht nur in modischer Hinsicht etwas Besonderes. Ich liebe den kleinen Kerl, durch dessen Adern die pure Neugier fließt, was den Umgang mit ihm zu einem spannenden Erlebnis werden lässt.

»Also, was gibt es denn? Weshalb suchst du mich?«

»Mama sagt, du sollst bitte sofort zu ihr in die Eisdiele kommen.« Dazu sieht er mich übertrieben ernst an, doch seine dunklen Augen funkeln vor Lebenslust. Am liebsten würde ich jede seiner einzelnen Sommersprossen küssen, wenn er das nicht wie die Pest hassen würde. Max nimmt meine Hand und zieht mich zum Strand.

»Komm schnell, nur einmal. Ein Wettrennen! Warum sagst du eigentlich immer Krabbe zu mir?«

Grinsend löse ich mich von ihm und beginne zu laufen.

»Dann halt Krebs!«

Mein lautes Lachen wird vom Wind weggetragen, doch ein »Boah, Fine. Wie fies!«, zeigt mir, dass er es gehört hat. Ich sehe kurz über meine Schulter – das wird knapp. Max steigert die Geschwindigkeit, seine Haare werden vom Wind hin und her geweht und ich bin froh, dass er hier am Strand auch ohne gute Sicht rennen kann.

»Bis zum Strandkorb«, brülle ich und lege an Tempo zu. Die dicke Jacke behindert mich und der kleine Teufel hat mich schon längst überholt. Er grinst mich an, als ich schnaufend wie ein Packesel nach ihm am roten Strandkorb ankomme. »Ich bin zu alt für so was.«

»Das sagst du jedes Mal. Du musst Sport machen, das meint Mama auch.«

»Ach, tut sie das, ja?« Innerlich knirsche ich mit den Zähnen. Das leidige Thema. Ich bin keine Sportskanone und werde nie eine sein. Schluss. Aus. Ende.

Max hüpft auf und ab wie ein wild gewordener Flummi, spitzt die Lippen und versucht zu pfeifen, was ihm nicht gelingen mag.

»Sag mal, Fine, was ist der Unterschied zwischen einer Krabbe und einem Krebs?«

»Krebs ist der Überbegriff für alle Gliederfüßer wie Strandkrabbe und Garnele zum Beispiel. Aber da kannst du deine Lehrerin morgen noch genauer fragen.«

»Pffff. Nö. Die mag ich nichts fragen, die mag mich nicht.«

Ich nicke wissend. Klar, Jette Hansen, auch genannt die Schreckschraube. Doch ich hüte mich, Max den Spitznamen der verhassten Frau Hansen zu nennen.

»Sie war auch meine Lehrerin und die deiner Mama.«

Das scheint Max zu beeindrucken und mich beschleicht eine Ahnung, dass meine Freundin Isa diese Tatsache, dass wir ebenfalls das Vergnügen mit der Schreckschraube hatten, aus gutem Grund vor ihrem Sohn verheimlicht hat.

Wir gehen schweigend nebeneinanderher, dann nimmt Max meine Hand und drückt sie. Ein kurzer Blick auf die Uhr sagt mir, dass wir uns sputen müssen, denn meine Mittagspause ist in dreißig Minuten zu Ende. Dann beginnt meine Nachmittagsschicht in der Bäderbibliothek, wie die Bücherei von Boltenhagen genannt wird. Da darf ich auf keinen Fall zu spät kommen. Heute lese ich für interessierte Zuhörer aus Michael Endes *Die unendliche Geschichte* und ich bin davon überzeugt, dass einige Kinder schon darauf warten.

Im alten Stadtkern, eine Straße von der Bücherei entfernt, hat meine Freundin Isa ein Eiscafé mit dem Namen *Isa's Eistraum* eröffnet und ich bin froh, dass ich nur im Sommer ab und zu am Wochenende aushelfen muss, sonst könnte man mich über die Straße rollen. Ich liebe Eis in allen Variationen und kann nur schwer widerstehen.

Das wilde Klingeln der Glöckchen, die über der Tür hängen, kündigt uns an und die schlanke, mittelgroße Frau hinter der Theke dreht sich graziös um.

»Meine Lieblingsmenschen sind endlich da.« Ihr schmales Gesicht erstrahlt von ihrem Lächeln, sie hat ihre schwarzen Haare kurz geschnitten, was ihr perfekt steht. Wobei zu meiner lieben Freundin Isabel alles passt – es gibt keinen schöneren Menschen als sie. Von außen wie innen. Als könne sie meine Gedanken lesen, zieht sie eine Augenbraue hoch, was ihr den Ausdruck einer leicht angesäuerten Diva verleiht, verdreht ihre Augen und reicht mir eine Waffel mit einer riesigen Kugel Schokoladeneis.

»Hier, für dich. Ich habe es selbst gemacht und noch eine Geheimzutat beigemischt. Probier' mal.«

Ich seufze übertrieben, schäle mich aus meinem dicken Mantel, den ich über einen Barhocker lege, und nehme das Eis dankbar entgegen.

»Deshalb sollte ich herkommen? Mein Dienst fängt in einer Viertelstunde an und du verpasst mir einen Zuckerschock.«

»Ich wollte einfach, dass du das Eis probierst, und es ist weniger Zucker darin.«

In meinem Gesicht spiegeln sich Zweifel wider. Das sieht weniger nach Probieren als nach Bestechung aus.

»Mir schmeckt alles, was du machst, deshalb glaube ich dir nicht.«

Max ist hinter die Theke geschlüpft und schäumt gekonnt Milch in einem Kännchen auf. Isa dreht sich zu Max und hebt ihn nach oben. Er zieht eine Metalldose aus dem Regal, dann setzt sie ihn wieder auf dem Boden ab.

»Danke, Mama.«

»Gerne doch, mein Schatz.« Sie küsst ihn liebevoll auf den Scheitel und sieht mich wieder an.

»Also echt, Isa, spuck's aus.« Bevor das Eis schmilzt und auf meine Finger tropft, lecke ich daran. Der Geschmack nach Schokolade lässt meine Geschmacksnerven fast explodieren. »Gott, ist das lecker. Wenig Zucker, echt? Doch was ist da noch drin? Welches Gewürz?«

»Sag ich nicht. Da musst du selbst draufkommen. Und ja, ich wollte dich um etwas bitten.«

»Okay. Was immer es ist, ich mache es.«

»Auch wenn es etwas kurzfristig ist?«

»Isa, nerv jetzt nicht. Bring Max einfach vor dem Zubettgehen zu mir. Er kann bei mir schlafen und ich bringe ihn morgen zur Schule. Wenn er mag …«, sage ich in den Raum hinein. »Wenn es der Max ist, der gerne Gruselgeschichten mag, der Max, der mit mir Pfannkuchen backt, der Max, der gerne kuschelt …«

»Au ja!« Max fällt seiner Mutter um den Hals und ich beobachte die beiden liebevoll. Isas Bitte an mich kommt nicht überraschend. Soweit ich weiß, heißt der Grund Sascha, ist Student, sieht umwerfend aus und ist ab und zu in Boltenhagen, um sich mit meiner besten Freundin zu treffen. Isabel grinst und ihre hellbraunen Augen funkeln, dann zuckt sie mit den Schultern und ich muss lachen. Das soll wohl eine Art Entschuldigung sein, frei nach dem Motto: Er sieht so toll aus, was soll ich machen?

»Ich muss jetzt los. Hier, das kannst du fertig essen, ich schaffe das nicht mehr.«

»Und es ist wirklich okay?«, ruft mir Isa nach. »Was ist mit Hubertus?«

Ich deute auf mein Ohr, doch sie weiß natürlich, dass ich alles gehört habe.

»Hubertus muss heute auf mich verzichten, ich mache mir einen fantastischen Abend mit meinem Patensohn«, rufe ich zurück.

Schnell lege ich die Meter bis zur Bücherei zurück, eine Traube von Menschen hat sich an der verschlossenen Tür zusammengedrängt und schaut mir erwartungsvoll entgegen. Ich liebe meinen Job!

Gut gelaunt schiebe ich mich an den Kindern und ihren Eltern vorbei und schließe die Tür zur Bücherei auf. Wie ich es vermutet habe, ist mein Vorlesenachmittag sehr gut besucht. Lächelnd beobachte ich die Kinder, die auf den großen Sitzkissen Platz nehmen und es sich gemütlich machen. Ganz vorn winkt mir Fritz zu. Der kleine Kerl kann es kaum erwarten, dass ich beginne, und klatscht aufgeregt mit den Händen. Überhaupt kenne ich beinahe alle Kinder und die Eltern dazu, was in dem kleinen Ostseebad Boltenhagen nicht ausbleibt. Mit den meisten habe ich die Schulbank in der Grundschule gedrückt und auch das Gymnasium in der nächsten Stadt besucht. Uns verbindet dieser magische Ort, in dem das Meer schon immer das Leben seiner Bewohner bestimmt hat. In Ruhe nehme ich das Buch zur Hand, setze mich in den Sessel und schlage die Stelle auf, an der ich vorgestern stehen geblieben war.

Langsam kehrt Stille im Raum ein. Ich lächle die Kinder an und bin glücklich, dass die Magie der Wörter zumindest für den Augenblick bei meinen Zuhörern wirkt. Ich beginne zu lesen und lasse mich von den Beschreibungen Michael Endes sofort in den Bann ziehen. Als ich das Kapitel beendet habe, lege ich eine kurze Pause ein, um zu sehen, ob eines der Kinder eine Frage hat, deren Beantwortung nicht warten kann. Mein Blick schweift über die kleinen und größeren Leseratten und dann sehe ich ihn. Er lehnt an einem Regal und sieht mich unverwandt an.

Mein Herz setzt einen Augenblick aus, um dann umso schneller zu schlagen und meinen Blutdruck in die Höhe zu treiben.

Raik. Der Raik, der mich so geküsst hatte, dass ich es nie vergessen habe. Der Raik, dessen graue Augen jedes Mädchen in der Schule verrückt machten. Der Raik, der sein Versprechen brach, Boltenhagen verließ und nie mehr zurückkehren wollte …

2

RAIK

Die Worte, die bis zu diesem Moment durch den Raum geklungen sind, hinterlassen eine Stille, die nur von dem leisen Geraschel der Kinder unterbrochen wird, die unruhig auf ihren Sitzkissen hin und her rutschen. Der Blick der Frau liegt unverwandt auf mir. Ein paar Kinder und Erwachsene folgen diesem, um nachzuschauen, was sich denn so Interessantes hinter ihnen befindet. Als sie mich im Türrahmen lehnen sehen, spricht aus ihren Augen Verwunderung, die sich auch in denen der Frau widerspiegelt. Nicht irgendeine Frau. Ich kenne sie, würde sie jederzeit und überall erkennen. Fine Petersen. Das Buch immer noch auf ihrem Schoß hält sie ihren Blick weiter auf mich gerichtet. Auf ihre Wangen hat sich eine zarte Röte gelegt. Verlegen streicht sie sich eine nicht vorhandene Haarsträhne aus dem Gesicht. Wir haben beide nicht erwartet hier aufeinanderzutreffen und doch sehen wir uns jetzt an.

»Kannst du nicht weiterlesen?«, murrt ein kleiner Junge mit kurzen, hellblonden Haaren und löst so unseren Blickkontakt.

»Jaaa, es war gerade sooo spannend!«, unterstützt ihn ein Mädchen, das sich eine Strähne ihrer braunen Haare um den

Finger wickelt. Doch irgendwie habe ich das Gefühl, den Zauber des Augenblicks, der sie alle gefangen hielt, zerstört zu haben.

»Entschuldigung, ich wollte …« *Sie* nicht unterbrechen, liegt es mir auf der Zunge. Sie zu siezen, erscheint mir allerdings albern. Schließlich kenne ich sie von früher. Doch das ist lange her … »Es war niemand vorn in der Touristen-Infomation …«, sage ich stattdessen und deute hinter mich, als würde das alles erklären.

»Schon gut, wir sind hier sowieso gleich fertig.« Sie will das Buch zur Seite legen und aufstehen, da schlägt ihr lauter Protest der Kinder entgegen.

»Wir haben noch fünf Minuten!« Es ist wieder der Kleine, der mich mit seinem Blondschopf an Michel aus Lönneberga von Astrid Lindgren erinnert. »Erst wenn der große Zeiger bei der zwölf angekommen ist, sind wir fertig!«, erklärt er mit lauter Stimme und deutet auf die Uhr, die an der Wand hängt.

Fines Lippen verziehen sich zu einem Schmunzeln und auch ich kann mir ein Grinsen nicht verkneifen.

»Wenn das so ist, will ich die letzten fünf Minuten auf keinen Fall verpassen!« Ich stoße mich von der Wand ab und gehe auf die Kinder zu, die mir zwischen sich auf dem Boden Platz machen. In Fines Augen blitzt es amüsiert auf, als ich mich im Schneidersitz zwischen die Kids setze. Immer noch ein leichtes Lächeln auf den Lippen greift sie wieder zu dem Buch und schlägt es auf.

»Gut, dann wollen wir mal sehen, wo wir gerade waren …«

»Bei Atréju, wie er mit Fuchur durch die Lüfte saust«, hilft ein Mädchen.

»Ich würde so gerne mal auf Fuchur reiten«, flüstert mir der Junge neben mir zu.

»Ich auch. Das muss gigantisch sein«, flüstere ich zurück. Energisch nickt er zur Bestätigung, dann legen wir beide gleichzeitig verschwörerisch den Finger auf die Lippen und sehen nach vorn.

Fine beginnt erneut zu lesen und in wenigen Sekunden hat sie mich in die Geschichte gezogen, dich mich während meiner Kindheit schon gefesselt hatte. Zwar hatte ich mich nicht wie der Junge Bastian im Buch in der Schule vor den anderen Kindern versteckt, aber dafür zu Hause auf unserem Dachboden, wenn ich dem genervten und mürrischen Blick meiner Mutter entfliehen wollte. Dort, in einer Ecke unter der Dachschräge neben der kleinen Luke hatte ich mir ein Lager errichtet und stürzte mich in Geschichten voller Abenteuer und Fantasie, um dem harten Alltag auf unserem Hof zu entgehen und das lieblose Gebaren meiner Mutter zu vergessen. Ohne es zu wollen, weckt dieser Augenblick unvermittelt Erinnerungen, die ich lange verschlossen hatte und nie mehr hervorholen wollte …

Erst das laute Zuschlagen des Buches und ein bestimmtes »Jetzt reicht es aber, Kinder« von Fine bringen mich wieder in die Realität zurück. Um mich herum entstehen Hektik und Gedränge und ich erhebe mich inmitten des Gewusels vom Boden.

Ich nutze die Gelegenheit und lasse mich von der Gruppe mitziehen. »Das war sehr schön«, rufe ich ihr beim Hinausgehen noch zu, dann verschwinde ich schnell die Treppen hinunter und durch die großen Eingangstüren ins Freie, ehe sie mich in ein Gespräch verwickeln kann. Denn die Worte, die sie für mich finden würde, will ich nicht hören. Auch wenn sie alles Recht der Welt hat, sie auszusprechen. Denn ich habe ihr vor langer Zeit das Herz zerrissen – und dafür gibt es keine liebevollen Worte.

Mit großen Schritten eile ich den Fußgängerweg entlang, der zum Parkplatz hinter dem Kurhaus führt. Er schlängelt sich durch erwachendes Grün, das an Bäumen und Sträuchern in hellen Nuancen überall seine Fühler Richtung Sonne streckt. Ein paar Enten tummeln sich auf dem kleinen Bachlauf und unterhalten sich schnatternd. Ein älteres Paar kommt mir entgegen. Es ist merkwürdig, wieder in Boltenhagen zu sein. Wochenlang hatte ich mich dagegen gewehrt, zurückzukehren, doch mein Bruder hatte nicht aufgehört, mich zu bearbeiten, bis ich am Ende nachgab. Im Endeffekt kann ich Thore nur zustimmen, es muss eine Entscheidung gefällt werden, was mit dem Hof unserer Eltern passieren soll, bevor er zusehends verfällt und immer mehr an Wert verliert.

Beim Auto angekommen stelle ich fest, dass ich den Grund, weswegen ich ursprünglich in die Kurverwaltung gekommen war, völlig aus den Augen verloren habe. Eigentlich wollte ich ein Unterkunftsverzeichnis mitnehmen, da sich in mir der Gedanke festgesetzt hat, den Hof möglicherweise in ein Ferienhaus zu verwandeln. Aber Fines Stimme drang durch das Treppenhaus und zog mich wie eine Art Sirenengesang magisch an. Plötzlich ihre Stimme wieder zu hören, hatte mich völlig aus dem Gleichgewicht gebracht und ich brauchte Sicherheit, musste wissen, ob sie es ist …

Sie dort so sitzen zu sehen, mit den Sonnenstrahlen, die über ihre rotblonden Haare zu tanzen schienen und ihnen einen wundervollen Schimmer verliehen, der sich in ihren blaugrünen Augen widerspiegelte … Mir entfährt ein leiser Seufzer. Sie hatte mich schon damals immer an eine der guten Feen aus meinen Büchern erinnert.

Offenbar ist sie immer noch eine Leseratte und ganz verliebt in Bücher, denn diesen leicht verträumten Ausdruck, der sich vorhin auf ihr Gesicht legte, hatte sie tatsächlich schon zu Schulzeiten. Ich versuche, ein Schmunzeln zu unterdrücken bei dem Gedanken, wie sie sich auf dem Schulhof immer hinter ein paar Büschen versteckte, um in Ruhe lesen zu können. Wenn sie nach der großen Pause herausgekrabbelt kam, war ihr Zopf jedes Mal zerzaust und kleine Blätter hatten sich in ihren Haaren verfangen. Der bullige Jens machte sich jedes Mal lustig über sie, aber sie marschierte unbeeindruckt an uns vorbei, ihr Buch fest an die Brust gedrückt. Es waren genau die Momente, die dazu geführt hatten, dass …

Ruckartig schüttle ich den Kopf und fahre mir heftig mit der Hand übers Gesicht. Ich will mich nicht in diesen alten Erinnerungen verlieren. Es war damals schwer genug, sie unter Kontrolle zu bringen und mich nicht mehr von ihnen beeinflussen zu lassen. Heftiger als beabsichtigt öffne ich die Autotür und ramme sie dabei fast gegen ein weiteres parkendes Auto. Fluchend steige ich ein und bemühe mich, mit der Tür etwas sanfter umzugehen, denn sie kann nichts für meinen Unmut. Schließlich starte ich den Wagen und mache mich auf den Heimweg.

Die Wiesen sind übersät mit Löwenzahn, der mit seinen knallgelben Blütenköpfchen wie ein Teppich das saftige Grün der Weiden ziert. Auf den Feldern ist auch der Raps kurz vor der Blüte und das Getreide steht schon recht hoch. Ich folge einige Minuten der Landstraße in Richtung Klütz, bis ich die Abzweigung zur alten Dorfstraße erreiche. Straße ist hier jedoch ein falscher Begriff. Es handelt sich um einen betonierten Feldweg, der nur dann und wann noch von den Bauern der Umgebung genutzt wird und dadurch von Schlaglöchern und Rissen gezeichnet ist. Langsam taste ich mich voran, fahre im Schritttempo, denn die Federung meines alten Fiestas ist nicht mehr die beste und eine Reparatur kann ich mir momentan nicht leisten. Nach endlos erscheinenden Minuten, die mehr einem ruckeligen Auf und Ab ähneln, als dass man es als Fahren bezeichnen könnte, habe ich endlich das Haus erreicht. Erleichtert atme ich durch. Nächstes Mal nehme ich wohl doch besser das Rad.

Die Einfahrt wird von zwei verklinkerten Torpfosten eingefasst, die hier und da bröckeln. Das große Hoftor aus Holz hängt schief in den Angeln und die dunkelgrüne Farbe ist an vielen Stellen abgeblättert. Ich fahre über die mit Moos zugewucherten Pflastersteine und parke das Auto neben dem Haus. Überall steht das Gras so hoch, dass es mir fast bis zur Hüfte reicht. Hier wartet eine Menge Arbeit auf mich, die sich sicher nicht in ein paar Tagen bewerkstelligen lässt. Gut, dass ich momentan viel freie Zeit zur Verfügung habe, sonst wäre das hier nicht zu stemmen.

Einen Moment bleibe ich vor der großen Bauernkate stehen, die die typische Form norddeutscher Häuser hat, mit spitz zulaufendem Dach, das mit Reet gedeckt ist.

Ich werfe einen Blick auf den weiß lackierten Rahmen der zweiflügeligen Tür, die mit einem schönen Rundbogen gearbeitet ist. Auch sie hat schon bessere Zeiten gesehen, ebenso wie die Fensterrahmen. Mit einem tiefen Seufzer ziehe ich mein Handy hervor und wähle die Nummer meines Bruders. Thore geht nach dreimaligem Klingeln dran.

»Hey, wie ist die Lage? Kriegen wir die Hütte dieses Jahr noch vermietet?« Aus seinem Tonfall meine ich, einen Hauch von Gier herauszuhören – wie immer, wenn es um Geld geht. Denn davon hatten wir früher nie genug.

»Das halte ich für ein wenig zu optimistisch. Hier ist doch mehr zu tun, als ich anfangs dachte.« Ich gehe den Weg bis zur Eingangstür. »Heute Nacht bei meiner Ankunft konnte ich das Haus ja nur von innen begutachten, aber bei Tageslicht betrachtet erkenne ich jetzt erst das ganze Ausmaß. Und das sieht nach viel mehr Arbeit aus als angenommen.«

Ich öffne die Haustür und trete in den dunklen Flur, in dem sich der Platz für Jacken und Schuhe befindet. Mein Blick fällt auf die dunkelbraun gebrannten Bodenfliesen. *Keine gute Wahl,* schießt es mir durch den Kopf. Sie machen alles optisch noch kleiner, als es eh schon ist.

»Ach, ich bin mir sicher, das bekommst du locker in ein paar Wochen hin. Schließlich bin ich derjenige in der Familie, der kein handwerkliches Talent besitzt – im Gegensatz zu dir.«

»Um Sträucher zu schneiden, einen Rasen zu mähen oder ein Hoftor zu streichen, braucht es kein Talent«, entgegne ich genervt. Es stinkt mir, dass er mich mit der ganzen Sache allein lässt, aber wenn alles läuft, seinen Anteil an der Sache kassieren will.

»Komm schon, du weißt, dass ich zu weit weg wohne, als dass ich dir helfen könnte. Außerdem braucht mich meine Familie. Im Gegensatz zu dir, du hast ja niemanden, um den du dich kümmern musst.«

Der kleine Seitenhieb erreicht erfolgreich sein Ziel. Wütend streife ich die Stiefel ab und kicke sie in die Ecke. Aber vielleicht bin ich wirklich nicht für eine Familie gemacht. Ich bin zu umtriebig, ruhelos und eigensinnig, um es mit den Worten meiner Mutter zu formulieren.

»Das Dach muss wahrscheinlich ausgebessert werden. Ich brauche dir wohl nicht erklären, was das bedeutet«, bringe ich uns wieder zum Ursprungsthema zurück.

»Bist du dir da ganz sicher?« Ich kann seine Angst nun riechen, ein Reetdach ist immer mit immensen Kosten verbunden, ein Leben lang. Müde schlappe ich in einen angrenzenden Flur, von dem aus über eine Treppe das obere Stockwerk zu erreichen ist, sowie die Türen, die zur Küche, zum Haushaltsraum und zur Wohnstube führen. Ich schlage den Weg zur Küche ein, denn ich brauche dringend einen Kaffee. Ein muffiger Geruch hat sich überall ausgebreitet. Kein Wunder, denn nach dem Tod meiner Eltern hat ein entfernter Nachbar nur ab und an kontrolliert, das niemand eingestiegen ist. Ansonsten hat sich keiner um das Haus gekümmert.

»Ich werde das Dach begutachten lassen, dann wissen wir, woran wir sind. Ich melde mich wieder bei dir, wenn ich Näheres weiß.« Mir ist die Lust vergangen, mit ihm über Details zu diskutieren.

»Okay, dann viel Erfolg, Brüderchen.«

Ich lege auf, ohne mich zu verabschieden, und bemerke, dass die Kiste mit den Einkäufen noch im Kofferraum meines Wagens steht. Leise vor mich hin fluchend laufe ich zurück zum Auto und hole die Sachen, die ich unterwegs besorgt habe. Als endlich die Kaffeemaschine gurgelnd und zischend zum Leben erwacht und sich der aromatische Duft von frischem Kaffee im Raum verbreitet, fühle ich mich etwas besser. Ich laufe durch die Räume und reiße alle Fenster und Türen auf, um frische Luft hereinzulassen. Dann setze ich mich mit meinem Kaffee auf den steinernen Boden der Terrasse und beginne, mir in einem abgegriffenen Notizblock Ideen für den Umbau zu notieren. Vielleicht wird der Sommer doch nicht so schlecht, wie zunächst angenommen.

Ich bin so in meine Gedanken vertieft, dass ich die Person auf dem Fahrrad gar nicht wahrnehme, bis sie nur ein paar Meter vor mir stoppt. Mein Blick trifft auf blaugrüne Augen, die mich interessiert mustern.

»Sieh mal einer an. Dann war das vorhin doch kein Trugbild in meiner Bücherei. Raik Jensen ist tatsächlich zurückgekehrt.« In Fines Worten schwingt ein leicht amüsierter Unterton mit. Leichtfüßig schwingt sie sich vom Fahrrad und ich kann nicht anders, als meine Augen über ihren Körper wandern zu lassen, der in eng anliegenden, pastellfarbenen Hosen und einer dazu passenden gestreiften Bluse steckt. Die Haare hat sie zu einem lockeren Knoten geschlungen.

Hastig stehe ich auf. Was zum Teufel will sie hier? War es denn zwischen uns in der Vergangenheit nicht alles schon schwer genug?

»Ich glaube kaum, dass dich das was angeht, Fine Petersen«,

antworte ich barsch, um den Abstand zwischen uns aufrechtzuerhalten.

»Ach ja, und dass du einfach so während der Kindervorlesung in meine Bücherei hineinspazierst, und dann sogar noch eine Weile daran teilnimmst. Das geht mich dann wohl auch nichts an, hmmm?«

Sie stellt ihr Rad ab und kommt mir ein paar Schritte entgegen. So herausfordernd habe ich sie gar nicht in Erinnerung.

»Ich wusste gar nicht, dass es *deine* Bücherei ist«, kontere ich sofort. »Ich dachte, sie gehört zur Kurverwaltung.« Provozierend hebe ich eine Augenbraue.

»Weißt du, eigentlich wollte ich nur kurz nachsehen, ob du vielleicht etwas brauchst, da du anscheinend wieder hier wohnst. Aber du bist offenbar immer noch so ein …« Sie beißt sich schnell auf die Lippe und Röte färbt ihre blasse Haut. Wie vorhin, doch jetzt ist es Zorn. Ihre Augen sprühen förmlich Funken.

»Arsch? Mistkerl? Blödmann?«, versuche ich, ihr zu helfen und kann mir nun ein Grinsen kaum noch verkneifen. Verdammt, ihre kratzbürstige Seite hat mich früher schon fasziniert. Nur hat sie diese nach meinem Geschmack viel zu selten gezeigt.

Ein wütendes Schnauben kommt über ihre Lippen und ihr Teint wird noch einen Hauch röter. Ohne ein weiteres Wort dreht sie sich um, steigt aufs Fahrrad und fährt davon.

»Fine, warte!« Ich renne ihr hinterher, doch sie ist schneller. Als ich bei der Einfahrt ankomme, ist sie schon zu weit weg.

Aber es wird nicht das letzte Mal gewesen sein, dass wir uns begegnen, da bin ich mir sicher. Boltenhagen ist einfach zu klein, um sich nicht über den Weg zu laufen.

3

FINE

So ein Idiot! Ich trete mit aller Kraft in die Pedale und bin wütend. Wie konnte ich nur auf die Idee kommen, bei ihm vorbeizufahren, um zu sehen, wie es ihm geht? Und das nach all den Jahren! Bescheuert! Das Kopfschütteln kann ich mir sparen, denn der Wind zerzaust mir meine Haare, die sich widerspenstig aus dem Gummi gelöst haben.

Wie er da an der Tür in der Bücherei stand, lässig wie eh und je. Ich erkannte ihn sofort, er hat sich in dieser Zeit kaum verändert. Seine hellbraunen Haare trug er als Zopf, der sein kantiges Gesicht etwas weicher erscheinen ließ. Sein kurzer Bart war ebenfalls neu, eine Spur dunkler als seine Haarfarbe, dazu seine grauen Augen, die durch seine gebräunte Haut hervorragend betont wurden. Verärgert versuche ich, die Bilder aus meinem Kopf zu bekommen und stemme mich gegen den Wind. Am liebsten würde ich zum Strand fahren, denn das Meer und die Wellen haben eine beruhigende Wirkung auf mich, doch ich bin weit davon entfernt. Ich habe das Gefühl, dass der Wind mich gleich vom Rad fegen wird. Das ist mir gerade so was von egal. Der Weg befindet sich in einem völlig desolaten Zustand. Ich konzentriere mich darauf, nicht zu

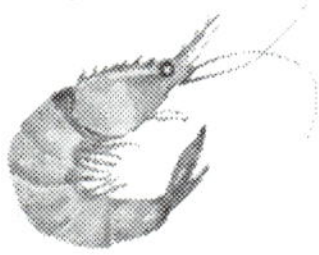

fallen, denn ich möchte auf keinen Fall absteigen und schieben. Plötzlich bleibt mein Vorderrad in einer Kuhle stecken, blockiert und ich stürze mit einem Überschlag auf den Boden.

Au! Ich bleibe auf dem Rücken liegen und überprüfe, ob ich alle Gliedmaßen noch bewegen kann. Obwohl ich weiß, dass es allein meine Schuld war, könnte ich Raik in den Boden stampfen. *Blöder Kerl! Was will er überhaupt hier? Hatte er nicht geschworen, nie wieder zurückzukommen? Was wird Isa dazu sagen?* Mein Telefon vibriert. Ohne meine Position zu verändern, ziehe ich es aus meiner Hosentasche und melde mich mit einem barschen: »Hallo.«

»Fine, Schatz. Wo bist du denn? Ist etwas passiert?«

»Hubertus. Nein. Alles ist in Ordnung. Warum fragst du?« Erschrocken über den Anruf meines Verlobten richte ich mich auf und stütze mich auf meine Ellbogen. Das tut mir zwar weh, aber gebrochen ist nichts.

»Hast du unsere Verabredung vergessen?« Hubertus' Stimme klingt freundlich und eine Spur besorgt.

»Ich habe sie nicht vergessen. Ich wollte nur noch etwas die Sonne genießen.«

»Du bist nicht zuhause?« Seine Stimme klingt, als hätte ich geplant, nach Dänemark zu schwimmen.

»Ist das so ungewöhnlich?«, weiche ich aus. »Es bleibt dabei, wir treffen uns dann bei mir.«

»Ich freue mich auf dich, Schatz. Dann nehme ich den Patienten noch an. Das ist meine gute Tat des Tages.« Er legt auf. Hubertus Ahrens ist Zahnarzt und hat die Praxis seines Vaters übernommen, die er mit Hingabe führt. Er ist mit Leib und Seele für die Zähne kleiner und großer Menschen da und immer ausgebucht. Trotzdem frage ich mich, ob es als gute Tat bezeichnet werden kann, jemandem den Zahn aufzubohren. Bei der Vorstellung fühle ich mich noch schlechter. Ich rapple mich auf und komme vorsichtig auf die Beine. Alles scheint okay zu sein, was man von meinem Rad nicht sagen kann. Mit Mühe hebe ich es auf und betrachte die verbeulte Felge. Das kann ich nicht mehr benutzen. Wer sein Rad liebt, der schiebt. Mein quietschgelbes Hollandrad mit den dicken Reifen und den dunkelblauen Bastkörben ist mein Heiligtum. Ich habe es nach dem Tod meiner Mutsch übernommen, und das ist das Einzige, was ich zur Fortbewegung und als Transportmittel benötige. Boltenhagen ist keine Großstadt. Hier scheinen die Menschen für den Alltag etwas mehr Zeit zu haben. Ich seufze und gehe den Weg humpelnd zurück, den ich vor zehn Minuten so emotionsgeladen in die andere Richtung geradelt bin. Jetzt schmerzt mein ganzer Körper, als wäre ein Elefant über mich getrampelt. Im Eifer des Gefechts hatte ich vergessen, dass die Straße an Raiks Hofreite in einer Sackgasse endet. Danach gibt es nur noch Felder und Wiesen, so weit das Auge reicht. Hinter den hohen Bäumen sehe ich das Reetdach vom Raiks Elternhaus. Aufsteigende Panik lässt mich kurz darüber nachdenken, mich durch das Rapsfeld zu schlagen, doch mir ist nicht gut und auch etwas schwindlig. Die schmale Straße führt direkt an seinem Vorgarten vorbei und wieder verfluche ich meine Dummheit, bei Raik vorbeigeschaut zu haben. Wenn ich ehrlich zu mir bin, hat mich die Neugierde, etwas über seine jetzigen Lebensumstände zu erfahren, zu ihm getrieben. Erschöpft lehne mich an den Lenker und sammle meine Kräfte, doch ich kann mir gut vorstellen, wie mein Rad und ich aussehen müssen. Vielleicht habe ich Glück und Raik hat drinnen zu tun, sodass ich mich unbemerkt am Haus vorbeischleichen kann. Mit durchgestrecktem Rücken, den Blick geradeaus gerichtet, bin ich fast auf Höhe der Eingangstür. Mein Bein schmerzt, Blut läuft mir die Schienbeine hinunter, der Schweiß fließt mir in Strömen den Rücken hinunter, mein Kopf pocht und mir wird übel. Ein Trauerspiel. Ich beiße die Zähne zusammen und lehne meinen Oberkörper nach vorn, um das Rad schneller schieben zu können. Nur noch einige Meter und ich habe es geschafft und bin an Raiks Haus vorbei.

»Was ist dir denn passiert? Du siehst furchtbar aus!«

Ganz fantastisch. Das war klar. Ohne mich nach der Stimme umzudrehen, bleibe ich stehen.

»Ich hatte einen Unfall, aber nichts Schlimmes.«

»Einen Unfall? Brauchst du Hilfe?«

Die Stimme kommt näher und ich schließe kurz die Augen, um mich zu sammeln. »Nein danke, ich habe alles im Griff.«

»Dein Rad hat einen Achter im Reifen. Du kannst nicht mehr fahren.«

»Das ist richtig. Deshalb schiebe ich es auch.«

»Du siehst aus, als könntest du jemanden brauchen, der dich nach Hause fährt.«

Ich kann das Grinsen in seiner Stimme hören. Anscheinend macht es ihm einen Riesenspaß, mich in diesem desolaten Zustand zu sehen.

»Nein, danke. Ich komme zurecht.«

»Du bist immer noch so stur! Was ist denn dabei, wenn du dir von mir helfen lässt? Du bist zerschunden, deine Knie sind blutig. Keine Ahnung, wie viele Wunden du hast. Weshalb kannst du mir nicht ins Gesicht sehen?«

»Das ist wieder typisch Raik!« Ich fahre zu ihm herum und schaue direkt in seine grauen Augen. Die schnelle Bewegung tut mir nicht gut, plötzlich dreht sich alles um mich und mir wird schlecht. Ich lasse das Rad los und ergreife Raiks Hände, die mich zur rechten Zeit festhalten.

»Du kommst jetzt mit ins Haus, setzt dich hin und trinkst ein Glas Wasser. Hast du dir den Kopf gestoßen?«

Schweigend nicke ich, höre Raiks Worte, doch fühle mich plötzlich zu müde, um ihm antworten zu können.

»Um Himmels willen!« Seine dunkle Stimme hört sich erschrocken an, irgendetwas läuft mein Gesicht herunter, ich fasse hin und halte meine Finger vor das Gesicht, sie sind rot. Blut … ich blute!

»So ein Mist! Ich habe das gar nicht bemerkt.« Dann muss

ich lachen, Raiks Gesichtsausdruck ist auch zu komisch. Die Situation ist einfach irre. Heute ist doch ein ganz gewöhnlicher Tag und mein Leben war in Ordnung – bis Raik aufgetaucht ist.

»Normal«, sage ich zu ihm. »Völlig normal.«

»Du spinnst doch«, murmelt er und dann fühle ich keinen Boden mehr unter meinen Füßen.

»Huch!« Ich deute zum Himmel. »Blau, so blau!«

»Du bist auf den Kopf gefallen, anders ist dein Verhalten nicht zu erklären!« Er sieht auf mich herunter. Für einen Augenblick fühle ich die Vergangenheit in mir pulsieren. Diese Augen mit den langen Wimpern, um die ihn jede Frau beneiden würde, diese lange römische Nase und das kantige Kinn. Ich könnte ihn noch lange anstarren, doch dann wird mir bewusst, dass ich in seinen Armen liege und er mich ins Haus trägt. Eine Situation, wie ich sie in meinen Büchern schon tausendmal gelesen und geliebt habe. Dennoch unterscheidet sich diese hier sehr von der Realität, denn ich blute und habe anscheinend ein Loch im Kopf.

Vorsichtig stellt mich Raik in der großen Wohnküche wieder auf die Beine, zieht mit dem Fuß einen Stuhl näher heran.

»Setz dich und bleib so. Ich hole Wasser. Kannst du jemanden anrufen? Ich bringe dich gleich ins Krankenhaus.«

»Auf keinen … Au!« Ich drücke mit der Handfläche gegen meine Stirn.

»Bleib! Sitzen! Bitte!«

Mit fahrigen Fingern suche ich nach meinem Telefon, ziehe es aus meiner Hosentasche. Am besten, ich rufe Isa an, Hubertus ist nicht abkömmlich und ich möchte ihm nicht erklären müssen, weshalb ich in Raiks Haus sitze und was mir passiert ist. Zudem mag ich mir nicht vorstellen, wie er darauf reagieren wird, wenn er erfährt, dass Raik wieder da ist.

»Du bist doch zurückgekommen?«

Raik sieht mich an, antwortet mir aber nicht. Er kommt mit einer Schüssel, die er auf den Tisch stellt, und taucht ein kleines

Handtuch in das Wasser. Ich beobachte jede seiner Bewegungen, das Wasser läuft über seine langen Finger. Vorsichtig legt er das warme Tuch auf mein Gesicht und wischt das Blut von meiner Wange. Es fühlt sich gut an und ich schließe die Augen.

»Da hat es dich ganz schön erwischt. Soll ich jemanden für dich anrufen?« Er nimmt mein Handy, das ich ihm reiche.

»Ja«, murmle ich, »ruf bitte Isa an.«

Sollte er überrascht sein, dass sich in fünfzehn Jahren nichts an meiner Freundschaft zu Isa verändert hat, lässt er es sich zumindest nicht anmerken.

»Hier, nimm du mal den Lappen und halt ihn an deine Stirn. Drück ein bisschen, ja?«

Ich versuche zu nicken, Müdigkeit steigt in mir auf, ich könnte sofort einschlafen.

»Hallo, Isa, hier spricht Raik. Ja. Sie ist hier bei mir. Isa, wenn du mich aussprechen lassen würdest, könnte ich erklären, weshalb ich von ihrem Telefon aus anrufe. Ja, sie ist mit dem Rad gestürzt … Das weiß ich nicht, Isa. Nein, habe ich nicht. Sie blutet. Ich glaube, es könnte eine Gehirnerschütterung sein … Das kann ich dir nicht sagen … Ich fahre sie ins Krankenhaus. Ja. Treffen wir uns da. Gut … Ja. Das ist richtig. Ich bin wieder da.«

Wusste ich es doch, fährt es durch meinen Kopf, der schmerzt, als würde er in einer Schraubzwinge stecken.

»Komm, Fine, steh langsam auf, ich helfe dir. Vorher trinkst du noch einen Schluck, dann geht es dir besser.«

Gehorsam trinke ich und lasse mir von Raik in sein Auto helfen. Als wir losfahren, winke ich meinem Rad zum Abschied zu, das wie ein riesiger, gelber Löwenzahn im hohen Gras liegt.

Isa kommt uns schon entgegengelaufen, als Raik neben der Notaufnahme parkt.

»Warum habt ihr so lange gebraucht?«, fährt Isa Raik an, öffnet die Beifahrertür und hilft mir dabei auszusteigen.

»Grevesmühlen liegt leider nicht direkt vor meiner Haustür«, schnauzt Raik zurück und wieder ist mir zum Lachen zumute. Mein Leben scheint aus den Fugen geraten zu sein.

»Hubertus. Ich habe Hubertus vergessen.«

»Ich habe ihn schon angerufen. Er ist auf dem Weg. Mein Gott, Schatz, was hast du nur gemacht?«

»Danke, Isa. Du bist einfach die Beste.«

»Dann werde ich hier nicht mehr gebraucht.« Ich spüre Raiks warme Finger auf meiner Schulter und als er sie wegzieht, ist mir plötzlich kalt.

»Gute Besserung, Fine.« Er kommt mit seinem Gesicht meinem nahe. Kurz bevor ich denke, dass er mich auf die Wange küsst, dreht er sich zur Seite und ist verschwunden.

Isa kommt mit einem Stapel Papiere von der Anmeldung zurück.

»Ist Raik schon gegangen? Geflüchtet trifft es wohl eher«, korrigiert sie sich. »Was zur Hölle war das denn?«

Ich zucke mit den Schultern und spare mir eine Antwort. Hubertus kommt mit langen Schritten auf mich zu.

»Er ist also wieder da?«, fragt Isa flüsternd.

»Ja. Er ist wieder da.«

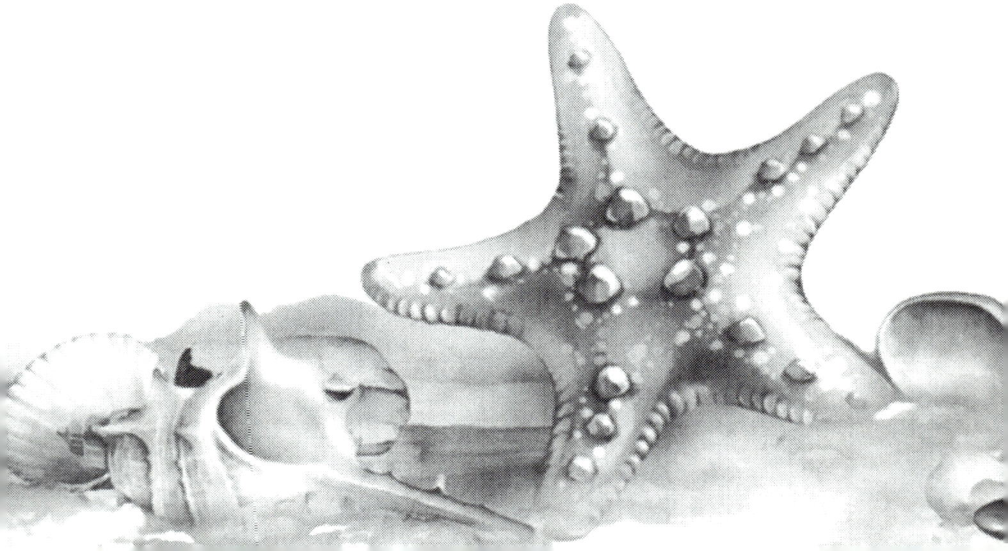

4

RAIK

Meine Gedanken schweifen wieder zu Fine und ich frage mich, wie es ihr wohl geht. Ohne es zu wollen, hat das Leben uns heute dreimal zusammengeführt, als gäbe es eine magnetische Energie zwischen uns, der wir uns nicht entziehen können. Plötzlich fällt mir wieder ein, dass sie kurz bevor ich ging von einem Hubertus sprach. In Boltenhagen gab es nur einen Hubertus während meiner Schulzeit, der Sohn des Zahnarztes, der zwei Klassen über mir war. Er wirkte immer ein bisschen hochnäsig, zumindest was mich anging. Aber uns trennten auch Welten. Bei dem Gedanken daran entfährt mir ein lautes »Pfff«. Es kann sich nur um ihn handeln! Die Chance, dass es jemand von außerhalb ist, geht gegen null bei diesem Namen. Nicht verwunderlich, dass eine Frau wie Fine einen Mann an ihrer Seite hat. Diese Mischung aus klug und verträumt, mit einer so sonnigen Ausstrahlung und einem Herzen so groß wie die Ostsee. Aber Hubertus? Das schmerzt. Die Lippen zusammenkneifend trete ich in den Sand, der hochspritzt und ein paar Spaziergänger einen missmutigen Blick auf mich werfen lässt. Ich erwidere ihn starr und sie lassen von mir ab. Es war fünfzehn Jahre her, fünfzehn gottverdammte lange

Jahre und ich trage immer noch diese Reue in mir, Fine einfach zurückgelassen zu haben, nachdem ich ihr ein Versprechen auf einen gemeinsamen Sommer gegeben hatte. Um dann, ohne ein Wort der Erklärung, einfach zu verschwinden …

Der Wind frischt auf und mir wird kalt. Ich schließe meine Lederjacke und mache mich auf den Rückweg.

Kurze Zeit später sitze ich mit einem Teller Fischsuppe, die ich mir an der Wiek mitgenommen habe, wieder in der Küche, in der noch der blutbesudelte Lappen auf dem Tisch liegt. Ich stehe auf und stelle mich ans Fenster und esse im Stehen, schaue in die Ferne, um nicht an Fine erinnert zu werden. Das funktioniert jedoch nicht. Warum hatte sie nicht daran gedacht, Hubertus zu informieren? Immerhin scheint er doch ihr Partner zu sein. Vielleicht lag es einfach an dem Sturz. Dennoch wünscht sich ein kleines Teufelchen auf meiner Schulter, dass es meine Gegenwart war, die sie ihn hat vergessen lassen. Aber da bilde ich mir wohl ein wenig zu viel ein. Plötzlich fällt mir wieder ihr Rad ein, das noch in meinem Garten liegt. Sie braucht es wieder, aber nicht in diesem Zustand. Hastig beende ich mein Essen und gehe nach draußen, um es zu reparieren. Auch wenn ich keine Adresse oder Telefonnummer von ihr habe, weiß ich doch zumindest, wo sie arbeitet. Dort werde ich das Rad gleich morgen früh hinbringen und ganz nebenbei hoffentlich erfahren, wo sie wohnt.

Ich bin gerade fertig mit der Reparatur, da höre ich den Motor eines Autos. Das Geräusch kommt immer näher und einen Moment später biegt ein schicker schwarzer BMW Kombi in die Hofeinfahrt. Neugierig gehe ich dem Auto entgegen. Ich erkenne den Fahrer sofort. Er hat sich in all den Jahren nicht verändert. Hämisch grinsend und mit den Händen in den Hosentaschen warte ich darauf, dass er aussteigt.

Als er schließlich vor mir steht, taxiert er mich für einen Augenblick. In seinem Gesicht ist die Anspannung zu erkennen.

»Hallo, Hubertus«, begrüße ich ihn. Ich lag also richtig mit meiner Vermutung.

Er wirft einen Blick auf das Fahrrad, das nun wieder blitzblank auf seinem Ständer steht.

»Fine hat mich gebeten das Fahrrad zu holen.«

Das kann ich mir nicht vorstellen, liegt mir auf der Zunge, doch ich verkneife es mir. Da er mich nicht einmal begrüßt hat, will ich nicht noch mehr Öl ins Feuer gießen.

»Geht es ihr wieder besser? So ein Fahrradsturz ist schließlich nicht ungefährlich. Vor allem, weil sie nicht mal einen Helm trug.«

Er geht zu dem Rad, löst den Ständer und schiebt es zum Auto. Fast bin ich geneigt zu denken, dass er mich mit Absicht ignoriert, da antwortet er. »Sie hat eine Platzwunde und eine leichte Gehirnerschütterung. In ein paar Tagen ist sie wieder auf den Beinen.« Er vermeidet den Blickkontakt, während er spricht, und öffnet den Kofferraum. Es ist glasklar, dass er alles andere als amüsiert ist, hier auf mich zu treffen. Er kennt die Geschichte von damals.

Ich trete zu ihm und will ihm helfen, doch er wuchtet das Fahrrad allein in den Kofferraum, wo er es ächzend auf dessen Boden knallen lässt.

»Hör mal, es tut mir wirklich leid, was da passiert ist, aber ich kann nichts dafür.«

»Ach ja?« Mit einem kräftigen Wumms schlägt er die Klappe zu. Haben solche modernen Autos nicht ein automatisches System zum Öffnen und Schließen? Das hat er offenbar in seiner Wut vergessen. Ich versuche, ein erneutes Grinsen zu unterdrücken. Mit verschränkten Armen vor der Brust baut er sich vor mir auf.

»Findest du es nicht auch ein bisschen seltsam, dass Fine

immer in irgendeiner Form leidet, wenn du in ihrem Leben rumgeisterst?«

Genervt verdrehe ich die Augen. An diesem Unfall bin ich nun wirklich nicht schuld, schließlich ist sie zu mir gekommen, nicht ich zu ihr.

»Willst du jetzt ernsthaft die alte Geschichte auspacken?«, frage ich und hoffe, dass er den genervten Unterton bemerkt.

»Ich will, dass Fine glücklich ist - und das war sie, bis du hier wiederaufgetaucht bist.«

Das geht jetzt eindeutig zu weit, ich bin nicht bereit, das so stehen zu lassen. »Ich habe nicht vor, Fine wieder ins Unglück zu stürzen. Ich habe sie auch nicht gebeten, hierherzukommen. Das war ihre Entscheidung«, sage ich so ruhig und sachlich, wie es mir möglich ist. Nur dass es sich anfühlt, als würde ich ihr damit in den Rücken fallen, was garantiert nicht meine Absicht ist.

»Wage es nicht, dich wieder in ihr Leben zu drängen, verstanden? Sie gehört zu mir.« Mit diesen letzten Worten steigt er in sein Auto.

Wow, was für eine Ansage! Wäre er dabei noch mit dem Fuß aufgestampft, hätte es mich nicht gewundert, bei so viel Trotz, der in seiner Stimme mitschwang. Nur dass er vergisst, dass Fine ein Mensch ist und kein Besitz. Sie ist in der Lage, eigene Entscheidungen zu treffen. Dass sie bei mir aufgekreuzt war, ohne dass er davon wusste, scheint ihm überhaupt nicht zu passen.

Mit etwas zu viel Gas wendet er den Kombi, sodass die Erde zur Seite wegspritzt und ich ein paar schnelle Schritte nach hinten machen muss, um nicht umgefahren zu werden. *Hoffentlich werden die Schlaglöcher seinem Auto richtig wehtun*, schießt es mir durch den Kopf. Dann trete ich ans Hoftor und schließe die zwei Flügel. Für heute hatte ich definitiv genug Besuch.

Früh am nächsten Morgen stehe ich noch vor dem ersten Kaffee auf der Seebrücke und lasse mich von der Gischt der peitschenden Wellen berieseln. Der Himmel trägt ein verwunschenes, aquarellfarbenes Blau, das mit dem Meer fast verschwimmt. Tief atme ich die salzige Luft ein und folge mit meinen Augen den großen Schiffen am Horizont. Ich bin ein Küstenkind, wie es im Volksmund heißt, brauche die Nähe zum Wasser und der Weite. Egal wo mich meine Jobs auch hinführten in den letzten Jahren, nie entfernte ich mich dabei von der Küste. Täglich mit dem Blick aufs Wasser aufzuwachen, dabei den Gesang der Meeresvögel in den Ohren … mehr wünsche ich mir nicht. Allerdings ist das ein Traum, den ich mir wahrscheinlich nie werde erfüllen können, da Häuser oder Wohnungen mit Blick aufs Meer utopisch teuer sind und ich zudem immer unruhig werde, wenn ich länger als ein paar Monate am gleichen Ort verweilen muss. Einer der Gründe, warum ich nie feste Beziehungen eingehe. Keine Frau der Welt würde das freiwillig mitmachen.

Ein letztes Mal sauge ich die Luft kräftig ein, genieße den Blick über die Szenerie und mache mich dann auf den Heimweg. Vielleicht komme ich heute Abend wieder, wenn kaum noch Besucher am Strand sind und ich mich heimlich in einen der Strandkörbe setzen kann, um den Wellen zu lauschen.

Die Kapuze meines Hoodies weit ins Gesicht gezogen folge ich dem Weg in den Kurpark und die Stadt. Alles ist ruhig, die Geschäfte und die Kurverwaltung sind noch geschlossen. Doch dann biegt ein quietschgelbes Fahrrad auf den Weg und fährt direkt in meine Richtung. Das darf doch nicht wahr sein!

Wütend streife ich meine Kapuze vom Kopf, sodass sie mich erkennen kann. »Fine, bist du denn völlig verrückt geworden?«, rufe ich ihr entgegen und haste auf sie zu. Abrupt stoppt sie und betrachtet mich verwundert.

»Was machst du denn so früh hier?«, fragt sie.

»Ich war … am Meer.« Warum ist es mir unangenehm, das zuzugeben?

»Du warst schon am Meer? Um diese Uhrzeit?« In ihren Augen blitzt es auf, als würden sie meine Worte freuen.

»Ja, hast du was dagegen?« In meiner Stimme liegt ein Hauch Gereiztheit. Schließlich geht sie das nichts an.

»Nein, im Gegenteil! Ich finde das ausgenommen schön.« Etwas Verträumtes schleicht sich in ihren Blick. Exakt so wie früher …

Ich räuspere mich. »Und du? Wohin willst du? Und viel wichtiger, warum nimmst du das Fahrrad? Du hast eine Gehirnerschütterung, das ist gefährlich!«

»Ist da etwa jemand besorgt um mich?« Es scheint sie tatsächlich zu amüsieren.

»Du bist gestern zusammengeklappt, geradewegs in meine Arme. Vielleicht erinnerst du dich?«, entgegne ich provokant und ziehe eine Augenbraue hoch.

»Okay, vielleicht hast du ein winziges bisschen recht.« Trotzig schiebt sie ihr Kinn vor. Doch dann fixiert sie irgendetwas hinter mir, um mich nicht ansehen zu müssen. »Ich … will auch zum Strand. Aber der Weg von Hubertus' Wohnung bis hierher war mir zu weit zu Fuß.«

Sie sieht mich wieder an und sofort tut es mir leid, dass ich sie so angegangen bin. Sie muss sich schließlich nicht vor mir für irgendetwas rechtfertigen.

»Warum lässt du dich dann nicht fahren?«, frage ich sanfter. Ich erinnere mich an das unangenehme Zusammentreffen mit ihm gestern Abend, schätze ihn aber dennoch so ein, dass er Fine unterstützen würde.

Sie zuckt unbeholfen mit den Schultern. »Er soll morgens Zeit haben, um in Ruhe zu frühstücken, bevor er in die Praxis muss.«

Verlegen streicht sie sich ein paar Strähnen hinters Ohr, die sich aus ihrem Zopf gelöst haben. Sie hat immer noch diese wundervollen, langen Haare, die ihr bis über die Schulterblätter reichen.

»Trotzdem solltest du nicht allein mit dem Fahrrad unterwegs sein. Außerdem bist du sicher krankgeschrieben.«

Ertappt schaut sie auf den Boden. »Mensch, Fine.« Ich spüre Mitleid in mir aufwallen, denn ihre Sehnsucht nach dem Meer scheint so groß zu sein, als dass sie sich heimlich aus dem Haus schleicht und der Gefahr aussetzt, von ihrem Arbeitgeber erwischt zu werden.

»Mein Auto steht auf dem Parkplatz hinter der Kurverwaltung. Ich kann dich nach Hause fahren. Ans Meer kannst du in ein paar Tagen, wenn es dir besser geht.«

»Nein!« Dieses Nein klingt so vehement, dass ich leicht zusammenzucke. »Kommt nicht infrage. Hubertus … der flippt aus, wenn er erfährt, dass du …«

Bei ihren Worten kann ich mir das Grinsen nicht mehr verkneifen. Ja, Hubertus war gestern durchaus sehr direkt, deshalb würde ich mich aber nicht davon abhalten lassen, Fine zu helfen.

»Angst, dass ich Ärger bekomme?«, frage ich neckend.

»Blödmann!«, zischt sie und steigt wieder auf ihr Rad.

»Bitte!«, flehe ich, doch sie bleibt hart.

»Ich bin alt genug, um für mich selbst zu entscheiden. Ich wünsche dir noch einen schönen Tag.«

Ergeben trete ich zur Seite und verkneife mir weitere Versuche, sie umzustimmen. Sie soll noch einmal behaupten, ich wäre stur. Dabei übertrifft sie mich um Längen. Sie wiederum scheint es durchaus ernst zu meinen, denn sie tritt zweimal in die Pedale, doch dann stoppt sie und dreht sich zu mir um.

»Danke, dass du es repariert hast. Ich liebe dieses Rad.« Ihre vollen Lippen formen ein Lächeln, das ihre Grübchen erscheinen lässt und ihr ein verschmitztes Aussehen verleiht. Mein dummes Herz schlägt prompt einen Takt schneller.

»Das habe ich wirklich gerne getan.« Gequält verziehe ich

den Mund. Hätte ich mir damit nur mehr Zeit gelassen, dann könnte sie jetzt nicht so leichtsinnig damit durch die Gegend fahren - vor allem immer noch ohne Helm.

Das Lächeln auf ihren Lippen wird breiter und bringt ihre Augen zum Leuchten.

»Du hast was gut bei mir«, ruft sie, während sie wieder losradelt, auf die Promenade abbiegt und aus meinem Sichtfeld verschwindet. Kopfschüttelnd blicke ich ihr nach. Dieser Sommer könnte vielleicht doch um einiges interessanter werden, als ich zunächst vermutet habe.

5

FINE

R*aik.* In Gedanken spreche ich seinen Namen aus, etwas, das ich mir sonst verbiete. Dass wir uns heute wieder begegnet sind, war gruselig, doch so war es auch damals gewesen. *Als wäre das Schicksal noch nicht fertig mit uns,* hatte ich immer gedacht und mich darüber gefreut. Seine unstete Art zu leben hatte mich belastet, übte allerdings auch eine große Faszination auf mich aus. Ich konnte mir nichts Schöneres vorstellen, als Zeit mit ihm zu verbringen. Mit ihm zusammen zu sein - wie in meinen Büchern, wie in meinen Träumen. Gedankenverloren fahre ich auf der Seebrücke, bis sie endet.

Dort stelle ich mein Rad ab und setze mich auf den Boden, den Blick auf den Horizont gerichtet. Das erste Mal an diesem Tag habe ich das Gefühl, richtig durchatmen zu können. Ich fülle meine Lunge mit Meeresluft und beobachte die Möwen auf ihrer Suche nach Futter. Als Hubertus mir gestern mein Rad gebracht hat, war ich so happy gewesen. Raik hatte es repariert und nicht nur das: Dort wo der gelbe Lack durch den Sturz abgeplatzt war, war wie von Zauberhand nichts mehr zu sehen. Jede Speiche glänzte und ich konnte keine Spuren mehr vom Unfall erkennen. Im Gegenteil, Raik hatte mir eine riesige

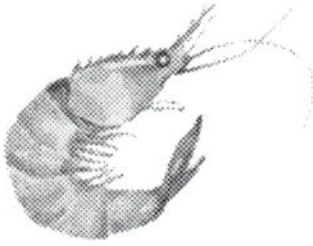

knallrote Klingel am Lenker angebracht. Als meine Mutsch gestorben war, hatte ich ihr Rad so übernommen, wie es war. Ich konnte mich nie dazu entschließen, etwas daran zu verändern. Beide waren in meiner Erinnerung verankert. Aus meinem Rucksack ziehe ich eine Mütze heraus. Mein Kopf schmerzt und ich weiß, dass ich heute im Bett hätte bleiben sollen. Hubertus hatte kein Wort über Raik verloren, doch ich hatte seinen Unmut und seine Wut gespürt. Er hatte seine Abneigung gegen alles, was nicht seiner Norm passte, aus allen Poren geschwitzt. Aus diesem Grund war ich frühmorgens aufgestanden, denn ich möchte keine Diskussion über Raik mit ihm führen müssen. Hubertus läuft jeden Morgen sieben Kilometer - seine Runde, die er auch am Wochenende nicht ausfallen lässt. Er braucht die Bewegung, um seinen Stress zu kompensieren, wie er immer sagt. In den Jahren unserer Beziehung hat er das Joggen nur dreimal ausfallen lassen. Einmal war der Sturm so stark gewesen, dass er freiwillig darauf verzichtet hatte, und die beiden anderen Male war er erkältet. *Hubertus.* Ich schüttle lächelnd meinen Kopf, was mich daran erinnert, dass es an der Zeit ist, nach Hause zu fahren, um mich hinzulegen. Heute kommt Max zu mir und wir beide können den versäumten gestrigen Abend nachholen. Ich musste Isa überzeugen, dass es mir nicht zu viel wird. Hubertus kommt nach seiner Sprechstunde, um nach mir zu sehen. Mühsam und frierend rapple ich mich auf, frische Luft hatte ich genug. Am liebsten würde ich mich nach Hause ins Bett beamen, eine bleierne Müdigkeit hat sich wie ein schwerer Mantel auf mich gelegt. Die Fahrt zurück über die Brücke strengt mich an, mein kompletter Körper schmerzt, es fühlt sich an, als wäre ich einige Male gestürzt. Mit wild schlagendem Herzen halte ich Ausschau nach Raik und bin unsicher, ob ich froh oder traurig bin, ihn nicht mehr zu sehen. Es ist unglaublich, dass er auf dem heruntergekommenen Hof seiner Eltern lebt. Wie lange das Haus wohl leer gestanden hat? Sein Bruder Thore hatte sich jedenfalls nicht darum gekümmert. Was hat Raik zurückgebracht?

In Gedanken versunken merke ich kaum, dass das Wetter umschlägt und ein kühler Wind mich frösteln lässt. Bevor sich die Wolken öffnen und es zu schütten beginnt, schließe ich die Tür zu meinem roten Häuschen auf und atme tief durch. Das Rad stelle ich in den schmalen Flur, dann überprüfe ich, ob alle Fenster geschlossen sind. Mauzend kommen Malin und Pelle, meine Kater auf mich zu. Ich habe die Nacht nicht hier verbracht, das mögen beide gar nicht. Obwohl sie sich an meine Beine schmiegen, merke ich, dass sie beide verärgert sind.

»Na, ihr Süßen. Wie sieht es aus? Habt ihr Hunger?«

In der Küche verteile ich Nassfutter in die Schälchen. Beim Bücken entfährt mir ein Schmerzenslaut und ich verfluche mich noch einmal für meine dämliche Idee, bei Raik vorbeigefahren zu sein. Meine beiden Stubentiger quittieren meine Bemühungen mit Maunzen und … als ich alles zu ihrer Zufriedenheit hergerichtet habe … mit gnädigem Schnurren. Anfassen darf ich sie noch nicht und so verabschiede ich mich fürs Bett von den beiden. Im Haus wird es dunkel, obwohl es noch nicht einmal Mittag ist. Der Regen verschluckt die Helligkeit und taucht alles in einheitliches Grau. Müde verzichte ich darauf, das Licht einzuschalten. Noch im Gehen entledige ich mich meiner Kleidung bis auf die Unterwäsche und schlüpfe unter meine weiche Decke. Augenblicklich kann ich durchatmen und die Schmerzen lassen nach, da ich mich nicht bewege. Ich schließe für einen Moment meine Augen. Es ist ein schönes Gefühl, zu wissen, dass ich den ganzen Nachmittag im Bett verbringen kann. Sanfte Pfoten springen auf die Matratze, die beiden Kater legen sich an meine Seite. Malin und Pelle kuscheln sich zu mir und ihr Schnurren entspannt mich. Meine Kopfschmerzen lassen nach. Durch das Fenster im Schlafzimmer sehe ich in den Garten. Der starke Regen kann nicht verstecken, dass die ersten Blüten in voller Pracht erstrahlen.

Ich habe keinen grünen Daumen und auch nicht die Geduld meiner Mutter geerbt, doch gedeihen die Pflanzen auch unter meiner Regie. Die Gartenarbeit gehört zu meinen Hobbys. Ich gähne und ziehe die Decke bis unter mein Kinn. Gerade vermisse ich Mutsch so sehr. Raik und sie verstanden sich gut, bis ich mich in ihn verliebte. Meine Mutter hatte Angst, dass er mir das Herz brechen würde. Ich drehe mich so abrupt zur anderen Seite, dass beide Kater beleidigt vom Bett springen und ich aufstöhne. Au, die Bewegung tat weh. Der Kopfschmerz kommt zurück und ich überlege, wieder aufzustehen, da vibriert mein Handy. Isa hat mir eine Nachricht geschrieben mit der Frage, wie es mir geht.

Ich klemme das Telefon unter mein Kinn, nachdem ich auf ihre Nummer gedrückt habe, und stemme mich mit beiden Händen in eine aufrechte Position.

»Wie geht es dir? Bist du noch bei Hubertus?«

»Nein, ich bin schon zu Hause. Hubertus meinte es ein bisschen zu gut mit mir, da bin ich geflüchtet.«

Isa lacht, dann kommt sie zur Sache. Sie muss schon vor Neugierde platzen, da sie nicht weiß, was gestern passiert war. »Was zur Hölle, Fine, macht Raik wieder hier? Wann hast du ihn gesehen? Warum warst du bei ihm und weshalb hast du das Loch im Kopf?«

»Isa, ich habe kein Loch im Kopf. Jedenfalls kein großes.«

Sie schnaubt wie ein kleines, wütendes Pony. »Lass das jetzt. Du weißt genau, was ich wissen will. Ich meine - es ist Raik.«

»Ich habe ihn gestern beim Vorlesen in der Bücherei gesehen. Er lehnte an der Tür und hat mich angesehen. Dann hat er sich zwischen die Kinder gesetzt und zugehört. Ich musste mich so konzentrieren.«

»Er hat sich nicht vorher bei dir gemeldet?«

»Nein, natürlich nicht. Weshalb sollte er auch? Außerdem hätte ich dir sofort Bescheid gesagt.«

»Das will ich auch hoffen. Na gut. Das erklärt allerdings

nicht, weshalb er dich wie Superman ins Krankenhaus gefahren hat.«

Ich spüre wieder seine Arme, die er um mich geschlungen hatte, um mich ins Haus zu tragen. Das Gefühl ist so intensiv, dass ich vergesse, Isa zu antworten. Was ist nur los mit mir?

»Erde an Fine! Sag schon!«

»Hast du nichts zu tun? Du hast doch ein Eiscafé zu führen.«

»Wie viele Menschen kaufen bei so einem Kackwetter ein Eis? Was glaubst du?«

»Na gut. Nach der Lesung war Raik sofort verschwunden. Da ich mir sicher war, dass er auf dem Hof seiner Eltern ist, bin ich nach der Arbeit bei ihm vorbeigefahren.«

»Mein Gott, Fine. Was hast du dir nur dabei gedacht?«

»Offensichtlich nicht viel.«

Isabel lacht. »Das andere kann ich mir schon denken. Ihr habt gestritten, du bist wütend abgehauen und hast nicht aufgepasst, wo du hinfährst. Und er, der Retter, hat dich ins Krankenhaus gefahren.«

»So ungefähr. Nur dass Hubertus abends bei ihm zu Hause vorbeigefahren ist, um mein Rad zu holen, das Raik wieder gerichtet hat. Er hat mir sogar eine nagelneue Klingel drangeschraubt und alle Lackschäden beseitigt.«

»Hubertus? Ist er etwa eifersüchtig auf Raik? Wow. Weißt du, was sie gesprochen haben?«

»Quatsch, Isa, das muss er nicht. Und ich weiß auch nicht, was die beiden gesprochen haben. Was ich weiß, ist, wir sind verlobt und ich liebe ihn. Das mit Raik war vor fünfzehn Jahren. Was denkst du denn nur?«

»Es würde mich interessieren, was du denkst. Wann können wir in Ruhe reden?«

»In zwei Stunden kommt Hubertus, wir wollen Zeit miteinander verbringen und er möchte für mich kochen. Und du bringst Max doch bei mir vorbei, oder? Ich möchte ihm meine neue Geschichte vorlesen.«

»Ja, er kann es kaum erwarten.« Isas Stimme klingt weich. Wie immer, wenn sie von Max spricht. Sie ist mit ganzer Seele Mama und Max der einzige Mann, den sie in ihr Leben lässt.

»Melde dich, wenn du etwas brauchst, okay?«

Das verspreche ich ihr hoch und heilig, dann lege ich auf, ziehe die Decke über mich und lächle. Ich habe großes Glück, solch eine Freundin an meiner Seite zu wissen - und Max liebe ich ebenso.

Ich muss eingeschlafen sein, denn ich schrecke hoch, als es an der Tür klopft. Malin und Pelle heben nicht mal ihre Köpfe, als ich mich langsam aus der Decke schäle. Es ist dunkel und ich habe anscheinend den ganzen Nachmittag verschlafen. Ich öffne die Tür, Hubertus steht mit Tüten bepackt vor mir und küsst mich auf die Nasenspitze. Seine Brillengläser beschlagen, als er ins Haus kommt. Der Regen hat die Temperatur in den einstelligen Bereich gedrückt.

»Was für ein Sauwetter und was für ein schöner Anblick.«

»Du kannst doch gar nichts sehen, deine Gläser sind nass und beschlagen.«

»So viel, mein Schatz, sehe ich schon noch.« Lächelnd stellt er die Einkaufstüten auf den Küchentresen und beginnt, sie auszuräumen. Dann füllt er den Wasserkocher und nach kurzer Zeit nippe ich an einer Tasse heißen Tees.

»Wie geht es dir? Hast du noch starke Schmerzen?« Besorgt mustert Hubertus mich, während er die Tomaten wäscht und in Würfel schneidet.

»Noch etwas Kopfschmerzen. Ich habe heute den ganzen Nachmittag geschlafen.«

»Sehr gut«, lobt er mich. »Hast du Hunger?«

»Ja, sehr.«

»Es gibt Pasta mit Tomatensauce. Ich dachte, das schmeckt

Max genauso wie dir und er kann noch eine Portion futtern, bevor er ins Bett geht.« Hubertus liebt Max und hat immer eine Engelsgeduld mit ihm. Er hat sich sogar überreden lassen, Max nach Feierabend in seine Praxis mitzunehmen und ihm alles zu zeigen. Seitdem hat Hubertus bei ihm einen riesigen Stein im Brett.

Ich sitze auf dem Barhocker an der Kochinsel und sehe meinem Verlobten zu, wie er Zwiebeln schneidet und sie mit den Tomaten in einer hohen Pfanne anbrät. Als das Wasser kocht, gibt er eine großzügige Prise Salz hinein und lässt die Nudeln ins Wasser gleiten. Seine sonst streng zurückgegelten Haare geben ihren perfekten Sitz auf und liegen weich um seinen Kopf. Seine dunkelbraunen großen Augen sehen mich zärtlich an.

»An was denkst du gerade?«

»Dass ich dich attraktiv finde«, antworte ich wahrheitsgemäß. »Und ich dich lieb habe.« *Weshalb kannst du nicht einfach ›Ich liebe dich‹ sagen?*

»Ich dich auch, mein Schatz. Ich habe mir gerade vorgestellt, dass ich für eine Familie koche. Unsere Familie.«

»Ja. Das wäre schön.«

»Ich frage mich gerade, auf was wir noch warten? Wir lieben uns, sind verlobt. Wir haben beide unser Auskommen, sind heimatverbunden, teilen dieselben Werte … Ich würde gerne den nächsten Schritt wagen.«

Er kommt an meine Seite und zieht mich vorsichtig an seine Brust. »Ich liebe dich, Fine Petersen. Du hast vor vier Jahren meinen Antrag angenommen, lass uns endlich heiraten.«

Ich schlucke schwer, Adrenalin pumpt durch meinen Körper. Was soll ich dazu sagen? Raiks Gesicht und sein Lächeln tauchen vor meinem inneren Auge auf. So sehr ich mich auch bemühe … ich kann meine Gedanken an ihn nicht einfach wegwischen.

»Ich finde es gerade so schön, wie es ist. Magst du es nicht? Wir sind doch glücklich.«

»Natürlich, mein Liebling«, beteuert er, »ich bin sehr glücklich mit dir, aber du weißt doch, wie sehr ich mir ein Kind mit dir wünsche - eine große Familie. Da möchte ich dich vorher heiraten. Das ist es doch, was du auch möchtest, oder?«

Ich nicke mechanisch, während ich überlege, was ich darauf antworten soll. Ich fühle mich wie eine Lügnerin. Es klingelt an der Tür, ich springe auf und sinke sofort wieder auf den Stuhl, als sich der Raum zu drehen beginnt.

»Bleib sitzen, ich mache auf.«

Vom Flur höre ich Stimmen, Lachen, und pure Freude schwappt in die Küche, als mein Patensohn Max auf mich zu gehüpft kommt und mich vorsichtig umarmt.

»Mensch, Fine, gehts dir gut? Kann ich das Loch im Kopf mal sehen? Haben die Ärzte einen Riesen-Tacker benutzt oder eine Nadel? Was machst du, wenn es reinregnet? Kannst du überhaupt rausgehen?«

Glücklich grinse ich und fahre mit der flachen Hand über Max' Kopf. »So groß ist das Loch nicht, und ja, ich zeige es dir später, und doch, ich kann rausgehen. Puh! Hast du schon Hunger?«

Hubertus und ich sehen uns über Max hinweg an und ein warmes Gefühl steigt in mir auf. Ich liebe ihn, er ist der richtige Mann für mich, der mich unterstützt und mir ein geordnetes Leben ermöglicht. Nach dem Tod meiner Mutter konnte ich nur schwer mit meinem Verlust umgehen.

Isa küsst mich auf die Wange, umarmt Hubertus und verabschiedet sich sofort. »Ich werde schon erwartet«, erklärt sie, ohne jemanden direkt anzusprechen. Ich winke ihr zu. »Einen schönen Abend«, sage ich bewusst neutral. Max spürt alle Untertöne in einem Gespräch und ich habe keine Lust, Fragen zur Abendgestaltung seiner Mutter zu beantworten.

Einige Minuten später sitzen wir zu dritt am Tisch und lassen uns die Nudeln schmecken. Die Spaghetti werden bei uns nur mit der Gabel gegessen, Löffel sind verpönt. Wir wetten, wer es schafft, sie in den Mund zu bekommen, ohne eine Sauerei anzurichten. Zehn Minuten später sehen wir alle aus, als hätten wir uns absichtlich mit roter Farbe beschmiert - Tisch und Boden ebenso. Die Katzen haben sich bei diesem Gelage in ihre Nester zurückgezogen, die Max und ich in einer Gemeinschaftsarbeit letztes Jahr geplant, gebaut und an die Wand montiert haben. Malin und Pelle thronen über uns, beobachten jede unserer Bewegungen und könnten uns direkt in die Nudeln spucken.

Nach dem Essen räume ich die Küche auf und beobachte Hubertus und Max, die sich an einem Backgammon-Spiel versuchen und einen Riesenspaß dabei haben. Mein Herz klopft und ich fühle mich erschöpft. Dort sitzen zwei Menschen, die ich über alles liebe, doch einem von ihnen sage ich nicht die Wahrheit. Ich seufze auf. Es zieht in meinem Bauch. Mich beschleicht der Gedanke, dass ich dabei bin, etwas zu verlieren. Das fühlt sich nicht gut an.

»Max. Es ist Zeit fürs Bett.«

Ohne Murren steht er auf, reicht Hubertus die Hand, umarmt ihn dann und verschwindet im Bad.

»Der einzige Mann, der in deinem Haus Zahnbürste und Schlafanzug deponieren darf.« Hubertus verzieht übertrieben seine Mundwinkel nach unten.

»Ich habe fast Mitleid mit dir.«

Hubertus zieht mich in seine Arme und küsst mich. »Ich bin fein damit, das weißt du. Wir sehen uns morgen, ja? Gute Besserung. Wenn etwas ist, ruf mich sofort an.«

»Natürlich, aber es geht mir schon viel besser.«

Ich begleite ihn hinaus und schleiche dann ins Schlafzimmer, um zu sehen, wie weit Max ist. Er liegt im Schlafanzug mit geputzten Zähnen im Bett und grinst mich wie ein Honigkuchenpferd an. Meine Kater liegen beide auf seinem Bauch und schnurren um die Wette.

»Das sieht ja sehr einladend aus.« Ich ziehe ebenfalls meinen Pyjama an, putze meine Zähne und hole aus der Schublade im Schlafzimmer einige ausgedruckte Seiten. Glücklich lege ich mich ebenfalls ins Bett, stopfe vorsichtig ein Kissen in meinen Rücken und suche die erste Seite heraus.

»Bist du bereit?«

»Ja. Fängst du an?«

»Okay.« Ich warte und grinse ihn an.

»Oh, Fine. BITTE!«

»Schon gut, du ungeduldiger Kerl. Die Geschichte heißt ›*Der geheimnisvolle Leuchtturm*‹.«

»Ui.« Max' Augen werden groß und sein Mund formt sich zu einem O. Genauso will ich das haben. Seine Aufregung schwappt zu mir, ich schmunzle und beginne zu lesen.

Ich lese ihm die ersten Worte vor und frage mich, als ich in das Gesicht des Kindes blicke, in dem die Empfindungen so klar zu sehen sind, ob ich das wirklich geschrieben habe. Wir begeben uns auf eine Reise, ein Abenteuer, das allein nicht zu bewältigen ist, denn für die Vorbereitung benötigt man gute Freunde, die einen unterstützen. Doch die Fahrt im Boot durch das stürmische Meer, die muss der Held Max allein meistern. Nur so kommt er zum Leuchtturm, und was er da findet …

Einige Male appelliere ich an Max, die Geschichte bei einer anderen Gelegenheit fortzusetzen, weil es schon so spät ist und er morgen in die Schule muss, aber in Wirklichkeit möchte ich auch nicht aufhören vorzulesen. Ich bin ebenso gefangen und fasziniert wie er, also lese ich weiter. Irgendwann ist der erste Teil der Geschichte zu Ende. Max nimmt meine Hand und drückt einen Kuss darauf und sagt:

»Max ist ja ein richtig mutiger Kerl.«

»Das ist er und ein guter Freund. Ich finde ihn klasse.«

»Ich auch. Danke, Fine. Die Geschichte ist so spannend, wie geht es weiter?«

Zärtlichkeit steigt in mir auf. Es ist schon erstaunlich, wie ich diesen kleinen Kerl in mein Herz geschlossen habe. Er ist etwas ganz Besonderes.

»Du kleine Krabbe, das verrate ich noch nicht. Doch die Geschichte gehört nur dir. Ich habe sie für dich geschrieben.«

»Nur für mich? Wahnsinn.«

Ich decke ihn zu, lege mich auf die Seite und lege meine Hand auf eine Brust. Sein Herz schlägt ruhig und an der gleichmäßigen Atmung erkenne ich, dass er dabei ist einzuschlafen.

Ich lösche das Licht. Der Wind pfeift um das Haus, ich kann es an den Fenstern hören, doch das Schnurren der beiden Katzen übertönt dieses Geräusch. Zufrieden schließe ich meine Augen und schlafe ein.

6

RAIK

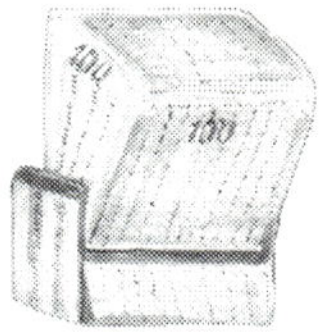

Der Duft von Bratkartoffeln mit Zwiebeln und Speck zieht durch die Küche, während ich mit dem Pfannenwender dafür sorge, dass die Kartoffeln knusprig werden, aber nicht anbrennen. Mein Magen knurrt zum wiederholten Mal, es wird allerhöchste Zeit. Wenn ich in die Arbeit vertieft bin, vergesse ich meist zu essen, bis mein Körper mich mit ganzem Einsatz daran erinnert. Ich nippe an meinem kühlen Bier, der herbe Geschmack erfrischt mich. Kurz werfe ich einen Blick nach draußen. Der Regen hat aufgehört, dennoch ist es zu nass, um heute Abend noch zum Strand zu fahren. Morgen wird hoffentlich alles wieder trocken sein und laut Wettervorhersage ist kein weiterer Regen angesagt.

Mein Block mit den Notizen, die ich während des Tages gemacht habe, liegt im Wohnzimmer, ebenso wie begonnene Listen, welches Material und Werkzeug noch benötigt wird. Der Gutachter fürs Dach wird erst in ein paar Tagen kommen, so lange werde ich mich mit den Umbaumaßnahmen im Haus beschäftigen. Langweilig kann es mir somit nicht werden, zudem bietet die Arbeit eine gute Ablenkung.

Die Bratkartoffeln sind fertig. Ich schaufle mir gerade eine großzügige Portion auf den Teller, als mein Handy, das auf der Arbeitsplatte liegt, klingelt. Ein Blick aufs Display genügt. Es ist Thore - wer auch sonst?

»Hatte ich dir nicht gesagt, dass ich mich melde, wenn ich mehr Informationen für dich habe?«, ranze ich ihn an, ohne ihn zu begrüßen.

»Ach, ich finde, ein bisschen Druck kann nicht schaden. Also, gibt es neue Infos?«

»Hör zu, den Gutachter habe ich erreicht, der kommt aber erst in ein paar Tagen. Einen genauen Termin konnte er mir noch nicht nennen. Was das Haus selbst angeht, ich bin gerade dabei, eine Bestandsaufnahme zu machen. Zufrieden?«

Mit dem Teller marschiere ich ins Wohnzimmer und lasse mich auf die alte Couch fallen, die schon ganz durchgesessen ist. Der grünliche Samtstoff hat definitiv schon bessere Tage gesehen.

»Geht es auch etwas genauer?« Warum nur klingt er jetzt gereizt? Ich bin doch der Depp, der die ganze Arbeit machen muss. Hastig schiebe ich mir eine Gabel mit Essen in den Mund und kaue schnell, bevor ich antworte.

»Bad und Küche gehen gar nicht mehr. Uralte Armaturen, kaputte Schränke, zerkratzte Emaille und so weiter. Allein das wird uns mehr kosten, als zunächst veranschlagt. Den unteren Wohnbereich würde ich gern öffnen, wenn es statisch möglich ist. Alles ist furchtbar eng und dunkel.«

Ich schweige einen Moment, um Thore die Möglichkeit zu geben, die Infos zu kommentieren.

»Das war noch nicht alles, oder?«

»Leider nein. Wir brauchen zum Großteil neue Möbel. Vielleicht kann ich einiges restaurieren, aber sicherlich nicht alles.«

»Nun ja, es war klar, dass es sich hier um eine größere Investition handelt. Gut, dann schick mir eine Aufstellung mit den Kosten, wenn du fertig bist.«

»Es gibt da nur ein Problem …« Ich stelle den Teller auf dem alten Eichenholztisch ab, stehe auf und laufe zur Glastür, um nach draußen zu sehen.

»Du hast nicht genug Geld.« Der Unterton in seiner Stimme ist typisch.

»Woher denn auch?« Ich weiß nicht, wie Thore sich das alles vorstellt. Im Gegensatz zu ihm verdiene ich gerade mal so viel, dass es einigermaßen zum Leben reicht, allerdings noch nicht mal das, seit ich suspendiert wurde.

»Dann musst du halt zur Bank und einen Kredit aufnehmen.«

»Glaubst du wirklich, die Bank würde mir in meiner derzeitigen Situation einen Kredit bewilligen?« Langsam werde ich wütend. Er weiß doch, was bei mir los ist.

»Ich finde, es kommt auf einen Versuch an. Außerdem weiß hier keiner von den Problemen, die du momentan am Hals hast.«

»Und die ich nicht zu verschulden habe!«, zische ich wütend ins Telefon.

Einen Moment ist es still.

»Das weiß ich doch. Du würdest nie jemandem mit Vorsatz …« Er führt den Satz nicht zu Ende aus, doch wir beide wissen, was er meint.

»Raik, ich kann das nicht für uns beide übernehmen. Ich habe einiges zurückgelegt, aber ich habe auch eine Familie.« Plötzlich klingt er nicht mehr überheblich, sondern verständnisvoll und fast ein wenig entschuldigend.

»Ist schon okay. Ich werde es auf der Bank versuchen, sobald ich weiß, wie viel uns die Renovierungsarbeiten kosten werden.«

»Einverstanden. Sag mir bitte Bescheid, wenn sich der Anwalt meldet.«

»Mache ich. Bis dann.«

Ich lege auf und lasse mich auf die Couch zurücksinken. Na toll, die Bratkartoffeln sind nur noch lauwarm und meine

Laune ist im Keller. Ich nehme ein paar Bissen, um meinen Hunger zu stillen, schiebe dann jedoch den Teller wieder weg. Warum musste mich Thore ausgerechnet heute an die blöde Geschichte erinnern, die ich in den letzten zwei Tagen endlich mal verdrängen konnte? Dank Fine und ihren Verrücktheiten. Kurz huscht ein Schmunzeln über mein Gesicht, weil ich wieder an heute Morgen denken muss. Plötzlich überkommt mich die Lust, auf den Dachboden zu steigen und nach der alten Bücherkiste zu suchen. Ob sie noch dort ist, wo ich sie versteckt hatte, bevor ich das Haus und meine Familie verließ? Mein Puls beschleunigt sich, als ich mit großen Schritten die Treppe in den ersten Stock eile, den Stab greife und mit dem Haken die Dachluke öffne. Staub wirbelt mir entgegen und ich muss husten. Mit Kraft ziehe ich die Leiter aus und steige die Sprossen hoch. Oben angekommen müssen sich meine Augen erst einmal an das Dämmerlicht gewöhnen. Es scheint, als wäre hier schon lange keiner mehr gewesen. Ich erkenne die Kisten, in denen der Weihnachtsschmuck aufbewahrt wird. Langsam gehe ich in Richtung Fenster, werfe einen Blick in den alten Holzschrank, in dem sich das Porzellan von Oma Mieke befindet. Ein Tafelservice mit Goldrand, das nie benutzt wurde, so lange Oma Mieke lebte. Es war für besondere Anlässe gedacht, die jedoch nie eintraten - zumindest nicht in meiner Kindheit. Vorsichtig gehe ich weiter, doch die Bodendielen sind stabil, auch wenn sie leicht unter meinen Schritten knarzen. Rechts neben dem Fenster steht eine Holztruhe, die mit einem Schloss versehen ist. Liebevoll streiche ich über den Deckel, fühle die Buchstaben, die ich vor Ewigkeiten mit meinem Schnitzmesser hineingeritzt habe:

Eigentum von Raik Peterson – Öffnen verboten!

Zum Glück weiß ich noch genau, wo ich den Schlüssel versteckt habe. Ich trete zum Kamin und fahre durch die unteren Fugen, bis ich etwas Metallisches spüre. Mit einem Ruck ziehe ich es heraus. Das beste Versteck der Welt, selbst Thore hat es nie gefunden.

Ich öffne zuerst das Schloss, dann den Deckel der Truhe. Die abendlichen Sonnenstrahlen fallen genau auf ihren Inhalt. Vorsichtig nehme ich die Bücher einzeln heraus. Es sind nicht viele und doch waren sie eine Zeit lang alles für mich. *Die drei Musketiere* und *Der Graf von Monte Christo* von Alexandre Dumas sowie die *Winnetou*-Bände von Karl May. Sie sind alle noch da. Mein Gott, wie liebte ich diese Geschichten, las sie immer und immer wieder. Doch am meisten faszinierte mich *20.000 Meilen unter dem Meer* von Jules Verne. Einfach abzutauchen, um auf diese Weise der Welt zu entkommen, ohne sie wirklich zu verlassen. Wie sehr hatte ich mir gewünscht, in diesem U-Boot, der *Nautilus,* zu sitzen und mit Kapitän Nemo durch die Tiefen der Meere zu gleiten. Ich klemme mir das Buch unter den Arm, ebenso wie *Die Abenteuer des Robinson Crusoe* von Daniel Defoe und mache mich auf den Rückweg ins Wohnzimmer. Diese Geschichten haben mir schon einmal geholfen, aus meiner Realität zu entfliehen. Sie werden es sicher ein weiteres Mal schaffen, dessen bin ich mir sicher.

Am nächsten Tag erwache ich mit einer brennenden Nachttischlampe neben meinem Bett und dem aufgeschlagenen Buch von Jules Verne auf meiner Brust. Mühsam rapple ich mich hoch und werfe einen Blick auf die Uhrzeit in meinem Handydisplay. Verflucht, es ist bereits Mittag! Stöhnend stehe ich auf und schlappe zum Fenster. Draußen herrscht ein wunderbarer Frühsommertag, nichts mehr zu sehen vom Regen oder dunklen Wolken. Die Vögel turnen munter im Geäst und ihr Gezwitscher dringt bis zu mir durchs gekippte Fenster. Den Gang zur Bank verschiebe ich noch, schließlich weiß ich noch nicht mal genau, welche Summe wir benötigen werden. Ich werde zumindest meine Listen und Kalkulationen am Nachmittag fertigstellen können.

Ich gönne mir ein üppiges Frühstück und mache mich dann an die Arbeit. Doch es dauert bis zum späten Abend, ehe ich alles beisammen habe und beschließe, es für diesen Tag gut sein zu lassen und zum Strand zu fahren. Dort möchte ich es mir wie früher in einem der abseits gelegenen Strandkörbe gemütlich machen und noch etwas lesen.

Das Auto parke ich in Strandnähe und laufe ein Stück die Promenade entlang, bis ich an einer geeigneten Stelle zum Strand abbiege. Ein paar Leute schlendern noch am Wasser, doch bald schon werde ich hier allein sein.

Am hinteren Ende des Strandes entdecke ich ein paar Strandkörbe, die mir geeignet erscheinen. Ich sinke mit meinen Schuhen tief im Sand ein und muss Kraft aufwenden, um zügig vorwärtszukommen. Die Sonne ist gerade untergangen und der Himmel über dem Meer wird noch von sanftem Orange durchzogen. Ich taste nach der Stablampe in meiner Tasche und fühle ihr kühles Metall. Ein Strandkorb scheint mir besonders gut für mein Vorhaben geeignet zu sein. Er steht so schräg, dass man ihn von meiner Position aus nicht einsehen kann. Perfekt. Ich biege um den Strandkorb, lasse meinen Rucksack von der Schulter rutschen und mache vor Schreck einen Satz zurück. Vor dem Strandkorb, der mit einem Holzgitter abgeschlossen ist, sitzt eine Gestalt in eine Decke gehüllt, die Kapuze ihrer Jacke tief ins Gesicht gezogen.

Sie springt auf, die Decke rutscht ihr von den Schultern und die Kapuze vom Kopf. Ein kleiner spitzer Schrei entfährt ihr, während sie mich entgeistert anstarrt.

Hastig schaue ich mich um, ob jemand etwas mitbekommen haben könnte, aber der Strand ist mittlerweile menschenleer -

nur das Rauschen der Wellen ist zu hören. Ich mustere sie kurz und dann fällt es mir wie Schuppen von den Augen.

»Fine, was machst du denn hier?«, frage ich perplex.

»Die gleiche Frage könnte ich dir auch stellen«, erwidert sie und greift nach der Decke, um sie sich wieder um die Schultern zu legen.

»Ich wollte nur …«, beginne ich und sehe an ihr vorbei auf den Strandkorb.

»Nur was?«, zischt sie.

»Ein bisschen im Strandkorb abhängen«, flüstere ich, obwohl ich weiß, dass sich niemand in der Nähe befindet. »Und du?«

Sie sieht zu Boden, zieht mit ihrem Fuß kleine Kreise im Sand. »Ich brauchte einen Moment für mich.«

Wir stehen uns schweigend gegenüber, müssen beide die Situation erst einmal begreifen. Sie zieht die Decke noch enger um sich, offenbar ist ihr kalt.

»Geh bitte mal zur Seite.«

Ich krame einen Draht aus dem Rucksack, knie mich vor das kleine Schloss und öffne es in wenigen Sekunden.

»Spinnst du? Das ist verboten!«, raunzt sie mich leise an und sieht sich schnell um.

»Ach, was du nicht sagst. Komisch, früher hat dich das nicht gestört.« Ich grinse frech und spüre sofort ihre Faust, die sie mir gegen den Arm schlägt. »Au!«

»Früher war ich …« Sie stoppt ihren Satz und lässt mich über ihre Gedanken im Unklaren. Vorsichtig hebe ich das Holzgitter aus der Verankerung und lege es in den Sand.

»Jetzt zier dich nicht so und setz dich einen Moment mit mir hin, wenn du schon da bist. Wenn jemand kommen sollte und uns erwischt, nehme ich die Schuld auf mich. Versprochen.«

»Du bist echt ein Idiot«, murmelt sie, setzt sich jedoch in den Strandkorb und schiebt den Fußhocker vor, um ihre Füße darauf abzulegen.

Ich setze mich neben sie. Viel Platz zwischen uns bleibt nicht, aber das macht nichts. So ist es wärmer und gemütlicher.

Fine breitet ihre Decke über uns beide aus und wir lauschen gemeinsam dem leisen Heranrollen der Wellen.

»Jetzt erzähl mir, warum ich dich abends in der Dämmerung vor einem einsamen Strandkorb kauernd finde. Ich verspreche dir auch, es bleibt unter uns. Strandkorbehrenwort.«

Ihre Schulter stößt gegen meine, doch diesmal liegt keine Aggression in der Geste, eher etwas Liebevolles. Zumindest rede ich mir das ein.

7

FINE

Das ist unglaublich. Wir sitzen nebeneinander im Strandkorb und sind uns körperlich sehr nahe. Einige Zentimeter könnten wir beide noch an den Rand rutschen, doch wir bewegen uns nicht. Da wir gemeinsam unter einer Decke sind, spüre ich seinen Körper an meinen, was mein Herz gehörig aus dem Takt bringt. Ob Raik wie ich empfindet? Ich ertappe mich dabei, dass ich lächle. Plötzlich fühlt sich alles so einfach, so leicht an, als würde der Wind meine negativen Gefühle durcheinanderwirbeln und über das Meer davontragen. Möglichst unauffällig sehe ich zu Raik, der seinen Kopf entspannt nach hinten gelegt und seine Augen geschlossen hat. Sein Profil erinnert mich an die Bilder von Wikingern im Museum in Kopenhagen, das ich mit meiner Mutter in einem anderen Leben besucht hatte. Sein kurzer Bart unterstreicht diesen Eindruck noch. Feine Linien führen von seiner Nase zu seinem Mund und verschwinden in den dunkelblonden Barthaaren, die einen Teil seiner vollen Männerlippen verdecken. Wir sind älter geworden, haben uns verändert. Ich frage mich, was er erlebt hat. Plötzlich öffnet er seine Augen und wendet sich mir zu, was mich so überrascht, dass ich mich nicht

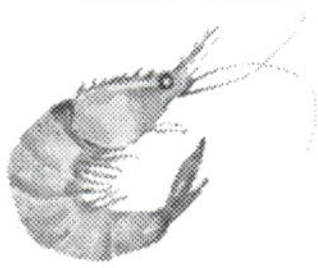

abwenden kann. Eine gefühlte Ewigkeit sehen wir einander in die Augen. Dann kommt er mir näher, mein Herz schlägt so heftig, dass ich tief Luft holen muss und mich räuspere. Damit ist der Zauber des Augenblicks gebrochen und Enttäuschung steigt in mir auf.

»Es fühlt sich so an, als wäre ich niemals fort gewesen. Hier mit dir in unserem Strandkorb. Er ist in die Jahre gekommen, so wie wir auch. Aber er ist immer noch derselbe, oder? Kannst du dich erinnern?«

»Allerdings. Das habe ich nie vergessen.« Verlegen beiße ich auf meine Unterlippe. Das könnte er jetzt ganz anders auffassen, doch nichts deutet darauf hin, dass Raik peinlich berührt ist.

»Mir geht es ebenso. Da draußen ist es wie in der Fremde und jetzt, da ich wieder hier bin, kann ich das Gefühl einordnen, das mich all die Jahre über begleitet hat.« Sein Gesicht ist weich, verletzlich und ich spüre die Empfindungen der Vergangenheit in mir aufsteigen. *Da draußen,* das bedeutet, alles außerhalb unserer Heimat, außerhalb unseres Meeres, unseres Strandes.

»Ich weiß genau, was du meinst. Wir hatten so viele Träume, so viele Wünsche. Gott, wir wollten die Welt verändern! Und dann …« Ich halte inne, ein Kloß schnürt mir die Kehle zu.

Raik legt seine große, warme Hand auf meine, die ich unter der Decke zur Faust geballt habe.

»Was ist mit Mutsch passiert? Thore hat mir einiges erzählt, nachdem …« Er stockt, sucht nach den richtigen Worten, »… ich Boltenhagen verlassen habe.«

Langsam ziehe ich meine Hand zurück. Seine Berührung ist mir nicht unangenehm, aber über Mutsch zu sprechen, fordert meine ganze Selbstbeherrschung.

»Es begann einige Wochen, nachdem du gegangen warst. Sie war bei der Vorsorgeuntersuchung bei ihrer Gynäkologin gewesen. Wenn ich an sie denke, sehe ich immer ihren Gesichtsausdruck, als sie zur Tür hereinkam. Ich las in meinem Buch, sie setzte sich zu mir an den Tisch und in diesem Augenblick erkannte ich, dass etwas Furchtbares geschehen würde. Ich sah, dass sie es wusste.« Aufgewühlt schließe ich kurz meine Augen. Raiks Gegenwart beruhigt mich, als könne ich ihm einen Teil meines Schmerzes geben. »Sie erzählte mir, dass da ein Knoten in ihrer Brust sei und in der Achselhöhle. Was mich richtig ängstigte war, dass sie schon am nächsten Tag einen Biopsie-Termin im Krankenhaus hatte.«

»Das ist furchtbar.« Raiks Stimme klingt rau und bewegt.

Nickend ziehe ich die Decke zu meiner Nasenspitze, obwohl mir nicht kalt ist. »Der Befund war niederschmetternd. Brustkrebs Stadium vier. Sie hatte ihre Beschwerden vor mir geheim gehalten, die Metastasen waren in ihrem ganzen Körper. Die Ärzte machten klar, dass sie es nicht schaffen würde. Weißt du, ich frage mich: Wenn ich nicht so mit mir beschäftigt gewesen wäre, hätte ich es erkennen müssen? Wir standen uns doch so nahe!« Ich schlucke und schlucke, möchte auf keinen Fall weinen. »Entschuldige bitte, Raik. Es wühlt mich immer noch auf, wenn ich darüber spreche.« *Weil du noch nie mit jemandem darüber geredet hast.*

Er antwortet nicht, worüber ich froh bin. Die Wellen kräuseln sich im tieferen Wasser, das an einigen Stellen, an denen die Sonnenstrahlen auf die Oberfläche treffen, blau schimmert.

»Die letzten Wochen war sie zu Hause und ich habe versucht, jedes ›letzte Mal‹ mit ihr zu feiern. Ich hätte so gerne ihre Lieblingsblumen noch einmal zum Blühen gebracht, die Sterne für sie funkeln lassen oder ihre ganzen Lieblingsbücher gemeinsam mit ihr gelesen. Ich war so damit beschäftigt, ihr Dinge zu zeigen, dass ich beinahe das Wesentliche vergessen hätte: einfach bei ihr zu sein. Zusammen zu sein, zusammen zu lachen, zusammen zu schweigen, einfach nur zusammen.«

Ich halte inne, habe keine Worte mehr, keine Kraft. Raik fasst meine Hände, zieht mich an seine Brust, umschlingt mich mit seinen langen Armen und ich lasse es geschehen. Alles fühlt sich richtig an und eine unbeschwerte Leichtigkeit lässt mich aufatmen.

»Ich danke dir, dass du es mir erzählt hast. Wir haben hier damals schon geflüstert, weißt du noch?«

Ich nicke. »Wir haben uns alles erzählt und trotzdem außerhalb des Strandkorbes nicht darüber gesprochen. Wie vertraut mir das alles ist.«

Raik zieht mich noch etwas näher an sich, sein Geruch erinnert mich an frühere Zeiten. Wind, Meer und Sand mit einem Hauch Holz. Ich atme tief ein … er tut mir so verdammt gut.

»Das ist unser *Strandkorbgeflüster*. Was meinst du? Alles, was wir uns hier erzählen, bleibt hier. Versprochen? So, wie früher.«

Es kostet mich Überwindung, mich aus seiner Umarmung zu lösen. »Bevor ich dir etwas verspreche: Warum bist du überhaupt zurückgekommen?«

»Mein Weggang von hier hat mir nicht das gebracht, was ich mir gewünscht hatte. Die Welt habe ich nicht verändert, stattdessen hat sie mich sehr verändert.« Seine Worte treffen mich und ich sehe ihn überrascht an.

»Das sind so ernste Töne. Was ist denn passiert?«

»Das hört sich vielleicht seltsam an, aber das Leben ist passiert. Ich habe die Kontrolle abgeben müssen. Doch es ist noch nicht die Zeit, um darüber zu reden. Wir werden noch oft im Strandkorb flüstern, oder?«

Ich muss lachen, denn es klingt fast ein wenig besorgt.

»Versprochen. Wir flüstern weiter.«

»Du warst schon immer die einzige Konstante in meinem Leben.«

»Wie meinst du das, Raik?«

Er zuckt mit den Schultern und ich frage nicht weiter. Alles zu seiner Zeit, doch ich freue mich über seine Bemerkung, und Schmetterlinge tanzen in meinem Bauch.

»Ich habe diesen Ausblick vermisst. Es hat mich immer ans

Meer gezogen, doch hier …« Er macht eine weit ausholende Geste und ich muss mich bücken, damit mich sein langer Arm nicht erwischt. Wir lachen.

»Entschuldige. Du bist wegen mir schon genug verletzt. Wie geht es dir eigentlich?«

»Alles tut mir noch weh und ich habe überall blaue Flecken. Die Kopfschmerzen kommen immer wieder, daher bin ich noch krankgeschrieben. Wenigstens kann ich noch lesen und an meinen Geschichten schreiben.«

»Du schreibst noch? Das ist wundervoll! Was ist mit deinen Fotografien? Den Leuchttürmen?«

»Das hast du dir gemerkt?«

»Natürlich.« Es klingt erstaunt und etwas beleidigt. »Ich habe nichts vergessen. Absolut gar nichts!«

Wir sehen uns an, Röte schießt in mein Gesicht und ich verfluche meine weiße Haut, ich leuchte bestimmt wie ein Klatschmohn.

»Ähm. Ja. Also.« Ich stottere und rücke instinktiv etwas von ihm ab. »Ich werde jetzt nach Hause gehen.«

»Warte kurz. Zwischen dir und Hubertus. Wie ernst ist das?«

»Wir sind zusammen.«

»Also liebst du ihn?«

Was für eine dämliche Frage.

»Warum fragst du das?«

»Es tut mir leid. Es geht mich nichts an.«

Langsam stehe ich auf und lege die Decke zusammen, die ich in meinen Rucksack stopfe.

»Alles gut, Raik. Aber ich muss los. Bis bald.«

Er springt auf und umarmt mich etwas unbeholfen. Ich mache mich auf den Weg zu meinem Rad und muss mich zwingen, mich nicht noch einmal nach ihm umzudrehen. Plötzlich fällt mir ein, dass ich ihm auf seine Frage nicht geantwortet habe.

8

RAIK

Ich höre, wie sie davongeht, bis das Geräusch des Meeres die ihren übertönt. Der Strandkorb fühlt sich plötzlich zu groß und leer an. Erinnerungen werden laut in meinem Kopf, wirbeln umher, lassen mich unruhig mit den Füßen durch den Sand fahren. Diese Momente mit ihr im Strandkorb sind fest verankert in meinen Gedanken - egal wo ich mich aufhalte. Jeder Leuchtturm, den ich einst sah, war sofort mit ihr verbunden. Ich habe sie alle fotografiert - nur für sie. Doch ich habe ihr nie eins dieser Bilder geschickt. Genauso, wie ich mich nie bei ihr gemeldet habe, obwohl ich durch Thore von der Krankheit ihrer Mutsch gewusst hatte. Was hätte ich sagen können? Welche Worte wären dafür passend gewesen? Ich war ohne eine Erklärung gegangen und hatte sie mit ihrem Schmerz allein zurückgelassen. Zu groß war die Angst vor ihrer Ablehnung gewesen. Wie hätte ich ihr auch helfen können?

Ich setze mich wieder und fahre mit meiner Hand über die Sitzfläche neben mir. Das Material unter meinen Fingern ist glatt und kalt, Fines Wärme fort.

Sie hat meine letzte Frage nicht beantwortet. Ich bin nicht mehr länger in der Lage, diesen Gedanken zu unterdrücken oder zu ignorieren. Sie hat meine Fragen früher immer beantwortet. Nie hätte sie etwas unausgesprochen stehen lassen. Das war immer mein Part gewesen. Unruhig rutsche ich umher. Stattdessen war sie mir mit einer Gegenfrage ausgewichen. *Warum fragst du das?* Ja, warum hatte ich ihr diese Frage gestellt? Es sollte schließlich selbstverständlich sein, dass, wenn man einen Partner hat, diesen auch liebt. Und doch hatte ich sie gefragt. Eine Erkenntnis sickert langsam zu mir durch, aber ich will mich nicht damit auseinandersetzen, nicht jetzt. Zu schön war es gewesen, ihren Körper an meinem zu spüren. Diese Vertrautheit, mit der sie sich an mich schmiegte, und von der ich glaubte, sie für immer verloren zu haben. Ich bin mir nicht sicher, ob es eine gute Idee ist, diese Strandkorbtreffen mit Fine aufleben zu lassen, und doch hatte ein winziger Teil meines Herzens jubiliert, als sie mir zusagte, wieder mit mir zu flüstern. Ich hatte vorhin nicht gelogen, war sogar ehrlicher gewesen als gewollt. Sie war die einzige Konstante in meinem Leben gewesen, trotzdem war ich gegangen, hatte alles zurückgelassen. Und jetzt ist es genau dieser winzige Teil in mir, der sich das wieder zurückwünscht, das Flüstern, die gemeinsame Zeit hier am Meer - auch wenn es vielleicht unvernünftig erscheint. Aber Fine ist mit Hubertus zusammen, das ist nun mal Fakt. Obwohl ich nicht weiß, ob sie ihn wirklich liebt.

Diese Gedanken verwirren mich. Ich taste nach dem Flachmann in meiner Jacke, ziehe ihn heraus, öffne ihn und nehme einen großen Schluck. Der Rum wärmt mich sofort und sein Aroma lenkt mich für einen Moment ab. Es ist keiner von diesen billigen Sorten, die an der Kasse eines Supermarktes stehen. Nein, es ist echter Flensburger Rum aus dem Hause Johannsen. Veredelter Jamaika-Rum, den ich während meiner Zeit in Flensburg schätzen und lieben lernte. Ich schließe die Augen, lasse einen weiteren Schluck meine Kehle herunterrinnen und lausche den Wellen. An so vielen Stränden der Nord- und Ostsee hatte ich gesessen und doch bilde ich mir ein, dass es nie so schön war wie hier. Ich nehme noch einen letzten Schluck, dann erhebe ich mich, fische das Gitter aus dem Sand, baue es wieder vor den Strandkorbsitz, schließe das Schloss und mache mich auf den Weg nach Hause.

Auf dem Grundstück angekommen fröstelt es mich, als ich das Haus betrete. Ob es vom kühlen Wind kommt, der aufgefrischt hat, oder den vielen Erinnerungen an vergangene Tage ... ich kann es nicht zuordnen. Mein Kopf fühlt sich schwer an, doch an Schlaf ist nicht zu denken. Daher werfe ich ein paar Scheite Holz in den kleinen Kaminofen und entzünde sie. Gierig lecken die Flammen an dem Holz, lodern auf, bis sie es gänzlich eingehüllt haben. Es tut gut, ihrem Tanz zuzusehen. Es hat eine beruhigende Wirkung auf mich. Für einen Augenblick wünsche ich mir, die vielen negativen Momente meines Lebens ebenso den Flammen übergeben zu können. Mein Blick fällt auf das Skizzenbuch, das ich beim Ausräumen meiner Tasche achtlos auf den Wohnzimmertisch geworfen hatte. Ich beuge mich vor, angle es mit einer Hand und öffne es im Schein des Feuers, das die einzige Lichtquelle im Raum darstellt. Schemenhaft kann ich die Zeichnung vor mir erkennen. Schatten und Licht huschen zuckend darüber. Die Bleistiftstriche wirken ungelenk und fahrig. Dennoch ist auf den ersten Blick zu erkennen, was sie darstellen. Einen Leuchtturm. Das Datum ist zwei Wochen vor Fines Geburtstag, ein Jahr nach meinem Fortgang. Ich war fest entschlossen gewesen, ihr diese Skizze als Geschenk zu schicken - als Zeichen, dass sie in meinen Gedanken war. Doch am Ende war ich nicht in der Lage gewesen, es aus dem Block herauszutrennen und ihr zu schicken.

Ich blättere durch das Skizzenbuch, jedes Jahr wagte ich einen neuen Versuch, um letztendlich doch wieder zu scheitern. Ich war so ein feiger Hund gewesen - und bin es noch. Wütend über mich selbst klappe ich das Buch zu und schleudere es wieder auf den Tisch.

Warum hat sie mir meine Frage nicht beantwortet? Was bedeutet das für sie, für mich, für uns? Warum ist sie heute Abend überhaupt zum Strand gekommen? Warum, warum, warum? Ich will es herausbrüllen, um diesem Druck in mir Luft zu machen. Ich will nicht mehr vor meiner Vergangenheit, meinen Fehlern, meinem Innersten weglaufen. Und doch tue ich es. Immer und immer wieder, bis jetzt. Das Leben hat mich wieder hierhergeführt, an den Ort, von dem ich einst geflohen war. Vielleicht ist das ein Zeichen. Vielleicht kann ich nur hier eine Veränderung herbeiführen und so meine Selbstachtung zurückgewinnen. Vielleicht ist am Ende Fine der Schlüssel zu allem. Ein lautes Schnaufen entweicht mir. Ich will nicht mehr denken, nicht heute Abend. Womöglich kann mir Jules Verne wieder zu etwas Schlaf verhelfen. Ich rapple mich auf, meine Muskeln schmerzen von der ungewohnten Arbeit der letzten Tage. Kurz dehne und strecke ich mich, dann werfe ich einen letzten Blick auf das Feuer, das sich nun langsam in ein Häufchen Glut verwandelt. In wenigen Stunden wird es nichts mehr als verbrannte Asche sein. Wie passend für mein Leben.

Am nächsten Morgen erwache ich wie den Morgen zuvor mit brennender Nachttischlampe und dem Buch von Jules Verne, das aufgeschlagen neben mir liegt. Ein verworrener Traum hat mich aus der Nacht gerissen. Fine und ich in einem U-Boot, in dessen Kommandozentrale ein Strandkorb stand. Ich war der Kapitän des U-Bootes, dabei habe ich in meinem Leben noch nie eins betreten. Und doch wusste ich genau, wie ich es steuern musste. Jedes Mal, wenn ich es allerdings an die Wasseroberfläche bringen wollte, zog Fine mich in den Strandkorb.

»Komm, lass uns flüstern«, erklangen ihre Worte lieblich um mich herum, immer und immer wieder.

»Nur, wenn du mir diese Frage beantwortest«, wehrte ich mich und versuchte, wieder ans Steuerpult zu gelangen. Plötzlich flog die Luke auf und Hubertus schwang sich hinein.

»Beantworte sie!«, schrie er. »Du kennst die Antwort! Du gehörst mir!«

Hubertus' Stimme hallt mir immer noch in den Ohren, während ich mich mit schweißnassem Shirt, das mir am Rücken klebt, aufrichte. Warum nur träume ich so etwas? Hubertus war früher nie aggressiv, immer etwas herablassend, aber nie hitzig oder angriffslustig. Das hatte er nicht nötig. Ist es mein Gewissen, das mir vielleicht unterbewusst etwas mitteilen will? So etwas wie: *Lass die Finger von Fine, sie gehört Hubertus, auch wenn sie dir nicht sagen kann oder will, ob sie ihn liebt.* Was für ein Irrsinn! Ich beschließe, dieses Durcheinander in meinem Kopf einfach mit einer kühlen Dusche und einem starken Kaffee wegzuspülen.

Zwei Stunden später fühle ich mich tatsächlich etwas besser, bis ich vor dem Eingang der Bank stehe. Sicher, ich konnte einiges sparen, aber mit fünftausend Euro komme ich dennoch nicht weit. Daher will ich versuchen, einen Kredit von zwanzigtausend Euro aufzunehmen. Für Thore war das alles ein Klacks, doch ob es mir gelingen wird, kann ich nicht einschätzen. Es bleibt mir jedoch nichts anderes übrig, als es zu probieren - oder das Haus wird nie fertig.

Ich spüre, wie sich mein Körper anspannt, während ich durch die breiten, sich automatisch öffnenden Glastüren das Foyer der Bank betrete. Alle drei Schalter sind besetzt und so stehe ich einen Moment unschlüssig herum. Es wäre wohl besser gewesen, einen Termin zu vereinbaren. Doch jetzt ist es zu spät. Zumindest kann ich abwarten, um das mit dem Beratungstermin zu klären. Ich steuere die kleine schwarze Ledercouch an, die mit zwei weiteren Sesseln zu einer Sitzecke arrangiert ist, als mich ein Ruf durch die Bank stoppt.

»Raik Jensen, bist du das wirklich?« Die Stimme kommt mir bekannt vor. Ich drehe mich um und verfluche diesen Moment genau in dieser Sekunde. Es ist Steffen Jochimsen, der beste Freund von Hubertus. Zumindest zu Schulzeiten.

Sein grauer Anzug mit cremefarbenem Hemd und weinroter Krawatte sitzt wie angegossen und das Lächeln in seinem Gesicht ist ... nun ja, professionell, aber nicht echt. Auch ich versuche mich daran, doch mir gelingt es nicht. Wenn ich in einer Sache kein Profi bin, dann im Verstellen meiner Person. »Steffen. Was für eine Überraschung.«

»Was führt dich hierher? Hast du einen Termin?« Sein Gesicht ziert immer noch diese aalglatte Mimik.

»Nein, ich habe ehrlich gesagt nicht daran gedacht, einen zu vereinbaren. Ich möchte einen Kredit anfragen.«

Freundschaftlich klopft er mir auf die Schulter, als wären wir schon immer beste Kumpels gewesen. Dabei falle ich hier auf wie ein bunter Hund mit meiner schwarzen Lederjacke und den Bikerstiefeln, wie mir der ein oder andere Blick der Anwesenden bestätigt.

»Dann ist heute wohl dein Glückstag, denn ein Kunde hat gerade bei mir einen Termin abgesagt.«

Ich weiß nicht, ob ich es Glück nennen kann, aber aus Mangel an Alternativen versuche ich, ein erfreutes Gesicht zu präsentieren.

»Komm, wir gehen in mein Büro und du erzählst mir von deinem Anliegen.«

Ich folge ihm in den hinteren Bereich der Bank bis Steffen links in ein Büro abbiegt. *Ob er wohl seine Kleidung der Ausstattung angepasst hat,* schießt es mir durch den Kopf, während ich mich setze. Grauer Teppichboden, cremefarbene Wände und Zeichnungen in Weinrot in grau gefassten Rahmen.

»Dann wollen wir mal schauen«, verkündet er und beginnt

sofort auf die Tastatur vor ihm einzuhämmern. »Du bist ja immer noch Kunde bei uns.« Ob er diesen letzten Satz zu mir oder zu sich selbst sagt, kann ich nicht einschätzen.

»Ja, ich bin schon immer Kunde dieser Bank gewesen.«

»Gut, gut«, murmelt er vor sich hin. »Um welche Summe handelt es sich denn?«

Nun richtet er den Blick das erste Mal auf mich, seit wir diesen Raum betreten haben.

»Zwanzigtausend Euro.« Die Worte verlassen stockend meinen Mund. Meine Anspannung nimmt zu. Ich spüre, wie sich mein Nacken versteift.

»Nun, das sollte kein Problem sein, wenn du ein regelmäßiges Einkommen hast.« Er wendet sich wieder seinem Computer zu.

Scheiße. Jetzt bin ich am Arsch. Verbissen kneife ich die Lippen zusammen, während ich fieberhaft überlege, wie in aller Welt ich ihm erklären soll, dass …

»In den letzten drei Monaten sind keine Gehaltseingänge mehr auf deinem Konto eingegangen. Gibt es Probleme?«

Er sieht mich erneut an, das Lächeln noch auf seinen Lippen, aber seine Augen taxieren mich scharf.

»Ich, ähem, bin momentan von meinem Job … freigestellt.« Was nicht mal gelogen ist. Nur, dass ich dabei unterschlagen habe, dass man mich dazu zwingt.

»Freigestellt?« Er lässt von der Tastatur ab, lehnt sich in seinem Bürosessel zurück, schlägt die Beine übereinander und faltet die Hände. Plötzlich ist da wieder diese alte Überlegenheit, gepaart mit Arroganz und etwas Häme. Er erinnert mich sofort an einen listigen Schakal auf Beutezug.

Ich werde es ihm nicht sagen, dazu bin ich nicht verpflichtet. Wenn ich es ausspreche, macht es innerhalb kürzester Zeit in Boltenhagen die Runde, da bin ich mir sicher. Bankgeheimnis hin oder her. Verdammt, ich sitze in der Klemme und komme nicht mehr heraus.

»Bist du arbeitslos? Das kannst du ruhig sagen, es ist keine Schande.«

»Nein, so ist es nicht.«

»Wie ist es dann?« Er sitzt da und wirkt wie eine Schlange, die gleich zustoßen und ihre giftigen Fangzähne in meinem Hals vergraben wird.

Ich springe auf und bin mit zwei Sätzen bei der Tür. »Hör zu, vielleicht kann ich das mit dem Geld auch anders regeln, sodass ich gar keinen Kredit benötige. Ich wollte mich auch nur mal erkundigen.«

Meine Hand liegt schon auf der Türklinke, die Kühle des Metalls auf der Haut zu spüren tut gut. Das Telefon klingelt.

»Einen Moment, bitte, warte kurz«, fordert er mich auf und greift nach dem Hörer. Ich bleibe an der Tür stehen, so bin ich schneller draußen. Das Ganze ist mir schon peinlich genug.

»Hubertus, grüß dich«, höre ich ihn sagen und mein Puls beginnt zu rasen. Auch das noch …

»Heute Nachmittag eine schnelle Runde Golf? Sicher, dafür bin ich doch immer zu haben. Ich werde da sein. Bis später.«

Steffen legt den Hörer auf und dreht sich wieder zu mir.

»Seid ihr immer noch befreundet?«, frage ich wie automatisch. Ich muss es wissen.

»Ja, sicher. Solche Männerfreundschaften muss man pflegen. Doch nun noch mal zu dir.«

Ich reiße abwehrend die Hände hoch, packe aber sofort im Anschluss wieder die Klinke und öffne die Tür. Ich muss raus hier, sofort. Er darf auf keinen Fall erfahren, was dahintersteckt. Denn wenn er es weiß, wird es auch Hubertus erfahren, und der wird es Fine stecken, da bin ich mir hundertprozentig sicher. Das darf nicht passieren!

»Danke dir für deine Zeit, aber ich bekomme das sicher anders geregelt. Und wenn nicht, melde ich mich einfach noch mal. Mach's gut.«

Ich warte seine Antwort nicht mehr ab, stürme den kleinen

Flur entlang durchs Foyer und den Eingang ins Freie. Erst als ich mich ein paar Schritte von dem Bankgebäude entfernt habe, kann ich wieder atmen. Doch ich zügle mein Tempo nicht, ziehe es eher an und laufe mit großen Schritten zu meinem Auto. Ich muss sofort mit Thore telefonieren, es muss einen anderen Weg geben. Oder ich werde an diesem Ort für immer untergehen.

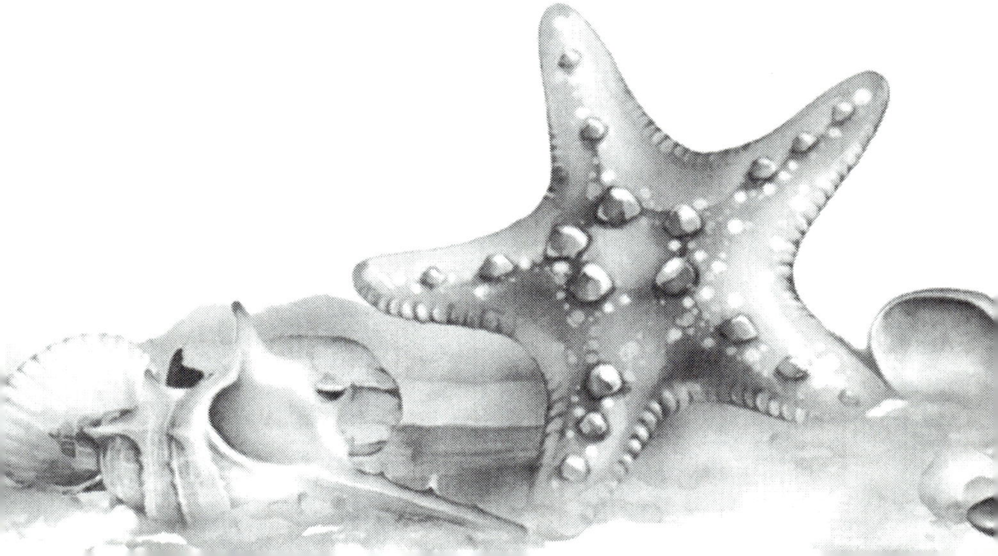

9

FINE

Krankgeschrieben zu sein, ist ein Segen, aber auch ein Fluch. Ich bin froh darüber, nicht aufstehen zu müssen, um zur Arbeit zu gehen. Allerdings kann ich mich schwer vom Denken ablenken. Unterschiedlich große Hämatome in einem mir unbekanntem Farbspektrum zieren meine Arme, Beine und den unteren Teil des Rückens. Alles in allem hätte es mich schlimmer treffen können, immerhin habe ich mir bei dem Unfall nichts gebrochen. Langsam setze ich mich auf, schiebe ein Kissen hinter meinen Rücken und greife nach meinem Handy. Es ist neun Uhr morgens und ich muss grinsen, als ich meine Nachrichten öffne. Isa hat mir bereits fünfmal geschrieben. Gestern hat Sascha bei ihr übernachtet, unfreiwillig. Normalerweise wirft sie ihn aus dem Bett, damit Max ihn nicht sieht. Oje, das hat nicht funktioniert, denn Isa hatte den Wecker nicht gehört. Ich antworte ihr, dass ich jederzeit erreichbar bin und sie mich anrufen soll, wenn es bei ihr passt. Max ist ein helles Bürschchen, ich vermute stark, dass er genau weiß, dass da jemand ab und zu bei seiner Mutter schläft, doch das werde ich Isa nicht erzählen.

Die Natur treibt mich aus dem Bett, danach stelle ich Wasser

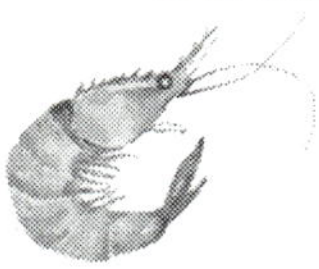

auf den Herd, um mir einen großen Pott Tee zu kochen. In meiner gemütlichen Küche kann ich die Anwesenheit meiner Mutter immer noch spüren. Gerade jetzt vermisse ich sie sehr, da ich aufgewühlt bin und ihren Rat dringend brauchen könnte. Das gestrige Gespräch mit Raik hat meine Gefühle durcheinandergewirbelt und die Vergangenheit ist so präsent, als wären keine fünfzehn Jahre vergangen. Ich seufze und öffne das Fenster. Frische, kühle Luft strömt in den Raum und ich atme tief ein. Raik macht mich … unruhig, und er nervt mich auch. Seitdem er zurückgekommen ist, erwarte ich ständig, ihm zu begegnen. Boltenhagen ist keine Großstadt, es bleibt nicht aus, dass wir uns über den Weg laufen. Mein Herz beginnt zu klopfen - schneller, als ich es möchte. Gestern im Strandkorb war er mir so nah, ich spürte seine Haut an meiner. Ich weiß, ich sollte so nicht fühlen und dennoch habe ich es genossen. Mein Kopf pocht. Ich wünschte, ich könnte die letzte Woche einfach streichen. Mein Leben war, bis Raik aufgetaucht ist, ruhig, schön und komfortabel. Ich habe keine Lust auf den Abenteurer Raik, der nichts Besseres zu tun hat, als ein Chaos anzurichten. Der Wasserkessel pfeift, ich fülle das heiße Wasser in die große Tasse und stelle mich wieder an das geöffnete Fenster. Die blassen Wolken werden vom Wind über den Himmel getrieben, Sonnenstrahlen lassen die Frühlingsblüten in meinem Garten leuchten. Der Duft der dunklen Erde ist süß und schwer. Am Rosenstrauch, den ich mit Mutsch noch gemeinsam am Holzzaun gepflanzt hatte, bevor sie zu schwach für die Gartenarbeit wurde, entdecke ich neue Knospen. Rote Rosen mochte meine Mutter am liebsten. Es ist kühl. Ich ziehe meine Schultern nach oben und schließe das Fenster. Mein Telefon klingelt, ich sehe auf das Display und hebe ab.

»Guten Morgen, Hubertus. Bist du noch nicht in der Praxis?«

»Guten Morgen, Schatz. Hab gerade fünf Minuten zwischen Karies und Röntgen. Wie fühlst du dich heute?«

»Schon viel besser. Ich freue mich darauf, wieder arbeiten zu gehen.« Am anderen Ende der Leitung höre ich Hubertus schwer atmen.

»Lass dir noch etwas Zeit. Schließlich hattest du eine Gehirnerschütterung. Ich kann mir nicht vorstellen, dass dir langweilig wird. Was hältst du davon, wenn ich dich heute Abend abhole? Wir gehen essen und ich würde gerne mit dir sprechen. Einverstanden?«

Das allein genügt schon, dass ich mich schlechter fühle. Ich weiß schließlich ganz genau, worum es gehen wird.

»Gerne. Holst du mich um neunzehn Uhr ab?«

»Selbstverständlich. Doch jetzt muss ich Schluss machen, mein nächster Patient wartet. Wir sehen uns um sieben.«

Wir verabschieden uns und ich lege das Telefon auf die Ablage. Die Sonne scheint sich durchzusetzen und den Kampf gegen die Wolken für sich entschieden zu haben. Spontan beschließe ich, mich mit einer Decke in den Garten zu setzen und an meiner Geschichte weiterzuschreiben. Das bringt mich auf andere Gedanken. Voller Elan hole ich Wolldecken und Sitzkissen aus dem Schlafzimmerschrank und bringe alles nach draußen. Die Holzbank steht windgeschützt unter dem Dachvorsprung des Hauses, ich halte mein Gesicht in die Sonne und genieße die warmen Strahlen auf meiner Haut.

Einige Minuten später habe ich mich gemütlich eingerichtet, sitze bequem und warm in der Sonne, nippe an meinem Tee und habe mein Notebook auf den Knien. Eine leere Seite wartet darauf, dass ich mit dem Schreiben beginne und sie mit Leben fülle. Der Duft der Blüten ist zart und süß, als wäre der frühe Morgen noch in der Nacht gefangen. Wehmütig denke ich an meine Mutter, die diesen Satz zu mir sagte. Ihr Blick war von Poesie geprägt und durch ihre eigene Art, die Welt zu betrachten. Sie war die Schriftstellerin in der Familie und hatte wirkliches Talent.

Die ersten Sätze kommen zögerlich, dann fließen die Wörter

regelrecht aus mir heraus und meine Finger fliegen über die Tastatur. Fröstelnd tauche ich aus meiner Versenkung auf. Die Sonne ist hinter einem Wolkenband verschwunden und es beginnt zu tröpfeln. Überrascht springe ich auf und packe Kissen und Decken gerade noch rechtzeitig zurück ins Haus, bevor es anfängt zu regnen . Mit einem Blick auf die Uhr stelle ich erstaunt fest, dass ich zwei Stunden draußen gesessen habe und völlig in meine Geschichte vertieft war. Ich bin mir sicher, dass auch der nächste Teil Max begeistern wird. So konnte ich mit meiner Krankschreibung heute etwas Sinnvolles anfangen und kann den Rest der Woche dazu nutzen, meine Geschichte zu einem Ende bringen.

Der Regen trommelt mit Wucht an mein Fenster und ich überhöre fast das Klopfen an der Tür. Ich öffne und muss lachen. Isa steht vor der Tür, ihre Haare sind an den Kopf geklatscht, sie hält anklagend die Reste ihres Regenschirms nach oben.

»Lässt du mich rein? Was für ein Schietwetter!«

»Das ist ja eine schöne Überraschung.« Ich trete einen Schritt zur Seite und nehme ihr die Tasche und den Regenschirm ab.

»Eine Überraschung sollte das nicht sein.« Sie klingt nicht gut gelaunt. »Ich hab dich tausendmal angeschrieben, doch keine Reaktion.«

»Ah, tut mir leid. Ich saß auf Mutschs Bank und habe geschrieben. War völlig in Gedanken.« Ich reiche ihr ein Handtuch, das ich aus der Schublade gezogen habe. »Am besten, du ziehst dich gleich um und ich hänge deine Klamotten zum Trocknen auf.«

»Ja.« Isa quält sich aus der nassen Kleidung. »Was für ein dummer Tag. Alles geht schief. Ich hasse das.«

»Lass dir helfen, du fällst noch um und brichst dir was.« Ich drücke meine beste Freundin auf den nächsten Stuhl und ziehe an ihrer hautengen Jeans, die sich nass an ihren Schenkeln festgesaugt zu haben scheint.

»Du musst fester ziehen!«

»Du solltest über deinen Kleidungsstil nachdenken!«

Ich strenge mich an und endlich lässt sich Isas Jeans über ihre Beine ziehen. Ich plumpse unsanft auf den Boden.

Isa kichert, zieht sich ihren nassen Pulli über den Kopf und auch ich muss lachen, ihre schwarzen Haare stehen vom Kopf ab, als wäre sie ein Stachelschwein und ihr Lippenstift ist verschmiert, als hätte sie eine wilde Knutscherei hinter sich.

»Wie siehst du denn aus? Was um Himmels willen hast du nur angestellt?«

»Das Gleiche könnte ich dich auch fragen«, mault Isa, steht auf, hält mir ihre Hand hin, die ich ergreife, und zieht mich hoch. »Du weißt doch, was passiert ist, das scheint spurlos an dir vorübergegangen zu sein.«

Sie rauscht erhobenen Hauptes an mir vorbei ins Schlafzimmer, um sich an meinem Kleiderschrank zu bedienen. Wieder muss ich lachen, ihr String präsentiert ihre Jugendsünde, einen tätowierten fliegenden Engel auf ihrem Allerwertesten, der durch ihren energischen Gang auf und ab zu flattern scheint. Ich pruste und halte mir die Hand vor den Mund.

»Ich weiß genau, weshalb du lachst«, tönt es aus dem Zimmer. »Du bewunderst meinen Schutzengel!«

Isa klatscht sich auf ihren Hintern. »Könntest du auch gebrauchen, wenn ich an deine Eskapaden denke.«

Sie verschwindet wieder zu meinem Kleiderschrank und kehrt angezogen mit meiner Jogginghose und einem Sweatshirt, das ihr mindestens drei Nummern zu groß ist, zurück.

Ich drücke ihr eine Tasse dampfenden Tee in die Hand und wir kuscheln uns beide aufs Sofa. Isa nimmt einen vorsichtigen Schluck.

»Ist das lecker. Fehlt eigentlich nur noch der Rum.«

»Du hast ein Geschäft zu führen«, sage ich mit erhobenem Finger und wir brechen wieder in Gelächter aus.

»Gott, Fine, ich hab Mist gebaut.« Ihr Blick verliert sich beim Blick aus dem Fenster. Ich bleibe still, habe das Gefühl, dass da noch mehr kommt.

»Max hat Sascha in meinem Bett gesehen. Ich konnte gar nicht verstehen, weshalb der Scheiß-Wecker nicht geklingelt hat und weißt du was? Ich habe vergessen, ihn zu stellen! Ich bin auch nicht wach geworden. Das ist mir noch nie passiert. Noch nie!« Mit Nachdruck kommen die letzten Worte, doch es hört sich so an, als müsse sie etwas beweisen.

»Was ist passiert?«

»Max kam ins Schlafzimmer, hat mich geküsst und mir ins Ohr geflüstert, dass er sich fertig gemacht hat und zur Schule gehen wird.«

»Ach, der Süße.« *Mein Patenkind,* denke ich stolz.

»Ich bin aus dem Bett wie ein Blitz und in meine Hose. Sascha lag blöd grinsend auf seiner Seite, Max hat ihm zugewunken, als wäre es das Normalste auf dieser Welt, dass ein fremder Mann in meinem Bett schläft.«

»Sascha ist doch kein fremder Mann für ihn. Er kennt ihn doch.«

»Ja ja, das mag sein, im Café hinter dem Tresen, aber nicht in meinem Bett.«

»Hat Max denn etwas gesagt?«

»Hi.«

»Bitte?«

»Er hat ›Hi‹ zu Sascha gesagt.« Isa verdreht die Augen und blinzelt. Sie ist den Tränen nah. Seit dem Kindergarten kenne ich meine Freundin, den liebsten und besten Menschen auf dieser Welt … und ich weiß genau, was dahintersteckt.

»Und dann?«

Isa wischt sich mit dem Handrücken über die Nase, ich halte ihr ein Taschentuch hin, das sie dankbar annimmt.

»Das wird sich nie ändern, oder?«

»Was meinst du?«, frage ich sie liebevoll.

»Dass du immer das hast, was ich brauche und für mich da bist?«

»Das wird sich nie ändern. Niemals!«

Wir fassen uns bei den Händen, dann lösen wir uns beide aus diesem bewegenden Moment. Isa schnäuzt sich laut ins Taschentuch und wischt sich die Tränen von den Wangen.

»Weißt du, Isa, ich glaube nicht, dass es schlimm ist, dass Max Sascha gesehen hat. Du wirst es ihm erklären, ich glaube aber, dass er es bereits wusste.«

Meine Freundin schweigt und seufzt. »Ja, das glaube ich auch.«

Wir sehen uns an. »Ich weiß nicht, ob ich für eine feste Beziehung bereit bin. Sascha ist zehn Jahre jünger als ich.« Sie zuckt mit den Schultern und kräuselt ihre Nase.

»Ach, *das* ist das Problem? Der Altersunterschied? Warum glaube ich dir das nicht?«

Isa sieht mich mit halb gesenkten Lidern an. »Du weißt doch, nach Max' Erzeuger. Ich würde das nicht noch einmal durchstehen. Besser keine Beziehung. Und mit Sascha … das ist doch sowie so zum Scheitern verurteilt.«

»Was sagt denn Sascha dazu?«

Isa schüttelt mit dem Kopf. »Das spielt keine Rolle. Es geht nicht um ihn.«

»Isa Brunken, du redest wirr. Natürlich spielt es eine Rolle, was er zu dem Ganzen sagt.« Uns beiden ist klar, dass Sascha verrückt nach Isa und über beide Ohren verliebt in sie ist. Die beiden passen wunderbar zusammen, und wenn ich auch verstehe, dass sie so eine Trennung wie von Max' Vater nicht noch einmal erleben möchte, schmerzt es mich zu sehen, dass sie ihrem Glück keine Chance geben will.

»Ich weiß nicht, was ich tun soll. Ich habe, als Max in der Schule war, einige unschöne Dinge zu Sascha gesagt.«

»Was denn? Wie schlimm kann es denn sein?«

»Schlimm. Ich bin völlig durchgedreht. Habe ihm vorgehalten, dass er mit Absicht verschlafen hat und möchte, dass sich Max unwohl fühlt. Ich bin so dumm! Er versteht sich so gut mit Max, die beiden haben Spaß zusammen und ich habe nichts Besseres zu tun, als es kaputtzumachen. Nein!«, sie hebt abwehrend die Arme, »Nimm mich jetzt bloß nicht in den Arm, sonst fange ich an zu heulen.«

»Ruf Sascha an, erkläre ihm alles.«

»Nein, Fine. Ich habe ihm gesagt, dass er gehen soll und dass es falsch war, den Angestellten zu vögeln. Ich war so wütend, so unfassbar wütend.«

Isa beginnt zu weinen, und ich ziehe sie in eine Umarmung.

»Ich hab es verkackt, dieses Mal so richtig, und jetzt, da ich das weiß, möchte ich ihn wiederhaben.«

»Ja. Er ist ein toller Kerl und er tut dir und Max gut.«

»Ich bin dann raus und eine Runde laufen gegangen. Als ich zurückkam, war er weg. Alles war weg. Ich bin zu seinem Zimmer, die Vermieterin meinte, dass er ausgezogen sei. Im Briefkasten war der Schlüssel zum Café.«

Meine Umarmung wird fester und ein flaues Gefühl steigt in mir auf.

»Was ist, wenn ich ihn verloren habe? Ich habe einen Fehler gemacht.«

Ich wiege Isa in meinen Armen und beginne, mich zu fragen, ob ich nicht ebenso dabei bin, alles zu verlieren.

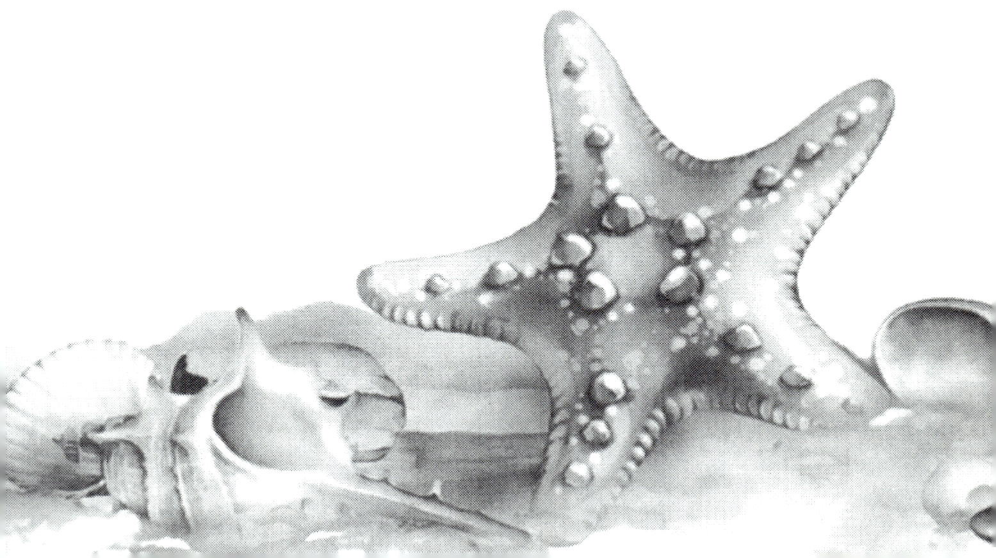

10

RAIK

Seit zwei Stunden fahre ich ziellos umher, über abgelegene Landstraßen und stark befahrene Bundesstraßen. Es dauert lange, bis sich mein Puls wieder normalisiert, ich wieder ruhig atmen und klar denken kann. Doch zurück zum Hof will ich nicht, noch nicht. Bereits der bloße Gedanke an ein Telefonat mit Thore schnürt mir die Luft ab. Ich weiß genau, was er sagen wird, höre seine belehrende Stimme in meinem Kopf. Da ist es einfacher, das Ganze noch eine Weile zu ignorieren und davonzulaufen, wenigstens für den Moment.

Die Autobahn kommt in Sicht, ich fahre auf und gebe Gas. Der Rausch der Geschwindigkeit tut gut. Ich muss mich aufs Fahren fokussieren und darf mich durch wirre Gedanken nicht ablenken lassen. Kurz vor Rostock drehe ich um und fahre die A20 zurück, diesmal aber in gemächlichem Tempo. Ich nehme spontan die Abfahrt Richtung Wismar, folge einer der Hauptstraßen bis zum alten Hafen und stelle das Auto im angrenzenden Parkhaus ab. Es ist schon länger her, doch diese alte Hansestadt zieht mich immer wieder in ihren Bann. Als ich das Parkhaus verlasse, steigt mir der Geruch von frischem Frühlingsregen vermischt mit den salzigen Noten des Meeres in die

Nase. Kurz stoppe ich und genieße die Atmosphäre. Die Luft ist erfüllt vom Gekreische der Möwen. Die Sonne spiegelt sich in den kleinen Pfützen, die sich überall gebildet haben. Ich folge dem breiten Weg, der zwischen den ehemaligen Kornspeichern entlangführt, die links und rechts von mir aufragen. Mittlerweile sind hier Appartements und Büroräume, Boutiquen sowie kleine Cafés und Restaurants untergebracht, doch die klassische Schönheit der roten Sandsteingemäuer ist noch erhalten geblieben. Am Kai des alten Hafens stehen und laufen kleine Touristengruppen herum, die die Atmosphäre genießen oder mit einem der Ausflugsboote fahren wollen. Mein Blick fällt auf die Poeler Kogge *Wissemara*, der größte Nachbau einer mittelalterlichen Kogge in Europa, dessen dunkelbraunes Holz und Größe aus der Masse der kleinen Boote sofort hervorstechen. Prachtvoll anzusehen, liegt sie am Kai verankert, doch ich verweile nur kurz bei ihr, denn mich zieht es vom Hafen weg, hinein in die Altstadt. Ich überquere eine der größeren Straßen und habe sofort das Gefühl, mitten in der Hansezeit gelandet zu sein, einer Mischung aus alten Fachwerkhäusern, herrschaftlichen Bauten und den typischen Fassaden der damaligen Zeit. Das Kopfsteinpflaster ist schon uralt und jedes Mal, wenn ich darüber laufe, frage ich mich, wie es wohl damals war – zur Blütezeit der Hanse, in der diese nun relativ stillen Gassen voller Leben gewesen sein mussten. Man sieht auf den ersten Blick, mit wie viel Liebe die Häuser hier restauriert wurden. Faszinierend sind auch die Türen in diesem Viertel, die wie kleine Schmuckstücke in den unterschiedlichsten Farben leuchten. Je länger ich durch die Gassen laufe, desto mehr fällt die Anspannung von mir ab. Sicher wird sich für das Finanzierungsproblem eine Lösung finden, welches sich nie ergeben hätte, wäre ich nicht auf der Bohrinsel in diese verteufelte Geschichte hineingeraten. Wenn ich nur beweisen könnte, dass ich unschuldig bin und nichts mit dem vermeintlichen Anschlag auf meinen Kollegen Ralf zu tun habe – sie würden die Suspendierung wieder aufheben und alles wäre in Butter. Aber dafür stehen meine Chancen verflucht schlecht. Die Beweislast ist erdrückend, auch wenn ich weiß, dass sie manipuliert wurde und nicht der Wahrheit entspricht.

In Gedanken versunken muss ich aufpassen, niemanden umzurennen, denn im Zentrum der Stadt sind viele Menschen unterwegs. Ich wähle den Weg zum St. Marienturm und seinen nachgebauten Grundmauern. Im zweiten Weltkrieg wurde das Kirchenschiff durch einen Luftangriff so stark zerstört, dass die Reste später weggesprengt wurden. Nur der achtzig Meter hohe Turm steht noch, der zum Wahr- und Seezeichen wurde. Kinder turnen auf den Mauern herum. Kleine Pfützen haben sich überall gebildet, die zum Spielen einladen. Fröhlich lachend hüpfen zwei Kinder immer wieder hinein. Sie haben noch keine Ahnung, wie grausam diese Welt sein kann, und was sich an diesem Platz einst abgespielt hat. Ich beobachte sie einen Moment und wünsche, ich hätte diese Freude, dieses Lachen und diese Unschuld als Kind auch gekannt. Viel länger als beabsichtigt bleibe ich stehen und verliere mich in dem Treiben der Menschen um mich herum, bevor ich mich zu meinem endgültigen Ziel aufmache: die Sargmacherstraße. Dieser Name lässt mich immer wieder erschaudern, stammt er doch aus einer alten Zeit dieser Stadt und bedarf keiner Erklärung. Heute gibt es hier eine Kaffeerösterei und einen Teeladen, die mit Liebe und Leidenschaft beste Qualität bieten, die mich bei meinem ersten Besuch vor Jahren schon berührt hat. Sogar auf die Ölbohrplattform habe ich meinen eigenen Tee- und Kaffeevorrat mitgenommen. Weißer Pai Mu Tan Tee und Kaffee aus dem kenianischen Hochland, da bin ich eigen. Um mich in der Hofreite wohlzufühlen, ist das das Mindeste, was ich benötige.

Zuerst betrete ich den Teeladen. Der Besitzer sitzt hinter der kleinen Theke und liest in einem dicken Wälzer.

»Was darf's denn sein?«, erkundigt er sich, nachdem wir uns begrüßt haben. Im Laden riecht es herrlich fruchtig und blumig. Ich äußere meinen Wunsch und sehe mich dann im Laden um, während er meine Bestellung einpackt. Gewürze in kleinen und großen Gläsern stehen überall in den Regalen zwischen Teedosen, Servietten und Kerzen. Mein Blick wird von einem kleinen Ständer aus Metall angezogen, in welchem Reagenzgläser gefüllt mit Gewürzen stehen. Hawaiianisches Salz, Zitronenpfeffer, Himbeerpfeffer. Himbeerpfeffer? Das klingt interessant. Direkt geht mir die Frage durch den Kopf, ob Fine wohl immer noch so gerne kocht wie früher. Damals hatte sie großen Spaß daran, Gerichte aus aller Welt nachzukochen, was nicht immer zum Erfolg geführt hatte. Manchmal hatte sie mir Kostproben mit zu unseren Treffen gebracht. Das versalzene Couscous kann ich fast auf meinen Lippen schmecken. Es war nur mit viel Wasser zu ertragen gewesen und schließlich hatten wir den ungenießbaren Rest heimlich in den Dünen verbuddelt. Die Erinnerung zaubert mir ein kleines Lächeln auf die Lippen, diese Zeit war mit die unbeschwerteste in meinem Leben.

Spontan entschließe ich mich, den Himbeerpfeffer mitzunehmen und Fine bei unserem nächsten Treffen zu schenken. Wie einen kleinen Schatz trage ich ihn in meiner Hand zum Tresen.

»Gute Wahl, das bekommen Sie nicht an jeder Ecke. Passt prima zu Wildgerichten«, bemerkt der Verkäufer.

»Danke für den Tipp. Ich werde ihn weitergeben, denn es ist ein Geschenk. Mich sollte man nur im Notfall an einen Herd lassen und dann am besten auch nur, wenn etwas an der Elektrik repariert werden muss.«

Der Schnurrbart des Verkäufers zuckt amüsiert gefolgt von einem tiefen Lachen.

»Dann sind Sie Elektriker?«, erkundigt er sich, während er mein Geld annimmt.

»Ja, so was in der Art«, antworte ich und stecke mein Wechselgeld ein. Für die meisten Menschen gibt es keine Unterschiede, wenn etwas mit Elektrik zu tun hat. Dass es hier viele verschiedene Berufe in diesem Bereich gibt, wissen sie nicht.

»Sie haben nicht zufällig eine Karte oder eine Nummer, die Sie mir dalassen könnten? Für Notfälle. Sie wissen sicher, wie schwer es ist, heutzutage einen Fachmann zu finden, wenn es ein Problem gibt.«

Betreten betrachte ich das Regal hinter dem Mann. Dort ist ein Teeservice mit blauen Verzierungen auf weißem Grund aufgestellt. Wieder bin ich in eine Situation gerutscht, in der ich nicht ohne Weiteres erklären kann, warum ich nicht arbeiten kann. Nein … nicht arbeiten darf, das trifft es.

»Es tut mir leid, wenn ich Sie so überfallen habe, ist auch normalerweise gar nicht meine Art.«

»Schon okay. Haben Sie einen Zettel? Dann notiere ich Ihnen meine Nummer. Aber wirklich nur für den absoluten Notfall.«

Er schiebt mir Stift und Papier hin. Hastig schreibe ich ihm meine Handynummer sowie meinen Namen auf. Sollte er wirklich anrufen, kann ich zur Not immer noch aus Zeitgründen ablehnen.

Bevor er mich in ein weiteres Gespräch ziehen kann, verlasse ich den Laden mit meinen Einkäufen.

Bis ich zu Hause ankomme, ist der Nachmittag vergangen. Müde holpere ich mit dem Auto über den Weg und versuche, dabei möglichst wenig Schlaglöcher zu erwischen. Ich überlege, ob ich das Gespräch mit Thore noch heute Abend hinter mich bringe oder doch auf morgen verschiebe, während ich das Auto in die Auffahrt lenke. Da entdecke ich ein gelbes Hollandrad, das am Haus lehnt. Meine Müdigkeit ist sofort verschwunden, ich greife die Tasche mit den Einkäufen und steige aus dem Auto aus.

»Hey, Raik.« Fine kommt mir entgegen, offenbar hat sie auf der Terrasse gewartet.

»Fine.« Ich spreche nur ihren Namen aus und doch bin ich mir sicher, dass sie die Überraschung und Freude, sie hier anzutreffen, sofort heraushört. »Was machst du hier?«

Ihre wilde Mähne fällt ihr locker über die Schultern. Vielleicht schmerzt ihr Kopf immer noch, sodass sie die Haare nicht zusammenbinden kann.

»Na ja«, sie blickt unruhig umher. »Ich wollte nur wissen, wann wir uns wieder am Strand treffen wollen. Da ich aber deine Nummer nicht habe, dachte ich, ich komme her?« Fragend verzieht sie das Gesicht. Die Unsicherheit, die sie ausstrahlt, ist süß und am liebsten würde ich sie in den Arm nehmen und ihr einen Kuss auf die Nasenspitze drücken, doch das verkneife ich mir.

»Na dann.« Ich belasse es bei einem Zwinkern. »Wenn du schon da bist … Lust auf einen frischen Kaffee aus dem kenianischen Hochland?«

Ich denke an das Geschenk, das ich ihr spontan mitgenommen habe, behalte dieses Geheimnis jedoch noch für mich.

»Kaffee klingt immer gut.«

Sie folgt mir ins Haus und hockt sich in der Küche wie selbstverständlich auf die Arbeitsplatte, während ihr Blick den Raum erfasst.

»Wirkt alles ein wenig renovierungsbedürftig.«

Ich stelle einen Topf mit Wasser auf den Herd und hole eine alte Porzellankanne aus dem Schrank.

»Es wirkt nicht nur so, das ganze Haus muss renoviert werden. Meine Eltern haben alles verkommen lassen.«

»Und jetzt übernimmst du diese Aufgabe? Ist das nicht etwas viel, ein ganzes Haus allein renovieren zu wollen?« Sie legt den Kopf schräg, auf ihrer Wange ist eine Schürfwunde zu erkennen.

Ich weiß, sie ist ehrlich interessiert, doch ich weiß auch,

wohin dieses Gespräch zwangsläufig führen wird. Dafür bin ich noch nicht bereit, nicht nach diesem Tag.

»Ach, mir macht das Spaß.« Das Wasser sprudelt bereits im Topf und ich schnappe mir den Filterhalter sowie einen Papierfalter und setze ihn auf die Kanne.

»Geh doch schon mal ins Wohnzimmer, dort ist es gemütlicher. Ich komme gleich nach.« Ich schenke Fine ein Lächeln und kümmere mich weiter um den Kaffee. Das Aroma des frisch gemahlenen Pulvers beruhigt mich ein wenig.

Erleichtert stelle ich fest, dass Fine nicht weiter auf das Thema drängt und ins Wohnzimmer geht.

Ich kann die Wahrheit nicht vor ihr geheim halten, vor allem nicht seit heute Morgen, doch was ist, wenn sie mir nicht glaubt? Diese Angst sitzt tief in mir. Hätten doch die, die mich vorschnell verurteilten, es besser wissen sollen. Wie soll mir dann ein Mensch glauben, der seit Jahren keinen Kontakt mehr mit mir hat und schon damals nicht meine besten Seiten zu sehen bekam? Meine Hand zittert, während ich das heiße Wasser langsam über das Pulver laufen lasse.

»Ich hab da was gefunden«, ertönt Fines Stimme plötzlich hinter mir. Erschrocken fahre ich mit dem Topf in der Hand herum, ich habe gar nicht gemerkt, dass sie wieder zurück in die Küche gekommen ist und weiß nicht mal, warum ich mich überhaupt drehe, da ist es schon passiert. Das restliche heiße Wasser schwappt aus dem Topf heraus über meine Hand und das Skizzenbuch, das Fine in ihren Händen hält. Aus Reflex lässt sie es auf den Boden fallen. Ich schaffe es gerade noch, den Topf auf die Anrichte zu stellen.

»Verfluchte Scheiße, ist das heiß!«, entfährt es mir. Ich stürze zum Waschbecken, reiße den Hahn auf und lasse kaltes Wasser über meine Hand laufen. Der Schmerz lässt etwas nach. Fine kniet auf dem Boden, tupft hektisch die aufgeschlagenen Seiten mit einem dünnen Baumwollhandtuch trocken.

»Oh nein, Raik, das wollte ich nicht!« In ihrer Stimme liegt Traurigkeit. »Das tut mir so unfassbar leid!«

Vorsichtig hebt sie das Buch auf und legt es auf dem Küchentisch ab. Dann kommt sie zu mir. Ihre blaugrünen Augen sind umschattet, Sorge liegt darin.

Vorsichtig greift sie nach meiner Hand. »Zeig mal her.« Sanft tupft sie meine Hand trocken. Eine Träne löst sich aus ihrem Augenwinkel, rollt über ihre Wange. Sie hält inne, presst die Lippen zusammen und atmet angestrengt, als würde ein Gewicht tonnenschwer auf ihr lasten. Mein Herz zieht sich zusammen.

»Fine, es ist alles gut«, versuche ich, sie zu beruhigen und streiche sanft mit meinem Daumen über ihre Wange. »Es sind doch nur Zeichnungen.«

Ihr Kopf ruckt hoch, unsere Blicke treffen sich. »Es sind nur Leuchttürme. Ich liebe Leuchttürme, keiner weiß das besser als du. Und du hast sie alle kurz vor meinen Geburtstagen gemalt. Warum?«

Dieses *Warum* steht im Raum, braucht keine Antwort, denn sie kennt sie längst. »Du hast sie für mich gemalt.«

Ich will antworten, doch ich schaffe es nicht. Ich kann es nicht erklären, nichts von alldem, was ich getan oder nicht getan habe, was ich versäumt und dadurch verloren habe.

Ich streife das Handtuch von meiner Hand und ziehe Fine an mich. Ich umschlinge sie mit meinen Armen, lege meinen Kopf auf ihre Schulter und drücke mein Gesicht an ihr weiches Haar. »Es tut mir so leid«, ist alles, was ich sagen kann.

Ich spüre, wie sie meine Umarmung erwidert, sanft gleiten ihre Hände über meinen Rücken. »Du hast mich nie vergessen«, murmelt sie, ich kann die Worte gerade so verstehen.

»Wie könnte ich dich vergessen?«

Vorsichtig löse ich mich, ich will ihre Augen sehen, auch wenn es mir Angst macht, was mich erwartet.

Doch ich finde in ihnen nur Wärme, Zärtlichkeit und Zuneigung.

Plötzlich zuckt Fine zusammen. »Geht die Uhr da richtig?« Ich drehe mich um und schaue auf den kleinen digitalen Wecker, den ich mir zum Eierkochen aufs Fensterbrett gestellt habe.

»Ja, warum?« Sobald meine Worte meinen Mund verlassen haben, bereue ich sie auch schon. Natürlich, Hubertus wartet wahrscheinlich schon auf sie.

»Ich muss sofort nach Hause, ich hab ganz vergessen, dass …« Sie beendet den Satz nicht, greift nur nach dem Skizzenbuch und stürmt los. Ich folge ihr bis zur Haustür.

»Morgen Abend um neun am Strand!«, ruft sie mir zu, während sie sich aufs Rad schwingt. Mein Skizzenbuch ist im Korb gelandet. »Wir haben uns viel zu erzählen!« Dann tritt sie in die Pedale und verschwindet um die Ecke.

»Pass diesmal besser auf dich auf!«, brülle ich ihr hinterher, bin mir aber nicht sicher, ob sie es noch gehört hat. Nicht auszudenken, wenn sie wieder fällt. Hastig renne ich bis zur Hofeinfahrt, von der aus ich das gelbe Rad im Zickzack den Weg zur Hauptstraße fahren sehe. Ich bleibe stehen, bis sie aus meinem Blickfeld verschwindet. Der Himbeerpfeffer wird wohl bis morgen Abend warten müssen.

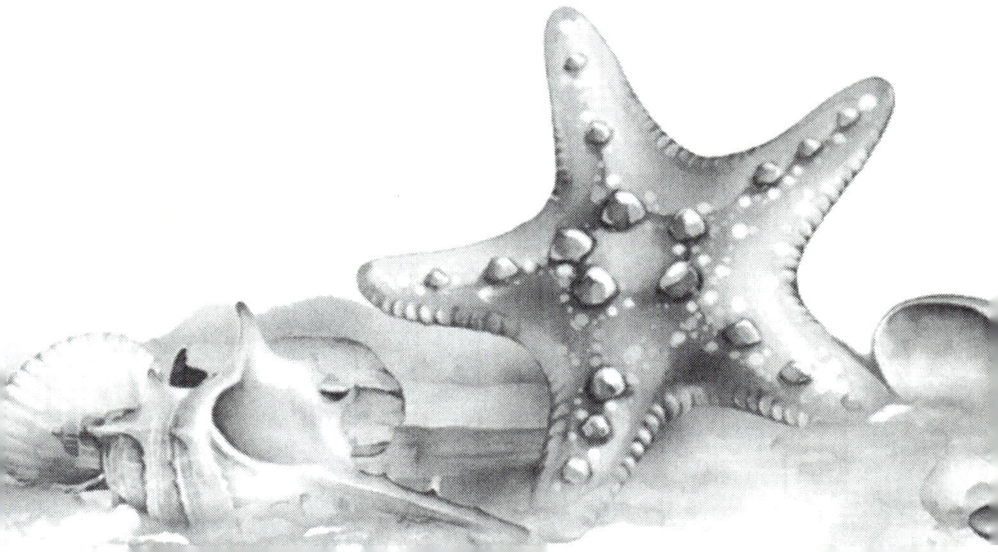

11

FINE

Mit voller Kraft trete ich in die Pedale, versuche, den Blick geradeaus zu halten. Doch ich bin zu neugierig und schaue zu Raik zurück, der an der Hofeinfahrt steht. Bei seinem Anblick rast mein Herz noch schneller, als es vor Anstrengung sowieso schon schlägt. Gott! Was ist nur los mit mir? Während der Gegenwind mich gefühlt im Schneckentempo von Raiks Haus wegfahren lässt, spüre ich seine Hände auf meinem Rücken. Ich fasse kurz in den Korb, das Skizzenbuch liegt dort sicher. Ich möchte zu Hause die Seiten trocknen und den Schaden begutachten, den ich mit meiner Ungeschicklichkeit angerichtet habe. *Und ich möchte mir in aller Ruhe ansehen, was Raik gezeichnet hat. Was er für mich gezeichnet hat …*

Innerlich verfluche ich meine Idee, nach Isas Weggang auf mein Rad gestiegen und zu Raiks Haus gefahren zu sein. Meine Enttäuschung, als ich festgestellt hatte, dass er nicht zu Hause war, war seltsam gewesen … meine Freude, ihn zu sehen, als er kam, ebenso.

Wie ich vermutet hatte, wartet Hubertus schon auf mich. Als ich sein Auto erkenne, beiße ich meine Zähne zusammen. Blödes Timing! Ich habe mir nichts vorzuwerfen, Raik ist ein alter Freund und ich habe ihm einen Besuch abgestattet. Es kommt mir vor, als würden mich meine Gedanken verspotten. *Ja, mach dir weiter etwas vor!*

Hubertus kommt aus der Tür und lächelt mir zu, als ich vom Rad absteige, das Gartentor öffne und zum Haus schiebe. Wie immer sind seine dunklen Haare akkurat nach hinten gekämmt, was seine hohe Stirn mit den geschwungenen Augenbrauen gut zur Geltung bringt. Müsste ich seinen Beruf raten, wäre Arzt mein erster Gedanke.

»Fine! Wo kommst du denn her und weshalb bist du so außer Atem?«

Hubertus nimmt meinen Rucksack und ich greife nach Raiks Skizzenbuch. Irgendetwas sagt mir, dass es ihm nicht recht wäre, wenn Hubertus darin blättern würde.

»Ich habe mich beeilt. Entschuldige bitte meine Verspätung.«

»Das ist nicht schlimm. Ist denn alles in Ordnung? Ich habe Isa in der Stadt getroffen, sie wirkte völlig durch den Wind und hatte keine Zeit für etwas Small Talk. Weißt du, was mit ihr los ist?«

»Du fragst mich, ob ich dir Gossip berichten kann?« Grinsend strecke ich mich und drücke Hubertus einen Kuss auf die Wange. Er liebt Ratsch und Tratsch und würde mir stundenlang zuhören, wenn ich Neuigkeiten von den Boltenhagenern zu berichten hätte.

»Ich meine ja nur … Es ist mir nicht verborgen geblieben, dass es da einen jungen Mann an ihrer Seite gibt.«

»Ist das so? Dazu kann ich nichts sagen.«

Hubertus seufzt theatralisch und zwinkert mir zu. »Mir bleibt nichts verborgen.«

»Ich ziehe mich noch schnell um und dann können wir los.«

Raiks Skizzenbuch verschwindet in meiner Nachttischschublade.

»Lass dir Zeit, ich habe erst in einer halben Stunde reserviert.«

»Okay.« Mein Blick fällt in den Spiegel. Die Haare stehen in alle Richtungen. Ich versuche, sie zu bändigen, doch der starke Wind hat mir eine Frisur beschert, die ich nur durch einen Pferdeschwanz salonfähig bekomme.

»Ist denn alles in Ordnung mit dir?«

Erschrocken zucke ich zusammen. Hubertus steht hinter mir, unsere Blicke begegnen sich im Spiegel, er legt seine Arme um mich und ich lehne mich für einen Augenblick an ihn. Dann löse ich mich von ihm, trete einen Schritt beiseite.

»Ich mache mich fertig. Gib mir bitte fünf Minuten.«

»Selbstverständlich.« Hubertus schlendert zurück ins Wohnzimmer und auch wenn er enttäuscht ist, lässt er es sich nicht anmerken.

Was ist bloß los mit mir? Das weißt du doch ganz genau.

Zwanzig Minuten später sitzen Hubertus und ich uns bei unserem Lieblingsitaliener Da Fabio. Wie immer ist das Restaurant gut besucht und beinahe jeder Tisch besetzt. Mein Magen knurrt, als meine Vorspeise gebracht wird. Insalata Caprese, der Duft von frischem Basilikum ist köstlich und ich schließe genüsslich meine Augen, bevor ich probiere.

»Schmeckt es dir?«, erkundigt sich Hubertus und angelt sich eine Tomate von meinem Teller. Ich nicke mit vollem Mund und schiebe den Teller in die Mitte.

»Danke, ich habe mit meiner Vorspeise schon genug zu tun. Ich würde gern anstoßen.« Wir heben die Gläser, der Wein ist köstlich, fließt wie Samt meine Kehle hinunter.

»Auf uns, Fine.«

»Auf uns.«

»Ich habe mir etwas überlegt. Wir sprechen schon seit über vier Jahren davon zu heiraten und ich habe mich gefragt, auf was wir warten.«

Er lächelt mich liebevoll an und ich starre auf seine Lippen und das Grübchen an seinem Kinn.

»Wir sollten den nächsten Schritt wagen, Fine. Du bist die Frau, mit der ich zusammen alt werden möchte. Die letzten Tage musste ich daran denken, wie wundervoll du zusammen mit Max ausgesehen hast.« Er schweigt, als der Kellner an unseren Tisch tritt, um die leeren Teller abzuräumen.

»Darf ich den Hauptgang servieren, oder möchten die Herrschaften noch warten?« Der Ober sieht abwechselnd zu Hubertus und mir.

»Hubertus grinst. »Die Dame scheint sehr hungrig zu sein, dann kann es gleich weitergehen.«

Als wir wieder allein sind, nimmt er meine Hand.

»Du bist eiskalt, ist alles in Ordnung?«

Stumm schüttle ich meinen Kopf. Was soll ich darauf sagen? Alles in mir schnürt sich zusammen und ich würde am liebsten aufstehen und gehen. Ich weiß genau, was Hubertus sagen wird, und ich habe große Angst davor.

»Lass uns einen Termin für unsere Hochzeit finden. Es ist Zeit, Nägel mit Köpfen zu machen. Ich werde nicht jünger und ich wünsche mir Kinder mit dir. Was sagst du?«

Unterschiedliche Empfindungen wühlen mich auf, ich starre in das Gesicht meines Verlobten, nehme jeden Ausdruck mit Schärfe in mir auf. In seinen braunen Augen sehe ich Zärtlichkeit und Erwartung. Es bräuchte nur ein Wort von mir und ich wäre auf den Weg in ein glückliches Leben mit Hubertus. Das Schweigen dehnt sich aus, mein Gegenüber blinzelt, Unverständnis lässt sein Lächeln ersterben.

»Fine?«

Ich räuspere mich. »Ich liebe dich.«

»Aha. Du liebst mich, doch du willst mich nicht heiraten.« Es ist keine Frage.

»So ist es nicht. Ich brauche noch etwas Zeit, wie ich dir gesagt habe.« Panik baut sich in mir auf. Hubertus hat meine Hand losgelassen und lehnt sich im Stuhl zurück. Er möchte Abstand zwischen sich und mich bringen.

Der Kellner tritt an unseren Tisch, stellt die Teller mit unseren Hauptspeisen vor uns ab. Ich drehe mich zur Seite, und sehe Raik an der Theke stehen. Er starrt zu mir hinüber, sein Blick ist nicht freundlich, er grüßt auch nicht und wendet sich ab. Was bildet er sich denn ein? Er hat keinen Anspruch auf mich. Wütend beobachte ich, wie er den Pizzakarton entgegennimmt, zahlt und das Lokal verlässt, ohne mir noch einen Blick zuzuwerfen. Was für ein Idiot!

»War das gerade Raik?«

»Ja. Das war er.«

»Hm.« Nachdenklich sieht Hubertus mich an. »Alles in Ordnung?«

»Ja. Warum fragst du mich das immer? Es tut mir leid, dass ich ungehalten bin. Ich verstehe dich, wir haben nur nie darüber gesprochen, was eine Heirat für uns bedeutet. Ich kann Mutschs Haus nicht aufgeben, ich kann einfach nicht. Was soll ich damit machen, wenn ich zu dir ziehen würde?«

»Es gibt immer eine Lösung, Fine. Das Häuschen ist einfach ein Häuschen. Es ist zu klein für dich, mich und unsere zukünftigen Kinder. Allein meine Plattensammlung braucht mehr Platz.« Er grinst wieder gut gelaunt. »Ich sage ja nicht, dass du das Haus verkaufen sollst, wobei das natürlich eine Option wäre …«

»Niemals, Hubertus, das ist kein Thema!« Schon die Vorstellung fühlt sich wie ein Verrat an meiner Mutter an.

»Hm. Du könntest es vermieten, das wäre auch eine Möglichkeit.«

Unser Gespräch wird hitziger, doch ich bin froh, dass der

Termin für eine Hochzeit erst einmal vom Tisch ist. Mein Kopf dröhnt und mein Nacken schmerzt.

»Warum kann es nicht bleiben, wie es ist?«

Ich kann nicht verhindern, dass meine Stimme flehentlich klingt.

»Weil ich mir nichts mehr wünsche, als ein Kind mit dir zu haben. Ich bin sechsunddreißig Jahre alt. Ich möchte nicht, dass es bei der Einschulung heißt: ›Guck mal, der oder die hat seinen Opa dabei.‹ Ich möchte fit sein und unsere Kinder genießen. Kannst du dir nicht vorstellen, wie wunderbar das wäre?«

Ich nicke schweigend, was soll ich auch sagen? Was das angeht, beruht mein Leben auf einer Lüge und ich stecke richtig tief drin. Ein gordischer Knoten, den ich nicht zu lösen vermag, ohne den Menschen, der mir viel bedeutet, bis aufs Äußerste zu verletzen.

Schweigend beenden wir unsere Mahlzeit. Ich bin davon überzeugt, dass der Fisch ausgezeichnet zubereitet ist, doch meine unterdrückten Tränen lassen alles nach Pappe schmecken. Hubertus scheint nicht zu bemerken, wie aufgewühlt ich bin. Raiks Blick geht mir nicht aus dem Kopf. Was er wohl gedacht hat, als er mich mit Hubertus händchenhaltend gesehen hat?

»Soll ich dich nach Hause bringen? Du siehst müde und erschöpft aus.«

»Ja, bitte. Ich fühle mich tatsächlich nicht gut.«

Hubertus nickt verständnisvoll und winkt dem Kellner, der sich beeilt und mit der Rechnung zu uns kommt.

Im Auto schweigen wir beide. Hubertus nimmt meine Hand. Ich habe die Augen geschlossen und lehne meinen Kopf an die kühle Scheibe des Fensters.

»Ich möchte dich nicht drängen, Fine. Nichts liegt mir

ferner, als dich unter Druck zu setzen, doch ich hatte angenommen, dass wir uns einig sind, was unsere Zukunftspläne angeht … zumindest mittelfristig.«

»Wir haben nie ausführlich darüber gesprochen.«

Wir sind zu Hause angekommen. Hubertus stellt den Motor aus und dreht sich zu mir.

»Selbstverständlich haben wir darüber gesprochen. Du bist seit einigen Tagen verändert. Hast du deine Pläne geändert? Dann sag mir das.« Er zieht mich an sich, seine Umarmung tröstet mich, denn sie ist an nichts gebunden. In diesem Moment hat Hubertus keine Erwartungen an mich und unsere Beziehung.

»Können wir ein anderes Mal darüber sprechen? Ich bin todmüde.«

»Dann geh am besten gleich ins Bett, du musst Schmerzen haben. Wir reden, wenn es dir besser geht. Ich bleibe heute Nacht nicht bei dir, sondern fahre nach Hause.«

Ich nicke stumm und fröstle, als Hubertus seine Arme von mir nimmt.

»Gute Nacht, mein Schatz. Ich liebe dich.«

Ich steige aus, drehe mich zu ihm: »Ich liebe dich auch«, und gehe ins Haus.

Meine Kopfschmerzen wachsen sich zu einer Migräne aus. Ich lasse es dunkel, stelle mich ans Fenster und beobachte, wie Hubertus sein Telefon in die Hand nimmt und telefoniert. Kurz frage ich mich, wen er so spät anruft. Ein ungutes Gefühl beschleicht mich. Doch ich bin zu müde, um mir Gedanken zu machen. Erst als ich in meinem Bett liege, lassen die Schmerzen langsam nach und Ruhe kehrt ein. Mir wird klar, dass ich mich einigen Gefühlen stellen muss, sonst stehe ich mir mit einer gemeinsamen Zukunft mit Hubertus selbst im Wege. Er war so verständnisvoll und hat Rücksicht auf mich genommen.

Das Gespräch mit Raik im Strandkorb fällt mir wieder ein. *Liebst du ihn?*, fragte er mich und ich hatte nicht geantwortet.

»Ich liebe ihn«, sage ich laut in die Dunkelheit. »Ich liebe ihn und alles wird gut.«

Meine Stimme hört sich an, als müsste ich jemanden überzeugen. *Vielleicht mich selbst,* wispert es in meinem Kopf, doch ich wische den Gedanken weg.

Dann übermannt mich die Erschöpfung und ich schlafe ein.

12

RAIK

Wütend schlage ich die Haustür hinter mir zu und knalle den Pizzakarton auf das kleine Tischchen in der Diele. Beim Abstreifen der Jacke achte ich nicht auf meine Hand und zucke vor Schmerz kurz zusammen, als der Ärmel über die verbrannte Stelle fährt. Gut, dass ich mir vorhin noch Brandsalbe aus der Apotheke geholt habe, ich brauche sie dringend. Ich schlüpfe aus meinen Boots und gehe mit dem Pizzakarton direkt ins Wohnzimmer.

Natürlich musste Fine ausgerechnet mit Hubertus genau in dem Moment in der Pizzeria sitzen, während ich meine Bestellung abhole. Für einen Moment war ich wie erstarrt. Sie zusammen zu sehen, macht es real. Eine Realität, die mir nicht gefällt. Dabei wirkte sie nicht glücklich, eher unsicher, so, wie sie dasaß. Ihr Oberkörper war angespannt, die Schultern hochgezogen. In diesem Moment konnte ich nur eins denken: *Er tut ihr nicht gut*. Leider konnte ich nicht schnell genug wegsehen. Ihre Augen … Die ganze Rückfahrt habe ich sie vor mir gesehen. *Warum nur lagen so viel Schmerz und Verwirrung in deinem Blick, Fine?* Was ist passiert? Ich werde dich morgen danach fragen und keine Ruhe geben, bis ich es weiß.

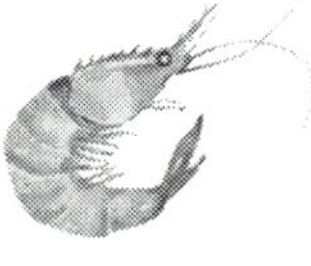

Die Pizza schmecke ich kaum, schlinge sie hinunter, damit mein Magen gefüllt wird. Mein Skizzenbuch … sie hat es einfach mitgenommen. Ob Hubertus es auch gesehen hat? Es geht ihn nichts an. Ich hoffe, sie weiß das und hält es vor seinen Augen verborgen. Ich halte kurz inne und spüre Durst in mir aufkeimen. Die scharfe Peperoniwurst trägt ihren Namen zu Recht. In der Küche hole ich mir ein Bier aus dem Kühlschrank, trinke es im Stehen an die Anrichte gelehnt, während mein Blick auf die Porzellankanne mit dem Kaffeefilter und dem bereits kalten Inhalt fällt. Heute Nacht wird Jules Verne nicht ausreichen, um mich in das Land der Träume zu befördern. Heute Abend brauche ich eine andere Art der Ablenkung.

Ich hole die Brandsalbe und eine Mullbinde aus meiner Jackentasche und verarzte mich, während ich langsam die Treppe hinaufsteige. Es ist Zeit, dieses Haus zu entrümpeln, die Vergangenheit zur Tür hinauszubefördern.

Das Schlafzimmer meiner Eltern ist immer noch so, wie ich es in Erinnerung habe. Billige Möbel aus Buchenfunier, ein hellbraun marmorierter Linoleumboden mit uralten verfilzten und verblichenen Läufern, die mal Blüten oder etwas in der Art darstellen sollten. Der schwarze Wecker auf Papas Nachttisch, dessen schrilles Piepen mich frühmorgens immer mit aus dem Schlaf gerissen hat. Auf Mamas Nachttisch eine kleine runde Porzellandose, in die sie abends immer ihren Ehering legte. Ich trete näher, die Dose hat einen feinen Goldrand und in der Mitte des Deckels sind bunte Blüten erkennbar. Plötzlich höre ich wieder ihre Stimme, wie sie zu mir sagt: »Wag es bloß nicht, diesen Ring hier jemals rauszunehmen!«

Ihre Stimme machte mir damals solche Angst, dass ich nicht mal in der Lage war zu antworten und nur nicken konnte. Bis heute habe ich nicht verstanden, warum ich das hätte tun sollen. Es war das einzige Schmuckstück, das sie je besaß, und sie trug es jeden Tag. Niemals hätte ich etwas, das ihr so kostbar war, entwendet.

Langsam trete ich an den Nachttisch, öffne die Dose so vorsichtig, als könnte der Deckel zerbröseln, sobald ich ihn nur berühre. Die Dose ist leer. Mein Atem geht schwer. Ich kann die Erinnerungen nicht mehr zurückhalten, ebenso wenig wie die Wut und Enttäuschung über alles, was diese Frau mir nicht gegeben hat.

»Warum konntest du mich nicht lieben?« Die Worte brechen aus mir heraus. Ich schreie sie gegen das Bett, die Wand, die Leere in diesem Raum. Dann packe ich die Dose mit dem Deckel und werfe sie mit Wucht gegen die Wand.

»Warum hast du mir immer die Schuld an allem gegeben? Ich habe dir nie etwas getan!«

All die unterdrückten Emotionen schwappen aus mir raus, überfluten mich. Ich haste zum Balkon, reiße die Gardinen zur Seite und die beiden Flügel der Tür weit auf. Die milde Luft des Frühsommers schlägt mir entgegen, doch ich bin gefangen in meiner Wut, nehme nichts mehr wahr. Ohne nachzudenken, zerre ich Decken und Kissen vom Bett, werfe alles hinunter auf die Terrasse. Dann packe ich eine Matratze, schleife sie zum Geländer und wuchte sie darüber. Sie fällt nach unten und die Wucht ihres Aufpralls zertrümmert den maroden Terrassentisch. Ich bin jetzt nicht mehr aufzuhalten. Stück für Stück greife und ziehe ich nach draußen, werfe es ohne Rücksicht hinab. Es kracht und poltert - jedes Mal befreit es mich ein wenig mehr. Schließlich hole ich einen großen Hammer und dresche auf die Möbel ein. Schweiß rinnt mir übers Gesicht, mein Atem geht keuchend, meine verwundete Hand schmerzt. Doch all das ist egal, es spielt keine Rolle mehr. Ich fühle mich wie das Ungeheuer in Jules Vernes Roman, das vermeintlich gejagt wird, um dann doch als harmloses U-Boot erkannt zu werden, das nur vor dem Leben wegschwimmt und vor der Vergangenheit, die nicht mehr zu ertragen war …

Am nächsten Tag schlafe ich bis Mittag und erwache mit einem Stöhnen. Jeder verdammte Muskel in meinem Körper schmerzt höllisch und ich brauche einen Moment, bis ich es schaffe, das Bett zu verlassen. Der Hof liegt so abgelegen, dass mein Krach am Vorabend niemanden belästigen konnte, also habe ich mich bis tief in die Nacht hinein verausgabt, bis ich keine Kraft mehr hatte, etwas zu heben, geschweige denn zu gehen oder auch nur etwas zu fühlen. Genau diese Art von innerer Leere hatte ich gebraucht, um Schlaf zu finden. So war ich mit allem, was ich noch anhatte und dem Dreck der Vergangenheit ins Bett gefallen.

Zunächst verarzte ich erneut meine Hand, der meine gestrige Aktion nicht besonders gutgetan hat, und dusche mich vorsichtig. Dann schleppe ich mich in die Küche, entsorge den alten Kaffee und brühe neuen auf, während ich meine Nachrichten checke.

Thore fragt natürlich nach dem Stand der Dinge. Ich werde ihn später anrufen oder vielleicht auch erst morgen. Was ist schon ein Tag? Mit der Kaffeetasse in der Hand trete ich durch die Diele aus dem Haus und gehe zur Terrasse, um mir den Trümmerberg, den ich gestern verursacht habe, anzusehen.

Überall liegen Splitter der zerstörten Möbel zwischen Bettzeug und alten Klamotten meiner Eltern, die ich in meinem Zorn ebenfalls einfach hinausgeworfen habe, anstatt sie in Kleidersäcke zu stopfen. Mir entweicht ein frustriertes Stöhnen, aber es hilft nichts. Dieser Chaosberg wird heute meine Aufgabe sein, denn auf die Terrasse will ich nicht verzichten.

Den ganzen Tag bin ich damit beschäftigt, alles ordentlich neben der Garage aufzustapeln und aufzuräumen. Dabei ignoriere ich meine schmerzenden Muskeln, die mittlerweile völlig verkrampft sind.

Schließlich ist es Zeit, ein weiteres Mal unter die Dusche zu springen, denn auf das Date mit Fine will ich keinesfalls verzichten. Obwohl … es ist kein Date, nur ein freundschaftliches Zusammentreffen. Was gewesen war, gehört schon lange der Vergangenheit an und spielt keine Rolle mehr. Nur, dass es sich irgendwie nicht so anfühlt …

Als ich die Promenade erreiche, von der aus der Strand begehbar ist, komme ich einen Moment ins Grübeln. Ich stecke in keiner Beziehung, kann tun und lassen, was ich will, doch Fine ist vergeben. Aber ist sie wirklich glücklich? Diese Frage hat mich den ganzen Tag beschäftigt und tut es noch. Wenn Hubertus der Mann ihrer Träume ist, werde ich sie loslassen müssen, das bin ich ihr schuldig. Denn in meinem Herzen habe ich sie immer festgehalten, egal, wo ich war und mit wem ich meine Zeit verbracht habe. Und doch bin ich jetzt wieder hier und auf dem besten Weg, sie erneut ins Chaos zu stürzen. Dabei hat das eine Mal doch schon gereicht.

Anstatt umzudrehen und nach Hause zu fahren, gehe ich in Richtung Strand, bis meine Schuhe den Sand berühren. Ohne Hast streife ich Schuhe und Strümpfe ab und genieße das Gefühl, den Sand unter meinen Fußsohlen zu spüren. Ich weiß genau, wohin ich muss. Wie ruhig das Meer heute Abend ist, wie sanft die Wellen ans Ufer rollen, als wollten sie den Sand streicheln. Nur eine leichte Brise weht und ich ziehe gierig die Luft ein, die so unverkennbar nur an den Küsten der nördlichen Hemisphäre zu finden ist. Die Sonne ist bereits untergangen und alles ist nur noch schemenhaft zu erkennen. So auch die Frau, die vor einem Strandkorb ungeduldig auf und ab geht und umherspäht. Als sie mich sieht, reißt sie plötzlich den Arm hoch und winkt. Ich muss lachen und winke zurück. Fine wartet bereits. Leider schaffe ich es nicht, meine Schritte zu beschleunigen. Der Muskelkater wird immer heftiger und meine Beine sind müde von der vielen ungewohnten Arbeit. Schließlich habe ich es bis zu ihr geschafft und stelle mit Erstaunen fest, dass der Strandkorb offen und mit einer kuscheligen Decke ausgelegt ist.

»Hey, du Pirat«, begrüßt sie mich und drückt mich kurz. »Ich hatte schon ein wenig Sorge, du kommst vielleicht nicht.«

Ich stelle meinen Rucksack ab, in den ich etwas Knabberzeug und Bier gepackt habe, und lasse mich etwas schwerfällig in den Strandkorb fallen.

»Warum sollte ich nicht kommen?«, antworte ich etwas gepresst.

Sie setzt sich neben mich und sieht mich mit blitzenden Augen an. »Hm, vielleicht, weil es nicht das erste Mal wäre?« Sie zwinkert mir zu und um ihre Lippen spielt ein Schmunzeln, das ich erleichtert registriere. Sie zieht mich nur auf - auf die liebevolle Fine-Art.

Ich rolle nur mit den Augen und winke ab. Da fällt mir der Himbeerpfeffer wieder ein, den ich extra eingepackt habe. Jetzt scheint der passende Moment.

»Ich habe ein kleines Geschenk für dich mitgebracht.« Ich stehe auf und hole es aus dem Rucksack.

»Ein Geschenk?« Erstaunt nimmt sie das Reagenzglas mit dem Gewürz darin entgegen.

»Himbeerpfeffer. Wow! Das klingt nach Abenteuer. Danke dir.« Ihr Schmunzeln wird breiter, womöglich denkt sie nun auch an ihre abenteuerlichen Kochversuche, denen sie mich früher ausgesetzt hat. Sie verstaut es und wendet sich mir wieder zu, da fällt ihr Blick auf meine Hand.

»Oh nein, das tut mir so leid!«, stößt sie hervor und berührt sacht mit ihren Fingern die meinen. Sofort verflechte ich unsere Finger, damit ich sie weiter spüren kann.

»Alles halb so wild, wirklich.«

Auf ihrer Stirn liegt eine Sorgenfalte, die ich zu gut von früher kenne. Augenblicklich möchte ich sie mit meiner Hand wegstreichen. Fine soll wegen mir keine Sorgen mehr haben.

»Das Skizzenbuch …«, setzt sie an und löst ihre Finger. »Ich habe es getrocknet und sogar gebügelt und weil es Bleistiftskizzen sind, ist nicht so viel schiefgegangen.«

Gerührt von ihrem Engagement ziehe ich sie spontan an mich und drücke ihr einen Kuss auf die Schläfe.

»Die Leuchttürme. Sie sind wunderschön. Ich wünschte, ich hätte dabei sein können, als du sie gezeichnet hast.« Wehmut liegt in ihren Worten und umfängt auch mich.

»Du warst dabei, jedes Mal, hier.« Ich greife ihre Hand und lege sie auf mein Herz.

Ihre Lippen verziehen sich ein wenig, so als wüsste sie nicht, was sie fühlen soll.

»Entschuldige, ich wollte dir nicht zu nahekommen.« Stimmt nicht, eine glatte Lüge. Am liebsten wäre ich ihr in diesem Moment noch sehr viel näher.

»Nein, das ist es nicht, es ist nur …« Sie rückt ein Stück von mir ab und richtet sich auf. »Gestern Abend in der Pizzeria … du hast mich gesehen und hast so abweisend gewirkt, als ob ich …«

»Nein, nein, so war das nicht.«

»Nicht? Wie dann?«

Kann ich ihr die Wahrheit sagen? Ich will sie nicht verunsichern, aber ich will auch nicht lügen.

»Du hast so schmerzerfüllt ausgesehen und ich … ich war wütend auf Hubertus, weil … keine Ahnung. Können wir bitte über etwas anderes reden?«

Ich unterbreche unseren Blickkontakt, richte meinen Blick in die Dunkelheit vor mir. Die Antwort wäre gewesen, dass ich nicht will, dass sie mit ihm zusammen ist. Aber das kann ich ihr auf keinen Fall sagen.

13

FINE

»Was wir hier besprechen, bleibt hier.« Ich stoße die Worte heraus, habe dabei aber das Gefühl, zu ersticken.

Raik starrt weiter in die Dunkelheit. Er schenkt mir Raum, den ein intensiver Augenkontakt nehmen würde. Seine Hand ballt sich kurz zu einer Faust, die Armmuskeln unter seinem Hemd spannen sich an. Es ist, als würde eine Welle durch seinen Körper rollen. Kann es sein, dass er ebenso aufgewühlt ist wie ich?

»Es hat sich nichts an unserer Abmachung geändert. Strandkorbgeflüster. Was wir uns hier erzählen, wird mit dem Wind davongetragen.«

»Ich habe das so sehr vermisst, Raik.« Mühsam unterdrücke ich die Tränen. Was ist nur los? Ich habe diese Gefühlsduselei richtig satt und kann doch nichts dagegen unternehmen, dass ich gleich anfangen werde zu weinen. Raik ändert nichts an seiner Haltung und sieht mich nicht an. Ich mustere sein Profil, suche nach den Veränderungen, die nach fünfzehn Jahren innen und außen zu spüren und zu erkennen sind. Doch alles, woran ich denken kann, ist, wie sehr ich es liebe, hier und jetzt mit ihm

in diesem Strandkorb zu sitzen – und wie sehr es mich ängstigt, dass er einfach wieder fortgehen könnte. Ich atme tief ein, fülle meine Lungen mit der frischen, kühlen Luft, als würde ich ins tiefe Meer tauchen müssen, Meter um Meter in die Dunkelheit.

»Hubertus und ich sind seit vier Jahren verlobt, er hatte mir einen Antrag gemacht, ganz offiziell mit großem Brimbamborium … und ich habe Ja gesagt.« Was so nicht ganz stimmt, doch er muss das nicht genau wissen.

»Das wusste ich nicht.« Raik klingt atemlos, als wäre er zu schnell gelaufen und ich kann fühlen, wie sehr ihn diese Nachricht überrascht. Schnell spreche ich weiter und wundere mich über mein Bedürfnis, ihm meine Beweggründe erklären zu wollen. *Er ist gegangen, er hat sein Versprechen gebrochen.*

»Woher solltest du auch? Du hast dich nie gemeldet, sonst hätte ich es dir erzählt.«

»Jetzt bin ich hier. Jetzt bin ich für dich da.« Seine Finger suchen meine Hand, streichen sacht über die Haut. Die Berührung fährt durch mich hindurch. Es ist ein Schock, wie sehr ich es genieße, von ihm angefasst zu werden. Ich könnte mir einreden, dass wir sehr gute Freunde sind und nicht mehr. Ich ziehe meine Hand weg, fahre mir verlegen durch meine Haare. Der warme Druck seiner Hand hallt in mir nach wie ein leises Echo und mein Herz nimmt die Schwingung auf.

Ich räuspere mich, verleihe meiner Stimme einen festen Klang. »Hubertus möchte heiraten und Vater werden. Ich frage mich, ob ein Kind seine einzige Intention ist und es für ihn dazugehört, vorher zu heiraten.« Erschrocken schlage ich die Hand vor den Mund. Habe ich das gerade gesagt?

»Der Punkt ist nur, ich möchte keine Kinder haben. Niemals!«

Schweigend zähle ich die Schläge meines rasenden Herzens und lege die Hand auf den Bast des Strandkorbs, um zu fühlen, ob er vibriert.

»Aber magst du denn keine Kinder? Das kann ich mir nicht

vorstellen. Die Lesestunden in der Bücherei, dein Patenkind Max.« Er dreht sich zu mir.

»Es ist nicht so, dass ich Kinder nicht mögen würde. Ganz im Gegenteil.«

»Bist du krank? Ist es dir nicht möglich?« Raik klingt besorgt.

»Nein, nein. Das ist es auch nicht.« Leere breitet sich in mir aus, wie eine kriechende Schwärze, die von mir Besitz ergreift, langsam, aber stetig - und es gibt kein Entkommen.

»Fine!«, er klingt ehrlich erschrocken. »Du musst nicht darüber sprechen. Es ist allein deine Angelegenheit. Das muss Hubertus akzeptieren und das wird er sicherlich auch. Er liebt dich.«

Ich antworte nicht darauf. Raiks Lippen bewegen sich, ich höre nicht, was er sagt, bin versunken in seinen Anblick, die Sorge und die Verletztheit in seinen Augen. Etwas rauscht durch mich hindurch, reißt eine Barriere nieder, strömt mit Macht durch meine Ängste und lässt mich keuchen. Wieder hole ich tief Luft und das erste Mal seit Langem fühle ich, wie der Sauerstoff meine Zellen zum Leben erweckt und mir den Mut schenkt, ehrlich zu mir zu sein.

»Es ist Mutsch. Was, wenn ich ebenfalls an Krebs sterben werde? Wie kann ich meinem ungeborenen Kind zumuten, das erleben und fühlen zu müssen, was ich erlebt und gefühlt habe? Ich habe sie viel zu früh verloren. Du weißt ja, wie sie war. Sie betrat einen Raum und ganz egal wie grau es war, sie hat alles erhellt. Mit ihrem Lachen, ihrer Empathie. Sie hat Menschen geliebt.« Die Stimme versagt mir. Ich greife nach der Flasche Wasser, die ich halb in den Sand eingegraben habe, und trinke einige Schlucke.

»Gott, ja. Was für ein Mensch. War sie jemals schlecht drauf?«

Ich lache. »Ja. Das hatte mit dir zu tun. Du warst ihr persönlicher Mount Everest, sagte sie immer.«

Raik schüttelt lächelnd den Kopf. »Deine Mutter war ein so großartiger Mensch.«

»Sie hat dich so gerngehabt.«

»Trotzdem wollte sie nicht, dass wir zusammen sind. Sie hatte Angst um ihre süße Tochter.«

»Mutsch war davon überzeugt, dass du mir das Herz brichst.«

Raik ergreift wieder meine Hand. »Es tut mir so leid, was ich dir angetan habe. Du warst meine ganze Welt, doch das konnte ich nicht akzeptieren. Ich war so jung und so dumm. Meine Mutter, sie hasste mich und hat keine Gelegenheit ausgelassen, mir dies auch zu zeigen. Ich musste gehen, ich hatte keine andere Wahl.«

Dieses Mal lasse ich meine Hand in seiner. Wie freimütig er redet. Ich war seine ganze Welt? Warum hat er mich nicht gefragt , ob ich mit ihm kommen möchte?

»Weißt du, Raik, es ging so schnell mit Mutsch. Eine besonders aggressive Form des Brustkrebses. Ich habe die letzten Wochen mit ihr verbracht. Ich bin durch die Gegend gelaufen, habe Listen gemacht und sie genervt, was sie noch alles erleben möchte, bevor sie stirbt. Das hat sie wahnsinnig gemacht, jedenfalls hat sie mir das in unserer letzten Nacht gestanden.«

Raiks Griff um meine Hand wird stärker, vorsichtig zieht er mich näher an sich heran und ich gebe nach, lasse meinen Kopf an seine Schulter sinken und schließe die Augen. Schmerz und Trauer toben in mir wie ein Orkan, wirbeln mein Leben durcheinander. Oder schaffen sie Ordnung im Chaos? Ein tröstlicher Gedanke.

»Mir zuliebe hat sie alles mitgemacht, vom letzten Sonnenaufgang bis zum letzten Sonnenuntergang. Ich wollte ihr alles zeigen, dabei sein und durch ihre Augen sehen. Ihr die ganze Welt zu Füßen legen. Mutsch wollte nur eins. Mit mir zusammen sein und es mir leichter machen.« Ich setze mich auf und konzentriere mich auf den klaren Himmel und die Sterne, die mir zublinzeln, als wollten sie mir Mut machen, weiterzusprechen.

»Erzähl bitte weiter. Lass mich teilhaben.« Seine Stimme ist dunkel, kehlig und schärft meinen Blick nach innen.

»Wir waren im Theater und ich wollte mit ihr nach New York fliegen und in die Metropoliten Opera gehen, das war einer ihrer großen Träume. Ich habe also einen Flug gebucht, ohne das mit ihr abzusprechen.«

Das Rauschen der Wellen klingt wie ein stetiges Rauschen an meinem Ohr, der Himmel scheint schwärzer zu werden.

»An ihrem Todestag habe ich es verstanden. Ich konnte sie loslassen, konnte ihr verzeihen, dass sie mich verlassen würde, obwohl ich mir ein Leben ohne sie nicht vorstellen konnte. Ich glaube, Mutsch hat es gefühlt. Sie war richtig gut drauf, hat etwas gegessen, wir haben uns einen Liebesfilm angesehen, dann habe ich ihr ihre Lieblingsgedichte vorgelesen und sie mir meine. Danach ist sie ins Bett gegangen. Es war so innig. Verstehst du, was ich meine?«

Raik nickt. Er ist nah bei mir und ich weiß, dass er bereit ist, mich aufzufangen, zu halten und mir Energie zu geben. Dieses Wissen gibt mir Kraft, lässt mich die Momente mit meiner Mutter wiedererleben und die tiefe Liebe zu ihr fühlen.

»Ich hielt ihre Hand und sie sagte zu mir: ›Du weißt, wer du bist.‹ Darüber habe ich lange nachgedacht und ich bin froh, dass sie das gesagt hat. Kurz darauf ist sie eingeschlafen, ganz ruhig und ohne Schmerzen, klar und nicht benebelt. Ich ging in mein Zimmer. Irgendwie wusste ich es und doch habe ich so gut geschlafen wie schon lange nicht mehr.«

Etwas legt sich um meine Brust, schnürt mich ein - ich springe auf, laufe barfuß zum Meer. Raik folgt mir, ich beginne zu rennen und bleibe erst stehen, als die Wellen meine Füße umspülen.

Raik steht vor mir, durch die Dunkelheit ist sein Gesicht verschwommen. Ich kann den Ausdruck darin nur erahnen.

»Am nächsten Tag bin ich aufgewacht und nicht wie sonst aus dem Bett gesprungen, um nach Mutsch zu sehen. Ich wusste, dass ich Zeit hatte und sie mich nicht brauchte. Das Gefühl war so friedvoll. Ja, es war Frieden in mir und für einen Moment dachte ich, dass vielleicht noch alles gut wird … dass ein Wunder geschieht. Ich bin aufgestanden und ins Schlafzimmer gegangen.« Jetzt schluchze ich auf, die Erinnerung daran ist schmerzvoll. Raik kommt einige Zentimeter näher an mich heran. Ich spüre seine Präsenz in jeder Faser meines Körpers und ich weiß, ich kann nicht fallen.

»Sie lag auf dem Rücken, die Sonne schien auf ihr Gesicht, sie war so überirdisch schön. Sie hatte den Krebs besiegt. Mit ihrem Tod hatte sie alles besiegt. Sie war die Starke gewesen, und als ich endlich in der Lage war, sie loszulassen, ist sie gegangen. Ich weiß, es war gut, dass sie bis zu ihrem letzten Atemzug so gelebt hat, wie sie wollte. Doch ich frage mich, wo sie ist.« Tränen laufen mir über die Wangen, tropfen von meinem Kinn, doch ich wische sie nicht fort. »Ihre Gedanken, ihr Wissen, ihre Gefühle. Es ist alles fort. Mit ihr. Ich sah sofort, dass sie tot war, doch ich tat so, als würde sie schlafen. Hab sie noch zugedeckt und bin in die Küche, um ihren Lieblingstee aufzusetzen. Ich habe zwei Tassen Tee ins Schlafzimmer gebracht und mich an ihr Bett gesetzt. Ich konnte nicht weinen, etwas Schweres hatte sich in meinem Inneren eingenistet … und das ist bis heute so geblieben.«

Ich strecke meine Hand nach oben und lege die Handfläche an Raiks Wange. Seine Haut scheint mit meiner zu verschmelzen, als hätten wir unabhängig voneinander etwas, was der jeweils andere braucht.

»Fine«, flüstert er. »Fine.«

Als wäre es das Selbstverständlichste dieser Welt, lege ich auch meine andere Hand an seine Wange, er umfasst meine Hüften und ich fühle mich ihm so nahe, wie ich es noch nie empfunden habe. Das Blut pocht in meinen Ohren, meine

Tränen nehmen meine Trauer, meinen Schmerz und verwandeln sie in etwas, für das es keine Worte gibt, pure Gefühle. Er beugt sich zu mir und ich lege meine Arme um seine Schultern. Am liebsten würde ich in ihn hineinkriechen und ihm alles schenken. Unsere Lippen finden und erkennen sich, als wären wir keine fünfzehn Jahre getrennt gewesen. Als hätte es nie einen anderen Kuss gegeben, als wären sie füreinander bestimmt. Was kann ein Kuss bedeuten? Eine Ewigkeit - gelebt in diesem Moment der Berührung, Vergangenheit, Gegenwart und Zukunft. *Manchmal hast du keine andere Wahl, keine andere Möglichkeit. Manchmal ist es einfach nur ein Wunder.* Die Worte meiner Mutter hallen in mir und langsam lösen wir uns voneinander, treten beide einen Schritt zurück, halten uns an den Händen. Es fehlen mir die Worte und ich bin erschüttert, was ich gerade an Gefühlen durchlebe. Hubertus. Ich habe Hubertus betrogen.

»Was habe ich nur getan?« Ich reiße mich von Raik los, Panik überfällt mich, ich drehe mich um und beginne zu rennen. Nur fort von ihm, fort von dieser Liebe, die mich wieder aufzufressen scheint, fort von diesem Kuss. Weg von seinen Armen, seinem Lächeln, dieser Vertrautheit, die mich glauben lässt, dass es in Ordnung ist, so für jemanden zu empfinden. Fort von Raik.

Ich muss nur schnell genug laufen, weit genug rennen und vergessen, was gerade geschehen ist.

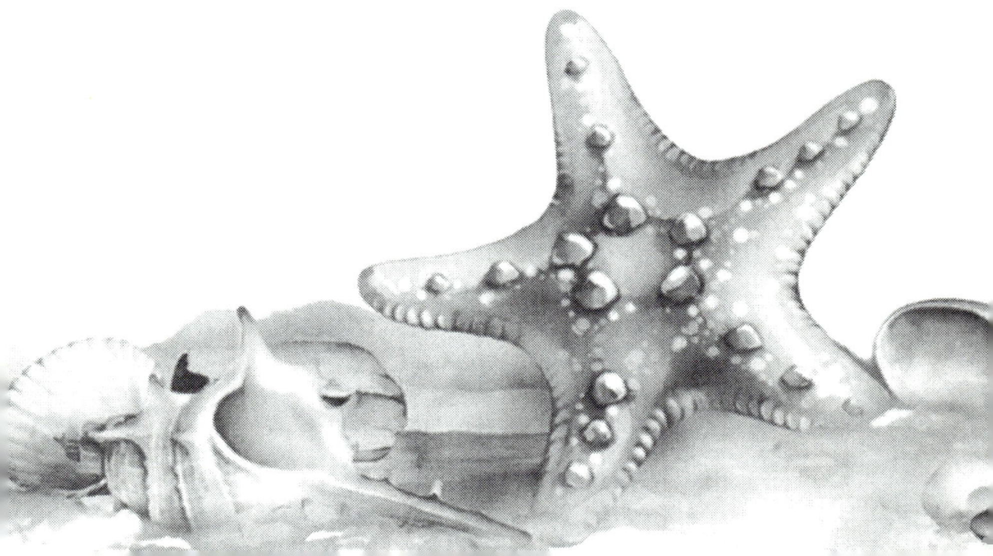

14

RAIK

Was habe ich nur getan? Ihre Worte bleiben wie ein Echo im Wind zurück. Ich will ihren Namen rufen, sie aufhalten, doch ich bin nicht in der Lage mich zu rühren.

Was habe ICH getan? Ich hätte sie nicht küssen dürfen und doch war ich nicht in der Lage, es nicht zu tun. Stumm blicke ich in die Dunkelheit, die Fine verschluckt hat. Mein Herz trommelt gegen meine Brust, mein Atem ist unruhig. Welle um Welle schwappt das kalte Wasser über meine Füße, umspielt meine Knöchel und lässt meine Zehen im Sand tiefer einsinken. Ich drehe mich zum Meer, lausche dem sanften Rauschen, versuche, meinen Atem zu beruhigen. So viele Fragen wirbeln in meinem Kopf umher. Ich ziehe das Zopfgummi ab, befreie meine Haare, als könnte ich damit das Chaos in meinen Gedanken mit befreien. Meine Hand, die das Gummi hält, ballt sich zur Faust - immer und immer wieder. Warum kann sich Fine Hubertus nicht anvertrauen? Irgendetwas stimmt da nicht. Er liebt sie, ich konnte es in der Pizzeria sehen, der kurze Moment hat gereicht. Er vergöttert sie. Aber was ist mit Fine? Dieser Kuss … sie war überwältigt vom Schmerz der Vergan-

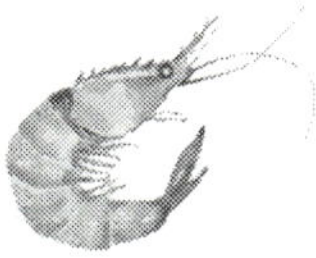

genheit, all diese Erinnerungen. Und doch sollte für solche Gefühle kein Platz sein, wenn sie ihn liebt. Ich stoße ein genervtes Stöhnen aus, binde mir die Haare wieder zusammen und gehe zurück zum Strandkorb. Meine Füße sind eiskalt und der Sand sticht wie Nadeln in meine Haut. Als ich ihn erreiche, versuche ich mir mit der Hand den Sand von den Füßen zu reiben. Fines Sachen liegen noch hier. Oh, verdammt! Fines Sachen liegen noch hier! Sicher auch ihr Haustürschlüssel! Schnell packe ich alles zusammen und haste los. Die Lichter des Ortes erhellen den Himmel und ich bahne mir meinen Weg an den anderen Strandkörben vorbei, die wie stumme Wächter dort stehen. An der Promenade schlüpfe ich in meine Sneaker und jogge zu meinem Auto. Ich hätte sie nicht einfach so weglaufen lassen dürfen. Mit quietschenden Reifen fahre ich vom Parkplatz und die Straßen entlang, die jetzt einsam daliegen. Schließlich habe ich das kleine Häuschen erreicht, das im Dunkeln liegt. Ich greife mir Fines Rucksack und ihre Decke, dann steige ich aus und folge dem kleinen Fußweg ums Haus herum zum Eingang. Ein Bewegungsmelder geht an und ich zucke erschrocken zusammen. Auf einer Bank in der Nähe der Eingangstür sitzt sie, die Knie an den Körper gezogen, ihre Arme darum geschlungen. Das bleiche Licht lässt ihren Körper geisterhaft wirken.

»Du hast deine Sachen am Strand vergessen«, presse ich hervor. Ich habe Angst, mich ihr zu nähern. Ich will sie nicht bedrängen. »Bitte, rede mit Hubertus. Er sollte es wissen«, füge ich hinzu, als sie mich nur stumm betrachtet. »Du hast ein Recht darauf, glücklich zu werden, Fine Petersen. Das ist alles, was ich mir für dich wünsche.« Die letzten Worte sind nur noch ein Flüstern - direkt aus meinem Herzen. Ich sehe, wie sie sich etwas aufrichtet, kann die Tränen erkennen, die über ihre Wangen laufen, doch ich kann ihr diesen Schmerz nur nehmen, wenn ich mich jetzt umdrehe und gehe. Jeder Schritt von ihr fort ist wie ein Hammerschlag, der mein Herz zertrümmert.

Aber wenn es der Preis ist, den ich bezahlen muss, damit ihres diesmal heil bleibt, werde ich nicht zögern.

Die nächsten zwei Tage verbringe ich damit, die restlichen beiden Zimmer des Obergeschosses zu entrümpeln, die Jugendzimmer von Thore und mir. Meine Matratze und mein Bettzeug habe ich ins Wohnzimmer getragen, mehr brauche ich nicht. Alles andere mache ich dem Erdboden gleich. Bei jedem Schlag, den ich mit dem Hammer ausführe, hasse ich mich dafür, was ich Fine damals angetan habe. Mir wird klar: Hätte ich um all das gewusst, ich wäre nicht zurückgekommen. Diese Schuldgefühle liegen wie eine tonnenschwere Last auf mir. Ich drehe die Musik noch lauter, die Klänge von Metallicas *Nothing Else Matters* dröhnen durch die Zimmer und können meine Wut auf mich selbst doch nicht übertönen.

Erst als die Musik abrupt abbricht, werde ich aus meinem Rausch gerissen. Thore steht mit dem Stecker in der Hand in der Tür und sieht mich mürrisch an. Seine blonden Haare, sonst immer adrett gescheitelt, sind unordentlich und auf seinem schwarzen Polohemd sind kleine Flecken.

»Kein Wunder, dass du nicht ans Handy gehst, wenn ich anrufe.« Seine blaugrauen Augen wirken müde, vielleicht haben ihn die Kinder in letzter Zeit auf Trab gehalten.

»Dir auch einen schönen Tag«, antworte ich und bin mir sicher, dass er genau hört, dass ich nicht gerade begeistert über sein Auftauchen bin.

»Verflucht, Raik. Ich hab mir echt Sorgen gemacht, dass du dir womöglich den Schädel eingeschlagen hast oder von der Leiter gestürzt bist.« Die Sorge in seiner Stimme lässt mich aufhorchen. Erschöpft lasse ich den Hammer, mit dem ich gerade ein altes Regal bearbeitet habe, fallen und wische mir den Schweiß von der Stirn.

»Bier?«, frage ich nur. Ich bin es nicht gewohnt, dass sich jemand um mich sorgt, schon gar nicht mein Bruder.

»Lass uns runtergehen. Ich hab dir ein paar Lebensmittel mitgebracht.«

Erstaunt ziehe ich die Augenbrauen hoch und folge ihm die Treppe hinunter in die Küche. Auf dem Tisch stehen zwei Kisten vollgepackt mit Grundnahrungsmitteln und diversen Leckereien.

Ich wasche mir die Hände, während Thore das Bier aus dem Kühlschrank holt.

»Komisch, wieder hier zu sein.« Er reicht mir die geöffnete Flasche und wir stoßen an, ehe ich ein paar kräftige Schlucke nehme.

»Ja, das ist es.«

Ich sehe aus dem Fenster, es ist so eine schöne Aussicht in den Garten. Warum habe ich das früher nie wahrgenommen? Thore tritt neben mich, folgt meinem Blick.

»Es war nicht leicht - für uns beide. Aber vor allem nicht für dich.« Ich mustere ihn kurz von der Seite, erkenne die kleine Narbe an seinem Kinn. Seine Bartstoppeln lassen darauf schließen, dass er sich seit zwei oder drei Tagen nicht mehr rasiert hat. Seine Gestalt wirkt hünenhaft neben mir. In der Schule haben sie ihn immer ›den Wikinger‹ genannt. Manchmal kann ich kaum glauben, dass wir Brüder sind. Ich richte meinen Blick wieder nach draußen, spüre, wie die Müdigkeit meinen Körper schwächt. Schließlich bricht Thore das Schweigen zwischen uns.

»Jetzt, da ich eigene Kinder habe, verstehe ich erst, wie einsam du dich gefühlt haben musst, wie ungeliebt.«

Erstaunt wende ich den Kopf und sehe meinen Bruder an. Seine Worte überraschen mich.

»Okay, wer bist du und was hast du mit Thore gemacht?«.

Er verzieht seinen Mund zu einem Schmunzeln und trinkt

einen Schluck. Als er die Flasche wieder absetzt, liegt in seinem Blick Wärme und … Liebe?

»Womöglich habe ich in der letzten Zeit das eine oder andere Gespräch mit Silke über mein Leben geführt und vielleicht hat sie meine Perspektive etwas verändert.«

Aha, meine Schwägerin steckt also hinter dem Sinneswandel. Das ergibt Sinn und fühlt sich irgendwie gut an. Deswegen auch die Kartons mit Lebensmitteln. Ihr fröhliches Gesicht mit den blauen Augen und den blonden Locken, die sie schulterlang trägt, erscheint vor meinem inneren Auge.

Ich kann ein Grinsen nicht unterdrücken. »Silke also.«

Thore verdreht genervt die Augen. »Ich bin dein Bruder, nicht dein Feind. Ich bin hier, um dir zu helfen.« Plötzlich bin ich mir nicht mehr sicher, ob er noch das Haus meint oder die andere Geschichte, in die ich unglückseligerweise hineingeraten bin. Und da ist noch ein anderes, neues Gefühl in mir, das ich meinem Bruder gegenüber nie empfunden habe. Dankbarkeit.

»Thore … Danke.« Es fällt mir nicht leicht, das auszusprechen und er weiß es, denn er legt seinen Arm um meine Schulter. Sein Griff ist fest, so, als versucht er mir Halt zu vermitteln.

»Morgen gehen wir noch mal gemeinsam zur Bank. Denn meine stellt sich leider quer, was weitere Kredite angeht.«

Er hat es also tatsächlich probiert. Diesmal sind es keine leeren Phrasen, er meint es ernst.

»Und jetzt hätte ich wirklich Bock, auch mal etwas zu zertrümmern. Hast du noch einen Hammer für mich?«

Nun kann ich ein Lachen nicht mehr zurückhalten. Frei und unbändig bricht es aus mir heraus. Wir stoßen ein weiteres Mal an und ich trinke den Rest der Flasche in zwei Zügen leer.

»Ich bin mir sicher, in der Garage werden wir fündig.«

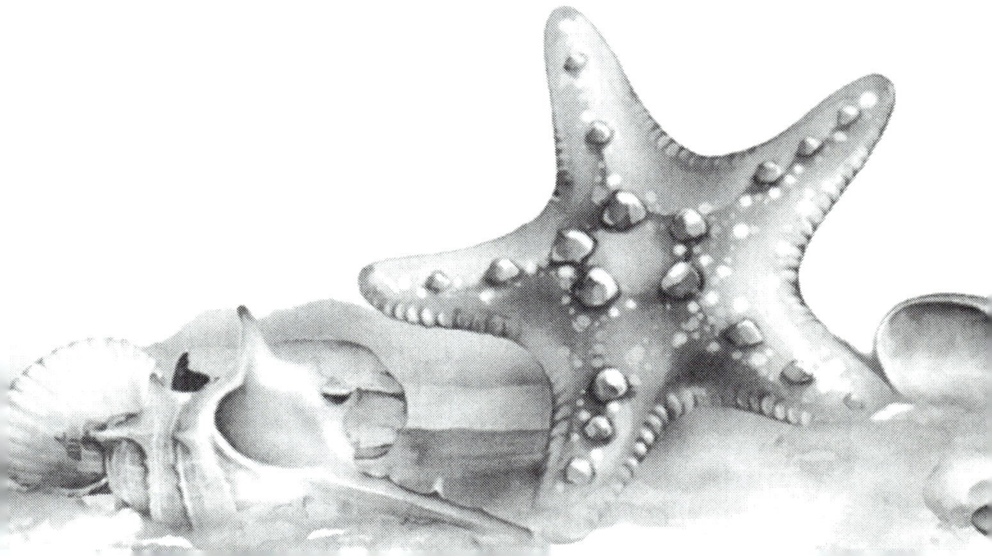

15

FINE

Der Vormittag im Büro verläuft schleppend, ich bin unkonzentriert und sehe alle paar Minuten auf die Uhr, als könne das irgendetwas an meinem Leben ändern. Meinen ersten Arbeitstag hatte ich mir spannender vorgestellt. Gut, mein Job ist nicht aufregend, doch ich verdiene solides Geld damit. Die vielen Touristen, die besonders im Sommer an meinem Schreibtisch stehen, sind begeistert von Boltenhagen und lassen sich gerne erzählen, was es hier zu unternehmen gibt. Und ich liebe meine Lesenachmittage in der Bücherei, denn entgegen der Frage von Raik, ob ich Kinder mag, entspricht es der Tatsache: Kinder begeistern mich. Früher gab es auch nie einen Zweifel daran, dass ich eine Familie gründen wollte. Von diesem Wunsch ist nach dem Tod meiner Mutter nichts mehr übrig. Ich seufze und werfe einen Blick aus dem Fenster zum Kurpark. Fast über Nacht hat der junge Sommer die nächtliche Kälte vertrieben, es duftet nach Blüten, ein leiser Hauch, der durch das geöffnete Oberlicht zu vernehmen ist. Der Park gleicht einem Farbenmeer, an dem ich mich nicht satt sehen kann. Auch in Mutschs Garten erstrahlen die Rosen, weiß, rosa und dunkelrot. Ich weiß, wie sehr ihr das gefallen

hätte. Es klopft an der Tür und meine Kollegin Lara steckt ihren Kopf herein.

»Na, wie ist der erste Arbeitstag nach deinem quasi Erholungsurlaub zuhause. Geht es dir gut? Du kannst gern zeitiger Schluss machen, denn du siehst noch ziemlich angeschlagen aus.«

»Das ist eine gute Idee. An das viele Sitzen muss ich mich erst wieder gewöhnen.«

»Geh doch heute früher nach Hause, du hast heute Nachmittag keine Termine.«

Lara steht an meinem Schreibtisch und mich beschleicht das Gefühl, dass ihr etwas auf dem Herzen liegt und ihre plötzliche Besorgnis ein Vorwand war, um in mein Büro zu kommen. Lara und ich kennen uns seit unserer Schulzeit, aber wir waren nie befreundet gewesen. Ich nicke ihr aufmunternd zu. »Gibt es noch etwas?«

»Ich habe Raik in der Stadt gesehen«, platzt sie mit aufgerissen Augen heraus, als wäre er eine Erscheinung gewesen. Verärgert über die Begeisterung in ihrer Stimme hole ich tief Luft. Da war doch etwas gewesen. Es fällt mir wieder ein - schon damals in der Schule hatte sie für Raik geschwärmt und das hat sich scheinbar bis heute nicht geändert. Ich spüre Raiks Lippen auf meinen, seine besitzergreifende Umarmung, mit der er mich an sich presste. Aufgewühlt schließe ich kurz die Augen.

»Ja. Das kann gut sein.« Stolz stelle ich fest, dass meine Stimme einen gelangweilten Ton annimmt, obwohl mein Herz bei dem Gedanken an ihn aus dem Takt gerät und stolpert.

»Weißt du, seit wann er zurück ist? Oder ist er nur zu Besuch?«

»Das solltest du ihn selbst fragen, wenn es dich interessiert. Ich habe keine Ahnung.«

»Ja. Ich dachte, du wüsstest etwas, da ihr doch damals ...«

»Das ist lange vorbei, Lara, wir waren noch in der Schule.«

Mit einem strahlenden Lächeln winkt sie mir zu und verlässt

das Zimmer. *Wenigstens eine Person ist glücklich und zufrieden,* schießt es durch meinen Kopf und ein kleines Gefühl der Eifersucht sticht in mein Herz. Das hat heute wirklich keinen Sinn mehr. Meine Kopfschmerzen werden stärker, es pocht in meinen Schläfen und ich wünsche mir nichts sehnlicher, als zu Hause mit Malin und Pelle zu kuscheln und Raik aus meinen Gedanken zu vertreiben. Mit einem Anflug von schlechtem Gewissen nehme ich den Telefonhörer und wähle Hubertus' Nummer.

»Guten Tag, Zahnarztpraxis Hubertus Ahrens. Was kann ich für Sie tun?«

»Hallo, Sandra, ich bin's, Fine. Ist Hubertus gerade zu sprechen?«

»Hallo, Fine. Wie geht es dir?« Sandras Stimme klingt erfreut. »Wie fühlst du dich? Hubertus hatte sich solche Sorgen um dich gemacht.«

»Schon wieder fast alles beim Alten, danke der Nachfrage.« Hubertus' Mitarbeiterin hatte schon für seinen Vater gearbeitet und war ein Quell an Informationen, was Boltenhagen und seine Einwohner anging. Sie war damals einer der wenigen Menschen gewesen, die meine Mutter außer mir noch in ihrer Gegenwart ertragen hatte. Wenn Sandra da war, konnte ich mir ohne schlechtes Gewissen etwas Zeit für mich nehmen. Ohne Sandra hätte ich es vielleicht nicht geschafft, mich um meine Mutter zu kümmern.

»Hubertus ist außer Haus für einen Mittagstermin. Er trifft sich mit diesem Herrn Jochimsen.« Ihr Tonfall ändert sich. Ich kann spüren, dass Sandra Steffen Jochimsen nicht besonders gerne mag. Das haben wir gemeinsam, mir geht es ebenso. Bei dem Gedanken an den bemüht jovialen Ton, den er anschlägt, wenn er mit mir spricht, verziehe ich das Gesicht.

»Gut. Richte ihm bitte Grüße aus. Er soll kurz durchrufen, wenn er Zeit hat. Lieben Dank, Sandra.«

Wir beenden das Gespräch. Ruhelos stehe ich auf, stelle mich ans Fenster und beobachte die vielen Menschen, die über den Kurpark zur Promenade gehen, um an den Strand mit der Seebrücke zu gelangen. Die Touristenattraktion schlechthin. An stürmischen Tagen donnert das Meer um die Brückenpfeiler, die weiße Gischt durchnässt unvorsichtige Spaziergänger auf der Brücke. Am liebsten wäre ich jetzt dort, wo das Meer so aufgewühlt ist wie ich und die Wellen das wegreißen, was nicht fest im Boden verankert ist. Genau so fühle ich mich gerade: bodenlos, nicht verbunden und in der Gefahr, fortgerissen zu werden. Ich zucke zusammen, als mein Telefon klingelt.

»Fine? Hallo. Du hast versucht, mich zu erreichen? Ist alles in Ordnung?«

Es klingt nur augenscheinlich besorgt, ich kann den distanzierten Unterton in Hubertus' Stimme wahrnehmen und mein schlechtes Gewissen meldet sich sofort.

»Hubertus! Schön, dass du dich meldest. Wie war dein Mittagessen?«

»Äh, das war … gut. Golfkumpels unter sich.« Er lacht und es klingt irgendwie gekünstelt. Ob es daran liegt, dass ich Steffen nicht leiden kann?» Das freut mich. Hubertus, wir haben die letzten Tage kaum miteinander gesprochen. Wollen wir uns heute Abend treffen?«

Er räuspert sich und mir wird ganz flau im Magen.

»Das ist schön, dass du die Initiative ergreifst, Fine. Ich muss gestehen, dass mich dein Verhalten beim Italiener, sagen wir mal, irritiert hat. So freue ich mich umso mehr, dass wir die Situation klären können. Komm doch heute Abend zu mir und bleib über Nacht.«

Mein dummes Herz liegt wie ein Stein in meiner Brust, kalt, schwer, wie ein Fremdkörper.

»Ich komme gerne«, antworte ich. »Ist dir neunzehn Uhr recht?«

»Sehr recht. Ich freue mich auf dich.«

Einige Zeit, nachdem Hubertus das Gespräch beendet hat,

halte ich mein Telefon in der Hand und starre nachdenklich aus dem Fenster. Die Sonne lockt die Menschen nach draußen, ich beobachte Kinder, die in den Kurpark laufen, Spaziergänger mit ihren Hunden an den Leinen, Pärchen, die auf den weißen Bänken Platz genommen haben und den sonnigen Tag genießen. Energisch schließe ich das Fenster, schalte meinen Computer aus, packe meinen Rucksack und trete Minuten später in einen herrlich frischen Sommertag hinaus. Wie ich vermutet hatte, ist der Kurpark voller Menschen, als wäre es Wochenende und nicht Montag. Die Rasenflächen um die Beete sind grün, Blumen in allen Farben lassen die weiß gestrichenen Bänke leuchten. Am großen Brunnen, dem Mittelpunkt des Parkes, bleibe ich stehen. Kinder laufen um das Becken herum und bespritzen die zwei großen, steinernen blauen Fische, die nach oben gerichtet aus dem Becken zu springen scheinen und Wasser spucken. Wie jedes Jahr aufs Neue kann ich mich nicht entscheiden, ob ich den Brunnen schön finde oder nicht. Ich setze mich an den Rand. Vor mir ist ein weiß gemauerter Steinpavillon – auch Konzertmuschel genannt – und ich denke an die vielen Veranstaltungen, die ich mitgeplant und -organisiert habe. Eine Idee reift in mir. Anfang August ist in Boltenhagen das Seebrückenfest, die größte Veranstaltung des Jahres, sehr gut besucht und voller Attraktionen. Was fehlt und das Fest abrunden würde, wäre ein Lesefestival. Eine Hommage an Autorinnen und Autoren von Kinder- und Jugendbüchern. Was gäbe es Schöneres als begeisterte Kinder, die ihren Heldinnen und Helden eine Stimme verleihen? Gedanken springen in meinem Kopf umher wie Pingpongbälle. Eine Idee nach der anderen kommt mir in den Sinn. Eine Mischung aus bekannten und ungekannten Künstlerinnen und Künstlern wäre großartig. Ich beschließe, Isabel im Eiscafé zu besuchen und ihr und Max von meinen Plänen zu berichten. Er hätte sicherlich großen Spaß daran, vorzulesen. Ich freue mich so sehr, dass ich am liebsten in die Hände klatschen würde.

»Fine.«

Ohne mich umzudrehen, weiß ich, dass Raik hinter mir steht. Diese dunkle Stimme würde ich aus jeder Menschenmenge heraus erkennen. Ergeben schließe ich meine Augen und doch kann ich nicht verhindern, dass ein Gefühl der Glücks in mir aufsteigt, das sich mit tiefer Scham abwechselt. Seine Hände um meine Hüften, seine Lippen auf meinen …

Ich stehe auf, möchte ihm auf Augenhöhe begegnen.

»Raik.«

Wir stehen uns gegenüber, schweigen, sehen uns an. Raik hat seine Haare nachlässig zusammengebunden, dunkle Strähnen fallen in seine hohe Stirn. Er hat die Brauen gerunzelt, was ihm ein strenges Aussehen verleihen würde, doch er lächelt mich breit an und seine weißen Zähne blitzen. Ich lächle ebenso und hebe abwehrend meine Hand. Er soll nicht auf die Idee kommen, mich hier in der Öffentlichkeit zu umarmen.

»Was machst du hier? Hast du Mittagspause? Kein Lesenachmittag heute?«

»Für heute ist Feierabend und montags ist kein Lesenachmittag. Ich genieße die Sonne. Und du?«

»Ich treffe mich nachher mit Thore und habe bis dahin das Bedürfnis nach etwas Ruhe.«

Ohne, dass wir uns abgesprochen haben, gehen wir nebeneinander einen ruhigeren Weg und nehmen auf einer Bank Platz, die abseits vom Hauptweg steht.

»Wie geht es Thore? Freut er sich, dass du wieder hier bist?«

»Er ist froh, dass wir das Haus-Projekt gemeinsam vorwärtsbringen können. Es ist Zeit dafür. Abgesehen davon bin ich glücklich, wieder hier zu sein. Besonders jetzt …«

»Was meinst du damit?«

Er zuckt mit den Schultern. Ein älteres Paar geht an uns vorbei, sie halten sich an den Händen und sie bricht in Lachen aus, was er mit einem Lächeln quittiert.

»So etwas wünsche ich mir für mein Leben. Jemanden zu

finden, mit dem man glücklich ist, egal wie lange man zusammen ist.«

»Raik, was da geschehen ist am Strand …«

Sein Blick ist klar, die Farbe seiner Augen glänzt wie blank geputzte graue Kiesel. »Bereust du es?«

Seine Frage bringt mich aus der Fassung. Nein, möchte ich erwidern. Nein, auf keinen Fall, doch die Worte bleiben mir im Halse stecken.

»Ich bin mit Hubertus zusammen. Es ist ihm gegenüber unfair.«

Er nickt. »Ich bin zu spät. Wieder einmal ist es das falsche Timing zwischen uns. Doch die Gefühle, die waren nie ein Problem. Die waren immer da.«

»Das mag sein, Raik. Darf ich dir in Erinnerung rufen, dass du gegangen bist? Auf der Suche nach dem Abenteuer der großen weiten Welt. Sofern du es denn gefunden hast, was ich dir ehrlich wünsche.«

»Und wenn ich dir sagen würde, dass du sie bist? Meine große, weite Welt? Dass ich mich verlaufen hatte, als ich gegangen bin und nicht mehr zurückgefunden habe?«

Tränen steigen in mir auf und ich weine, ich weine, obwohl meine Augen trocken bleiben, doch in mir schreit alles danach, das zuzulassen, was ich für Raik fühle - auch wenn es falsch ist.

»Ich würde dir entgegnen, dass du vielleicht glaubst, auf dem richtigen Weg zu sein … Doch es ist zu spät, Raik. Fünfzehn Jahre sind vergangen und ich weiß nichts von dir. Du hast dich nicht einmal bei mir gemeldet. Wie sehr kann man sich denn verlaufen haben?« Obwohl ich es nicht will, klingt meine Stimme bitter.

Für einen Augenblick schweigen wir. Wir berühren uns nicht, doch die Luft zwischen uns scheint aufgeladen zu sein mit einer Energie, die uns zueinander zieht.

»Es tut mir so leid Fine. Ich wollte, ich könnte es ungeschehen machen.«

»Ich glaube dir Raik. Wir könnten das alles hinter uns lassen und Freunde sein. Gute Freunde. Beste Freunde. Wir vertrauen uns, wir flüstern im Strandkorb wie früher. Was meinst du? Freunde?«

Raik streckt mir schweigend seine große Hand entgegen. Ich ergreife sie, möchte in der Berührung und seiner Wärme ertrinken.

»Ja, Freunde. Beste Freunde.« Er nickt bestätigend mit einem gequälten Lächeln.

Warum nur habe ich das Gefühl, dass ich es bin, die gerade dabei ist sich zu verlaufen?

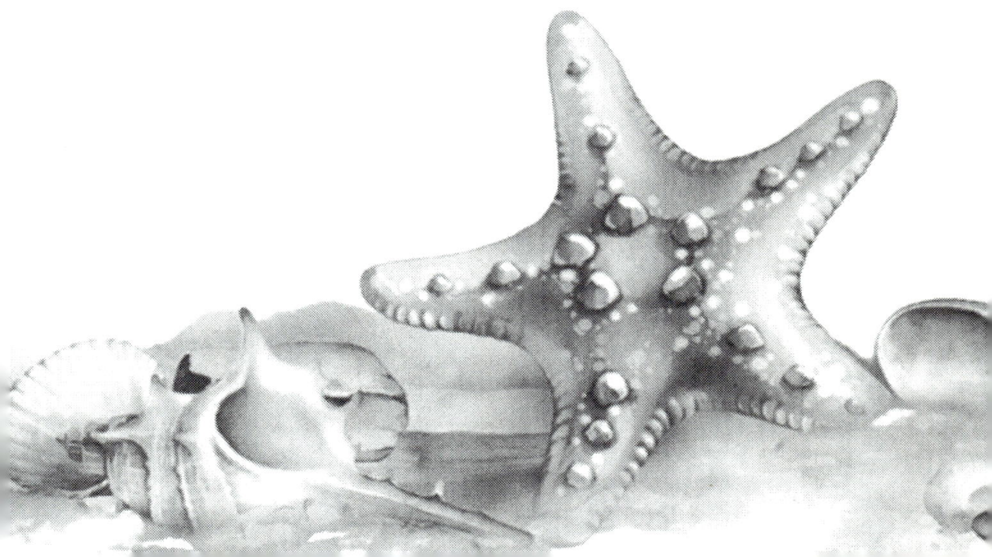

16

RAIK

Beste Freunde.

Ernsthaft? Ihre Worte klingen, als würden sie mich verhöhnen. *Pech gehabt, du bist zu spät. Aber du erhältst einen Trostpreis.*

Wir wissen beide, dass wir niemals einfach nur beste Freunde sein können. Zwischen uns ist etwas, das niemals nur Freundschaft zulassen wird.

Ich halte ihre Hand und komme mir dabei absolut lächerlich und bloßgestellt vor. Sie lässt nicht mal zu, dass ich sie umarme. Aber offenbar bin ich am Strand zu weit gegangen und postwendend zahle ich nun die Quittung.

Ich löse meine Hand aus ihrer und ihr Arm fällt schlaff an ihre Seite zurück. Ich will nicht in ihre Augen blicken, will nicht ihren Duft einatmen und ihre Stimme hören. *Beste Freunde.* Unwillig schüttle ich den Kopf. Ich möchte nur noch weg.

»Entschuldige, aber ich muss los. Es wartet noch viel Arbeit auf mich.« Ich hoffe, dass meine Worte nicht zu abwertend klingen.

»Schade. Ich wollte dich gerade fragen, ob wir nicht noch ein Eis zusammen essen. Hast du Isas Eis schon gekostet?«

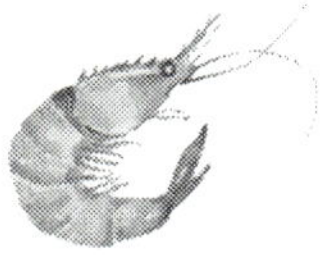

Bei dem Namen Isa stutze ich. »Meinst du *deine* Isa?«

Sie stemmt empört die Hände in die Hüften. »Ja, *meine* Isa. Meine beste Freundin Isa. Sie zaubert das leckerste Eis der Stadt.«

Ich werfe einen Blick auf die Eisdiele, über der in großen Lettern *Isa's Eistraum* prangt. Mir wird bewusst, dass ich das bisher noch gar nicht wahrgenommen habe.

»Ein anderes Mal vielleicht.« Jetzt bin ich definitiv nicht dazu in der Lage. Instinktiv will ich sie zum Abschied umarmen, doch ich kann mich gerade noch besinnen. Jetzt ist alles anders. Sie will nicht mehr von mir berührt werden, nicht auf diese Art. Ich schlucke. »Mach's gut, Fine. Bis die Tage.« Ich hebe eine Hand zum Gruß, während ich mich abwende und in Richtung meines Autos laufe. Stocksteif steht sie dort und sieht mir nach. Sie versucht sich an einem Lächeln, als wäre es das Normalste der Welt für uns, so auseinanderzugehen. Aber aus ihren Augen spricht Traurigkeit. Kann nur ich sehen, wie unglücklich sie in Wirklichkeit ist?

An der Straße angekommen sehe ich Thore auf der anderen Seite stehen. Er lehnt an einem Pfosten und beobachtet mich. Wie lange steht er schon da? »Scheiße«, murmle ich vor mich hin, während ich zügig die Straße überquere und auf ihn zugehe.

Seine Lippen verziehen sich zu einem spöttischen Grinsen. »Du und Fine Petersen? Echt jetzt?«, begrüßt er mich und klopft mir auf die Schulter. Ich sehe an ihm vorbei, fokussiere mich auf das Haus im Hintergrund, das von dem frischen Grün der Büsche des Frühsommers eingerahmt wird. »Wir sind nur Freunde.«

Thore löst sich leise lachend von dem Pfosten und wir laufen zum Parkplatz. Ich vermeide es, zum Kurpark zu sehen, denn ich weiß, dass Fine dort noch steht und mir nachschaut.

»Wem versuchst du das weiszumachen? Ihr oder dir?«

Ich antworte nicht, presse die Lippen zusammen. Wenn ich nicht will, dass Thore weiß, welcher Sturm gerade in mir tobt, muss ich jetzt ruhig bleiben.

Plötzlich spüre ich seine Hand an meiner Schulter, sein Griff lässt mich stoppen.

»Was?« Böse funkle ich ihn an.

»Du liebst sie immer noch. Mensch, Raik, du hast ihr schon einmal das Herz gebrochen, tu das bitte nicht noch mal.«

Erstaunt sehe ich Thore an. Mein Bruder und einfühlsame Worte, das passt so gar nicht zueinander. Vielleicht hat ihn ja seine eigene Beziehung verändert, ihn mitfühlender werden lassen.

»Das kann ich gar nicht«, presse ich hervor und sehe ihm in die Augen, auch wenn es mir schwerfällt. »Sie hat mir gerade klargemacht, dass es für uns keine weitere Chance geben wird.« Schnell sehe ich wieder weg, ich will Thores mitleidigen Blick nicht auf mir spüren.

Fest kicke ich gegen einen Stein, der über den Rasen schießt und mit einem leisen *Platsch* in den Bach fällt.

»Ach, verdammt, das …«

»Nein, sag es nicht«, fahre ich ihm dazwischen. »Sie ist mit Hubertus zusammen und will, dass wir beste Freunde sind.«

Thore entfährt ein frustriertes Stöhnen. »Scheiße.«

Ich wische mir unsicher mit der Hand über Mund und Stirn, zucke mit den Schultern. »Können wir jetzt bitte das Thema wechseln?« Die Schärfe in meiner Stimme ist nicht zu überhören.

»Klar. Was hältst du davon, wenn wir das Haus heute Haus sein lassen und nach Timmendorf auf die Insel Poel fahren? Wir gehen an den Strand und essen lecker im Restaurant am kleinen Hafen.«

»Warum willst du so weit fahren? Das kannst du doch auch alles hier machen?« Fragend runzele ich die Stirn.

»Manchmal hilft es einfach, mal die Perspektive zu wechseln. Und irgendwie sagt mir mein Gefühl, es ist genau das, was du heute brauchst.«

Im Haus suchen wir das Nötigste zusammen, was wir für einen Strandtag brauchen, dann fahren wir los. Ich bin dankbar, dass Thore fährt, so kann ich ein wenig meinen Gedanken nachhängen. Zu schwer lastet das Geschehene auf mir. Ich bin noch nicht in der Lage, es einfach abzuschütteln. Thore fährt die Landstraße an der Küste entlang. Er weiß, dass ich diese Strecke lieber mag als die Autobahn. In Gagelow halten wir spontan bei einem Einkaufszentrum, in dem ich mir einen neuen Skizzenblock und Zeichenstifte besorge. Ich brauche einen Neuanfang, das alte Skizzenbuch, alles, was ich hineingezeichnet habe, war für Fine, doch das muss aufhören. Als Thore bemerkt, wie ich die leeren weißen Seiten vor mir auf dem Schoß anstarre, versucht er, mich mit ›Weißt du noch, als wir damals …‹-Geschichten auf andere Gedanken zu bringen. Doch auch wenn ich das Skizzenbuch in meinem Rucksack verstaue, kann ich mich nur halbherzig darauf einlassen. Wir umrunden Wismar auf der Bundesstraße, doch ich wünschte, wir wären durch die Stadt gefahren, das hätte mich sicher besser abgelenkt.

Erst als wir den kleinen schmalen Damm, der die Überfahrt nach Poel bildet, erreichen, wird es mir leichter. Links und rechts der Straße sind unzählige Wasservögel auf Nahrungssuche. Sie staksen durch die flachen Wiesenbereiche, treiben auf dem Wasser oder tummeln sich in der Luft. Die Sonne lässt mit ihren Strahlen das Wasser glitzern und ich verspüre Dankbarkeit für Thore und sein neues Einfühlungsvermögen. Mittlerweile ist der Löwenzahn auf den Wiesen verblüht, sie leuchten in saftigem Grün. Der Raps hingegen steht in voller Pracht und das fröhliche Gelb wirkt ansteckend. Wir fahren durch Kirchdorf, den Hauptort der Insel, und folgen dem Schild Timmendorf. Dort steht ein alter Leuchtturm an einem kleinen Fischerhafen. Der Ort hat nur wenige Einwohner, ist sauber und gepflegt, ebenso der Strand. Auch wenn sich schon einige Touristen auf der Insel befinden, dürfte es noch nicht allzu überlaufen sein. Die Hauptsaison startet erst.

Am Rande des Ortes biegt Thore auf den großzügig angelegten Parkplatz. Tagesbesucher dürfen in den kleinen Orten an der Küste der Insel nur außerhalb parken. Wir schnappen unsere Rucksäcke und laufen durch die Hauptstraße Richtung Strand. In meinen Fingern kribbelt es bereits, ich kann es kaum erwarten, die Stifte übers Papier zu führen und den Leuchtturm mit einem Teil des Hafens auf Papier zu bannen. Das letzte Mal ist bereits zu lange her. Zwei Wochen vor Fines letztem Geburtstag, um genau zu sein. Der Gedanke fährt mir wie ein spitzer Stein ins Herz. Werde ich jemals wieder Leuchttürme für Fine zeichnen? Plötzlich kommt mir alles so banal und dämlich vor. Hubertus kann ihr ein Leben bieten, ich eine Mappe mit skizzierten Leuchttürmen und gedanklichen Träumereien. Es ist klar, dass ich nur den Kürzeren ziehen kann.

»Hey, alles okay?« Thore sieht mich mit zusammengekniffenen Augen prüfend an.

Ich will schon »Ja, klar, alles bestens« sagen, aber er würde die Lüge doch sofort durchschauen. Also presse ich nur meine Lippen aufeinander und schüttle mit dem Kopf.

»Ich wusste nicht, dass sie dir immer noch so viel bedeutet.«

Ich atme abgehackt ein und aus. »Es hat nie aufgehört. Doch das muss es jetzt«, entgegne ich und die Härte in meiner Stimme überrascht mich selbst.

Ich bin Thore dankbar, dass er keinen dieser oberflächlichen Kommentare dazu loslässt, sondern das Schweigen mit mir aushält. Schließlich erreichen wir den kleinen Hafen.

»Ich würde schnell mal in einen dieser Läden da drüben gehen, um den Kids ein Mitbringsel zu besorgen. Kommst du klar?« Ich folge seinem Finger in die Richtung, in die er deutet.

»Sicher. Ich warte hier auf dich und zeichne währenddessen ein bisschen«, antworte ich.

Im Hafen liegen zwei alte Fischkutter, die frische Fischbrötchen anpreisen, und ein paar kleinere Segelboote. Ich folge der Mole, die den Hafen vor den Wellen schützt, und setze mich auf einen der riesigen Findlinge mit Blick auf den Leuchtturm, dessen Weiß in der Sonne strahlend hervortritt.

Die Stifte fühlen sich gut in meiner Hand an und ich beginne, mit groben Strichen seine Form zu erfassen, bevor ich überhaupt nachdenke. In meinem Rücken liegt das Meer, dahinter der Küstenstreifen mit Boltenhagen. Thore hat recht, manchmal hilft es, die Perspektive zu wechseln, doch ich will nicht hinsehen, will so tun, als wäre das alles weg. Ich zeichne das kleine Restaurant, das sich am Fuß des Leuchtturms befindet, davor den schmalen Grünstreifen, bevor der Hafen mit den Booten kommt. Thore bemerke ich erst, als er sich über mich beugt und meine Arbeit begutachtet.

»Ich wusste gar nicht, dass du so gut bist!« Ich spüre den Stolz und die Anerkennung in seiner Stimme.

»Na ja«, wiegele ich ab. »So gut nun auch wieder nicht.«

Er setzt sich neben mich und wir betrachten gemeinsam die Szenerie vor uns.

»Wir haben nächste Woche einen Termin bei der Bank«, sagt er plötzlich. Die Bank – die hatte ich ganz vergessen.

»Ich glaube nicht, dass es mit dem Kredit klappen wird.«

»Und wenn du Steffen sagst, dass du suspendiert wurdest? Ich meine, es ist doch nur vorübergehend.«

»Wenn diese Geschichte im Ort publik wird, kann ich einpacken.«

»Das ist doch Schwachsinn. Du bist unschuldig! Und wenn dein Kollege aus dem Koma aufwacht, wird er das bezeugen.«

»Und wenn nicht? Was, wenn er stirbt? Er ist der Einzige, der mich entlasten kann.«

»Das wird er nicht.« Die Worte kommen so leise aus Thores Mund, dass ich seine Angst spüren kann.

Keiner von uns spricht weiter, nur das Gekreische der Möwen über unseren Köpfen und das Klatschen der Wellen gegen die Mole erfüllen die Luft.

»Warum willst du nicht, dass das Haus verkauft wird? Warum vermieten? Es wäre doch so viel einfacher, ungebunden zu sein von ...«, er gerät ins Stocken, was meine Aufmerksamkeit wieder auf ihn lenkt, »dieser Last.« Die letzten Worte spuckt er verächtlich aus. Aber warum? Er hatte doch eine schöne Kindheit, nur gute Erinnerungen. Ich war derjenige, der nicht gewollt war und das Tag für Tag zu spüren bekam.

»Ich muss meinen Frieden machen mit meiner Vergangenheit. Und das kann ich nur, wenn ich mich ihr stelle. Wenn wir alles verkaufen, ist es, als hätte ich wieder das Nachsehen.«

»Ich habe gesehen, wie du gelitten hast. Und ich habe mich immer wieder gefragt, warum du mich nicht dafür gehasst hast.« Schwer wiegen seine Worte. Ich klappe das Skizzenbuch zu, verstaue es mit den Stiften in der Tasche.

»Du konntest nichts dafür. Trotzdem hast du dich schuldig gefühlt. Ich konnte es in deinen Augen sehen, wenn sie sich bei dir entschuldigte, dass sie keine Zeit für dich hatte, weil sie sich um mich kümmern musste.«

Thore atmet angestrengt, sein Brustkorb bläht sich auf. Seine Stimme zittert, als er spricht. »Ich wollte immer antworten, dass sie sich bei dir entschuldigen muss, dass sie so mit dir umgeht. Aber ich konnte es nicht. Deswegen bin ich immer weggelaufen.«

»Ich weiß«, ist alles, was ich sagen kann.

Thore steht auf, streckt mir seine Hand hin. Ich ergreife sie und lasse mich von ihm hochziehen.

»Gehen wir. Ich brauche dringend eine Abkühlung und anschließend ein kaltes Bier.«

Mit einem Mal ist mir klar, dass ich heute nicht der Einzige bin, der einen Perspektivwechsel benötigt, um mit seinem Leben besser klarzukommen - oder mit seinen Erinnerungen.

17

FINE

Am liebsten würde ich rennen und Raik und meine Gefühle hinter mir lassen. Natürlich weiß ich, dass es kein Problem gibt, das sich durch eine Flucht lösen lassen würde, doch der Reflex, es trotzdem zu versuchen, ist stark. In Gedanken versunken überquere ich den Platz, um zu Isas Café zu gelangen. Dabei übersehe ich einige Radfahrer, die mir ausweichen müssen und auf mich schimpfen. Gut, dass ich die Sprache nicht verstehen kann, doch die bösen Blicke sprechen Bände. Entschuldigend hebe ich meine Hand und versuche mich in einem Lächeln. Nur mit Mühe unterdrücke ich mein Bedürfnis, mich nach Raik umzusehen und hoffe, dass ihm nicht aufgefallen ist, wie sehr mich das Treffen mit ihm aus der Bahn geworfen hat. Mit geradem Rücken und fast den Tränen nah betrete ich *Isa's Eistraum*, das bei dem schönen Wetter sehr gut besucht ist. Sofort fällt die Spannung von mir ab, denn die gemütliche Atmosphäre des Cafés fühlt sich an wie eine sanfte Landung.

Auf den ersten Blick ist Isa nicht zu entdecken, sie hat wahrscheinlich im Hinterhof mit den Gästen genug zu tun.

»Hey, Fine.« Der große blonde Mann hinter der Theke begrüßt mich mit einem strahlenden Lächeln.

»Hey, Sascha. Viel zu tun heute, oder? Ist Isa da?«

Mit einer Kopfbewegung deutet er nach draußen. »Sie ist hinten. Heute ist die Hölle los.« Entschuldigend grinst er in die Menschenschlange, die sich vor der Eistheke angesammelt hat.

»Du bist wieder hier in Boltenhagen? Hier im Café?«

»Ja, ich habe Semesterferien. Und ich kann Isa nicht einfach so hängen lassen.« Er sieht mir in die Augen und lächelt.

»Und naja, ich kann ihr einfach nicht lange böse sein.«

Ich beobachte Sascha, wie er geschickt das Eis in die Waffeln gibt und die Wünsche der Kunden erfüllt. Irgendetwas sagt mir, dass es nicht mehr die Ausnahme sein wird, bei Isabel zu übernachten. Die beiden scheinen ihre Differenzen gelöst zu haben. Diese Vorstellung macht mich glücklich.

»Wo ist der Keks?« Eine nicht mehr ganz taufrische Kundin kann sich offenbar nur schlecht vom attraktiven Sascha verabschieden, was er charmant mit zusätzlichen Waffeln für die Dame honoriert.

»Fine! Schön, dich zu sehen! Warte kurz, ich stell das mal in die Küche ...« Meine Freundin balanciert leere Eisbecher auf einem Tablet, verschwindet in einen Raum und kommt nur Sekunden später zurück. Sie und Sascha tauschen einen Blick aus und ich drehe meinen Kopf zur Seite, denn ich komme mir wie ein Voyeur vor. Die beiden sind über alle Maßen ineinander verliebt, das wusste ich schon immer. Schön, dass Isa ihre dummen Vorbehalte aufgegeben hat.

»So. Ich habe fünf Minuten. Draußen sind alle versorgt.« Isa nimmt meine Hand und zieht mich in einen abgetrennten Bereich des Cafés. Ein Paravent sorgt dafür, dass sich die Mitarbeiter eine Pause gönnen können, oder für Max, der ab und zu im improvisierten Arbeitszimmer seine Hausaufgaben erledigt. Wir setzen uns und sie drückt mir ein Glas kaltes Wasser in die Hand.

»Trink das, du siehst allerdings aus, als könntest du etwas Stärkeres vertragen. Was ist los?«

»Ich habe Raik geküsst.«

»Du hast WAS?« Das letzte Wort kommt in einer Lautstärke aus ihrem Mund, dass für einen Augenblick Stille im Café einkehrt.

»Meine Güte, Isa, schrei doch nicht so. Außerdem gibt es bei dir auch einiges Neues. Zwischen dir und Sascha alles gut?«

»Das muss ich dir alles in Ruhe erzählen, Sascha ist der tollste Mann überhaupt. Aber sag schon. Ich bin richtig geschockt. Tut mir leid, Fine, echt. Aber damit hätte ich nicht gerechnet.« Sie lehnt sich zu mir, als wäre sie bereit, mir die Beichte abzunehmen. »Wann denn? Wie ist das passiert? Und nun?« Ihr Flüstern gleicht eher einem Zischen und ich bereue es, ihr in diesem Umfeld davon erzählt zu haben. In Boltenhagen kennt jeder jeden und ich möchte nicht belauscht werden.

»Egal wann. Nicht so lange her.«

»Und jetzt?«

»Wir haben vereinbart, gute Freunde zu sein, unsere Beziehung auf einen anderen Nenner zu bringen. So lange, bis er wieder weggehen wird.«

»Aaah.« Isa streicht sich über ihre perfekt sitzende Frisur und klimpert mit den Augen.

»Was soll das denn heißen?«

»Das frage ich mich auch. Was für eine blöde Idee. Das wird doch nie funktionieren. Nie!«

»Das muss es aber. Ich bin mit Hubertus verlobt und er hat mir eröffnet, dass er jetzt Nägel mit Köpfen machen möchte. Das mit Raik war ein Ausrutscher, den ich korrigieren werde.« Ich merke selbst, dass ich zische.

»Das bedeutet? Du meinst doch nicht etwa …«

»Ich meine, dass ich mein Augenmerk auf die Beziehung mit Hubertus lege. Er ist ein fantastischer Mann und hat es verdient, dass ich nicht mehr weglaufe«, unterbreche ich Isa, die mich fassungslos anstarrt.

»Du musst ja nichts überstürzen, lass dir doch mit deiner Entscheidung noch etwas Zeit.« Sie legt ihre Hand auf meinen Arm. »Wollen wir uns heute auf ein Bier treffen? Sascha würde sicherlich auf Max aufpassen und seit unseres letzten Mädelsabend sind schon Wochen vergangen. Ich vermisse das.«

»Heute geht es nicht, ich habe mich mit Hubertus verabredet. Ich fahre zu ihm und wir quatschen.« Auf einmal habe ich es eilig, nach Hause zu fahren, um zur Ruhe zu kommen. Isa sieht mich eindringlich an und ich habe das Gefühl, sie kann direkt in mein Herz sehen.

»Ich muss dann mal los und du wirst gebraucht, es kommen immer mehr Menschen in den Laden. Ich ruf dich an.« Schnell stehe ich auf, küsse meine Freundin auf die Wange, winke Sascha zu. Ich kann erst wieder durchatmen, als ich mich durch das volle Geschäft nach draußen gezwängt habe und durch den Park nach Hause schlendere.

Um neunzehn Uhr stehe ich vor Hubertus' Wohnung mit einer Flasche Wein in der Hand und drücke auf den Klingelknopf. Er öffnet die Tür und zieht mich in seine Arme. Seine Haare glänzen noch feucht von der Dusche und er duftet nach dem Eau de Toilette, das ich so gerne mag. Mein Herz schlägt schneller. Ich bin so nervös, als stünde ich vor einer unlösbaren Aufgabe. Ich fühle mich unehrlich, als ich ihn an mich ziehe und küsse – Raik fortküsse, ihn verbanne.

»Das ist eine wunderbare Begrüßung, Fine. Komm doch herein.« Galant hält er mir die Tür auf, ich ziehe meine Schuhe aus und gehe mit steifen Beinen in die Wohnung. Hubertus mag ein klares minimalistisches Design, Schwarz- und Brauntöne sind die vorherrschenden Farben, meine Zehen graben sich in den herrlich weichen hellen Teppich und ich sinke auf das riesige Sofa und atme auf.

»Hast du wieder ein neues Golfbag?« Ich zeige auf ein Monstrum in Hellbraun, das neben dem Fernsehgerät steht.

Hubertus kommt mit zwei Weingläsern aus der Küche und reicht mir eines davon. »Ein Chablis, wenn es dir recht ist. Dein Luganer war nicht kalt genug, ich habe ihn in den Kühlschrank gestellt. Salute, mein Schatz. Auf einen schönen Abend.«

Ich trinke einen Schluck und schließe kurz meine Augen. »Der ist ja wunderbar.«

»Ich dachte mir schon, dass du ihn magst. Und was das Golfbag angeht, ja, es ist neu und ich würde nichts lieber tun, als dir ebenfalls eins zu kaufen.«

Er setzt sich an meine Seite und lächelt mich an. Seine dunklen Augen leuchten vor Begeisterung.

»Ich dachte mir, dass ich es vielleicht noch mal versuche mit dem Golfspielen. Es war damals einfach ein schlechter Start.«

Hubertus reißt die Augen auf. »Das würdest du tun? Das freut mich so sehr, ich kann es dir gar nicht sagen, wie sehr!« Er zückt sein Handy und ruft den Kalender auf. »Wie sieht es denn nächstes Wochenende aus? Ich buche uns eine Box und wir üben den Abschlag. Danach lade ich dich im Klub zum Essen ein. Was sagst du?«

Ich stelle mein Weinglas ab, lege die Arme um seinen Hals und lege meine Lippen auf seine. Ich flüstere »Sehr gerne« in sein Ohr, was Hubertus damit beantwortet, dass er sein Glas ebenfalls auf den Tisch stellt und mich in seine Arme zieht.

Beim Abendessen erzählt Hubertus lustige Geschichten über seine Patienten, ohne zu verraten, wer es ist. Er geht völlig in seinem Beruf auf. Dass er damit auch gutes Geld verdient, ist nicht der Grund dafür, dass er sich für diesen Werdegang entschieden hat.

»Wusstest du schon immer, dass du Zahnarzt werden wolltest?«

»Diese Frage erstaunt mich, denn ich habe das noch nie jemandem erzählt. Für mich war immer klar, dass ich Arzt werden wollte. Wenn du in einer Familie mit Ärzten aufwächst, bleibt den Genen gar keine andere Wahl, als den Wunsch zu verspüren.« Er hält inne. »Möchtest du noch ein Glas Wein?«

Ich nicke und er verteilt den Rest der Flasche auf unsere Gläser.

»Ich mache uns noch ein Fläschchen auf, wenn du mittrinkst. Allein ist es mir zu viel, sonst bohre ich morgen in den falschen Zahn.«

Lachend nicke ich. »Gerne. Der Wein ist köstlich, alles passt hervorragend. Wie immer.«

Hubertus steht auf und geht in die Küche. Ich greife nach dem Schälchen mit den eingelegten Oliven und nehme mir auch ein Löffelchen von dem Auberginenmus, das Hubertus im italienischen Feinkostgeschäft gekauft hat. Wir mögen beide die italienischen Spezialitäten und obwohl ich schon satt bin, angle ich mir noch ein Stück Ciabatta aus dem Brotkorb. Nachdenklich beobachte ich meinen Verlobten beim Öffnen des Weines. Obwohl er sehr schlank ist, ist er sehr sportlich und hat eine gute Kondition.

Ich verscheuche aufkeimende Gedanken an Raik, seine Arme, wie er sie um mich geschlungen hat und wie gut es sich angefühlt hatte.

»Kann ich dir noch einschenken?«

Ich nicke und beobachte Hubertus. Er bemerkt es, setzt sich und hebt sein Glas.

»Wie du mich ansiehst. Irgendwie anders als sonst, ist alles in Ordnung?« Er mustert mich.

»Ich frage mich gerade, was du gemeint hast, als du von zeitnah gesprochen hast.«

»Zeitnah? Warte … du meinst beim Essen neulich?«

»Ja. Genau das meine ich.«

»Fine! Hast du darüber nachgedacht? Du möchtest einen Hochzeitstermin festlegen? Du sagst ›Ja‹? Das ist ganz wunderbar.«

Er strahlt und das macht mich glücklich. Das fühlt sich gut an und richtig. Gut und richtig. Nach vier Jahren Verlobungszeit gehe ich einen Schritt weiter - meinen Schritt. Hubertus zieht mich vom Stuhl hoch und dreht mich um meine Achse und reißt mich regelrecht in seine Arme. Sein Herz rast, ich kann es spüren. Wie glücklich er ist.

»Lass es uns so schnell wie möglich machen. Ich warte schon so lange. Ich rufe morgen im Standesamt an und frage nach einem Termin. Ach, Fine. Damit machst du mich zum glücklichsten Mann der Welt.«

»Es wäre wundervoll, wenn wir dieses Jahr noch heiraten könnten. Was meinst du … zum Seebrückenfest?«

»Das wäre in acht Wochen?« Ich sehe ihm an, wie er im Geiste die Planung für die Hochzeit durchgeht.

»Für das Standesamt eine kleine Zeremonie.« Mit Daumen und Zeigefinger zeige ich, wie klein ich es gerne möchte.

»Lass mich morgen die Termine abklären, danach sprechen wir weiter. Weshalb denn das Seebrückenfest? Hat das eine besondere Bedeutung?«

»Das ist mir so eingefallen, weil ich mich in letzter Zeit mehr damit auseinandersetze. Ich würde gerne ein Lesefestival organisieren. Am liebsten wäre mir der Kunstpavillon im Kurpark, Kinder lesen Geschichten von ihren Lieblingsautorinnen und -autoren vor.«

»Ist das nicht alles sehr knapp? Ich meine jetzt nicht unsere Hochzeit …«

»Für das Fest steht ja schon so ziemlich alles. Die Flyer

werden noch gedruckt und die Homepage ist noch nicht vollständig überarbeitet. Soweit ich weiß, ist auch noch nicht klar, wer im Kunstpavillon auftritt. Ich spreche nächste Woche mit den Veranstaltern, bin mir aber sicher, dass meine Idee auf Begeisterung stoßen wird.«

»Lass uns am Tag danach heiraten, oder eine Woche danach. Es wird alles zu viel an einem Tag.«

»Eine Woche nach dem Fest ist eine sehr gute Idee.«

»Fine, du machst mich zu einem glücklichen Mann. Ich werde mich morgen um einen Termin kümmern.« Hubertus Augen strahlen mich an.

Zusammen räumen wir den Tisch ab und ziehen mit unseren Weingläsern auf das Sofa, im Hintergrund singt Melody Gardot über die Schmerzen einer unglücklichen Liebe, doch ich fühle mich seit Langem wieder frei. Ich halte die Zügel in meinen Händen, ich entscheide über mein Leben und bin nicht mehr hilflos meinen Gefühlen ausgeliefert. Also alles richtig gemacht. Jetzt kommt es darauf an, mit der Organisation nichts zu vermasseln. Zum wiederholten Male stelle ich mein Glas auf den Tisch, rutsche näher zu Hubertus und schließe meine Augen, als er mich umarmt und eng an sich zieht. Seine Berührungen werden leidenschaftlicher, seine Küsse länger.

»Ich liebe dich, Fine, und kann es nicht erwarten, dich zu heiraten.«

18

RAIK

»Das muss alles raus.« Thores Stimme klingt entschlossen, während er mit mir im alten Badezimmer unserer Eltern steht und sich umsieht. »Wie vergammelt das alles ist, die Wanne völlig verkratzt, und dann diese Farben …« Angewidert verzieht er das Gesicht. Aber ich verstehe ihn, dieser merkwürdige Siebziger-Jahre-Look ist grausam.

»Allerdings bekomme ich das allein nicht hin«, stelle ich direkt klar. »Ich kenne mich mit Elektrik aus, aber nicht mit Gas- und Wasserinstallationen.«

Thore streicht sich nachdenklich übers Kinn, den mittlerweile ein richtiger Bart ziert. Seit er hier ist, kümmert er sich nicht mehr so penibel um sein Äußeres, wie ich es eigentlich von ihm gewohnt bin.

»Die Anschlüsse sind alle vorhanden. Aber etwas Hilfe vom Profi wäre durchaus nützlich.« Er zieht sein Handy aus der hinteren Tasche seiner Jeans, auf der Staub und Dreck Spuren hinterlassen haben, und beginnt, etwas einzutippen.

»Sieh mal einer an, vielleicht haben wir Glück. Andreas Muttler, der war damals in meiner Klasse. Hat jetzt einen

Betrieb für Gas- und Wasserinstallationen. Womöglich kann er uns helfen.«

Der Name ruft bei mir Erinnerungen an einen schmächtigen, rothaarigen Jungen mit Brille wach, der immer durch die Flure geschlurft war. Kaum vorstellbar, dass er jetzt einen anerkannten Handwerksbetrieb hat.

Ich höre Thore sprechen, während er die Treppe hinunterläuft. »Moin, hier ist Thore Jensen. Mensch, Andi, das gibt es ja nicht – du, ich bräuchte da mal deine Hilfe bei einem Umbau.« Danach schließt er die Küchentür und ich kann das Gespräch nicht weiterverfolgen.

Müde lehne ich mich an die Wand und gehe im Kopf die Schritte durch, die unternommen werden müssen, um das Bad zu renovieren. Aber Thore hat recht, es kann unmöglich so bleiben, wenn wir hier ein ansehnliches Ferienappartement schaffen wollen. Plötzlich rutschen meine Gedanken wieder zu Fine. Wie es ihr wohl geht? Ich habe die Stadt seit unserem letzten Gespräch gemieden, aus Angst, ihr über den Weg zu laufen. Aber ich kann mich nicht ewig verstecken. Ich muss akzeptieren, dass sie ihre Wahl getroffen hat.

»Raik?!«, schallt Thores Stimme durchs Treppenhaus und reißt mich aus meinen Gedanken. »Andi hat ein paar Minuten für mich, ich fahr schnell in die Stadt. Willst du mit?«

Ich haste aus dem Bad zur Treppe. Thore steht am unteren Ende und sieht zu mir hoch.

»Ja, ich komme mit. Bin in zwei Minuten fertig«, antworte ich und poltere die Stufen hinunter. Mir fehlen der Strand und das Meer. Vielleicht hole ich mir ein Eis bei Isa und laufe zur Seebrücke.

Während ich mir schnell ein paar saubere Klamotten überwerfe, fällt mein Blick auf das Buch von Jules Verne. Ich habe gar nicht mehr weitergelesen - jetzt ist eine gute Gelegenheit dafür. Ich schlupfe in meine Boots, greife nach dem Buch und folge Thore zum Auto.

Das Wetter ist sonnig und die Stadt belebt mit Touristen. Thore lässt mich direkt am Kurpark raus und fährt dann weiter. Ein wunderbarer Nachmittag, um seine Zeit draußen zu verbringen. Zielstrebig gehe ich zur Eisdiele, in der Isa gerade leere Eisbehälter gegen neue austauscht.

»Raik!«, begrüßt sie mich. Die Überraschung in ihrer Stimme ist nicht zu überhören.

»Hallo, Isa. Ist schon 'ne Weile her, dass wir uns gesehen haben. Abgesehen von dem kurzen Moment im Krankenhaus.«

»Könnte man so sagen.« Ihr Lächeln ist immer noch so einnehmend wie zu Schulzeiten. Ich erwidere es offen und lege mein Buch auf die kleine Ablage vor dem Tresen.

»Fine hat mir erzählt, hier soll es das beste Eis der Welt geben.«

»So, hat sie das? Na, dann solltest du es doch mal testen. Was darf ich dir servieren?«

Ich studiere das Angebot. Neben Klassikern wie Vanille, Schokolade und Erdbeere gibt es auch raffinierte Sorten.

»Ich glaube, ich nehme eine Kugel Limonen-Sorbet mit Minze.«

»Kommt sofort.«

»Hallo, Mama!«, kommt es plötzlich von einer Jungenstimme hinter mir. Erstaunt drehe ich mich um.

»Hallo, Max. Na, wie war's in der Schule?« Sie stellt das Eis in eine Halterung und wartet geduldig, bis ich mein Portemonnaie gezückt und das Geld in die flache Schale auf dem Tresen gelegt habe.

»Och, ging so.«

Ich sehe zwischen den beiden hin und her. »Du hast einen Sohn?«

»Ja. Überrascht?« Es klingt nicht angriffslustig, eher amüsiert. Sicher bin ich nicht der Einzige, der so reagiert.

»Wer ist das, Mama?« Unverhohlen werde ich gemustert.

»Deine Mama und ich, wir kennen uns von früher. Wir sind in die gleiche Schule gegangen.«

»So, wie Tante Fine und Mama?« Aufgeweckt steht er vor mir und sieht mich an. Ich mag ihn sofort.

»Ja, genau so.« Fragend werfe ich einen Blick zu Isa.

»Fine ist seine Patentante«, erklärt sie und beginnt einen Bon abzuarbeiten, den ihr ein Mitarbeiter hinschiebt.

Ich stecke mein Portemonnaie wieder ein, greife nach dem Eis und probiere. »Wow, ist das gut!«

Isa grinst nur, sagt aber nichts.

»Wie geht's denn Fine?«

»Der geht's super, sie heiratet bald und so wird Hubertus mein Onkel!«, erklärt Max strahlend. Für einen Moment stockt mir der Atem.

»Es gibt schon einen Termin?«, bringe ich schließlich hervor und starre Isa an. Plötzlich scheint sie gar nicht mehr so selbstsicher. Ihr Gesicht wirkt eine Spur blasser.

»Eine Woche nach dem Seebrückenfest«, antwortet sie langsam.

Ich schlucke - diese Information muss ich erst mal verdauen. Erinnerungen schießen durch meinen Kopf. Die unbeantwortete Frage, die Geheimnisse gegenüber Hubertus, der Kuss zwischen uns …

»Raik, alles okay?« Isas Stimme holt mich zurück in die Wirklichkeit. Ein kleines Rinnsal Eis läuft an der Waffel entlang und tropft auf meine Hand.

»Hier.« Isa reicht mir zwei Papierservietten. Ihr Blick wirkt mitfühlend. Weiß sie von Fine und mir? Wahrscheinlich, wenn Fine sogar die Patentante von Max ist.

»Was ist das für ein Buch?«, unterbricht Max die angespannte Situation. »20.000 Meilen unter dem Meer«, liest er vor. »Ein Abenteuerbuch? Ich liebe Abenteuergeschichten! Vor allem die von Fine, sie schreibt tolle Geschichten!«

Überfordert von der Flut an Informationen, kann ich nicht sofort antworten.

»Das glaub ich gerne.« Ob sie mir jemals eine ihrer Geschichten vorlesen wird?

»Max, vielleicht solltest du Raik …«

»Nein, ist schon okay.« Ich lecke schnell ein paarmal über das Eis, nehme das Buch und drehe mich zu Max.«

»Abenteuergeschichten sind die besten. Diese handelt von einem Mann, der ein U-Boot gebaut hat, um damit durch die Meere zu kreuzen und der Welt den Rücken zu kehren. Man nennt ihn Kapitän Nemo und das Schiff ist die *Nautilus*.«

»Cool.« Max ist beeindruckt. »Aber warum kehrt er den Menschen den Rücken? Mag er sie nicht mehr?«

»Das erzähle ich dir vielleicht, wenn wir uns das nächste Mal sehen. Ich glaube, ich werde in nächster Zeit noch öfter

ein Eis hier essen.«

»Meinst du, Tante Fine hat das Buch auch drüben in der Bäderbibliothek? Dann kann ich es mir ausleihen und lesen!«

Allein Fines Namen zu hören, ist wie ein kleiner Dolchstoß in mein Herz.

»Ja, möglich wäre es. Du kannst sie ja mal fragen.«

»Oh, prima! Kann ich gleich rüber, Mama? Bitte!«

»Wenn du deine Hausaufgaben gemacht hast.«

Max verzieht frustriert das Gesicht. »Na gut. Tschüss, Raik.«

»Mach's gut, Max, bis bald.«

Max verschwindet hinter einem Paravent.

Unschlüssig drehe ich das Buch in meinen Händen. Schließlich sehe ich Isa an. »Ein toller Junge. Gib ihm das bitte von mir. Ich kann mir jederzeit ein Neues besorgen.«

Ich reiche Isa das Buch über den Tresen. »Vielleicht wird er einiges noch nicht verstehen, aber ich bin mir sicher, Fine wird es ihm erklären.«

»Raik …« Es ist nur ein einziges Wort, ein Name, mein

Name, doch ich höre genau, was Isa mir sagen will. *Es tut mir leid.*

Ich schaffe es nicht mehr bis zur Seebrücke, denn Thore hupt und winkt am Straßenrand. Ich eile zu ihm und steige ein, denn hier ist Halteverbot und Ärger soll er wegen mir nicht kassieren. Ich mache ihm sowieso schon genug Probleme.

Auf der Heimfahrt berichtet er mir, dass Andi uns helfen wird. Wir müssen nur alles vorbereiten. Bei seinen Worten kann ich ein sarkastisches Lachen nicht unterdrücken. Uns bleibt nicht viel Zeit, bis Thore wieder zurück zu seiner Familie muss. Aber vielleicht ist das auch gut so, denn so bleibt mir ebenfalls keine Zeit, um darüber nachzudenken, dass ich Fine nun für immer verloren habe.

Die nächsten zwei Tage verbringen Thore und ich damit, das Bad herauszureißen. Trotz Schutzmaske atme ich mehr Staub ein, als gut für mich ist, aber es ist mir egal. Wie ein Besessener reiße ich die Fliesen von der Wand, bis ich nicht mehr stehen kann.

Zum Duschen hat Thore die alte Gartendusche aus dem Schuppen gekramt und ich bin überrascht, dass sie noch funktioniert. Das kalte Wasser stört mich nicht und ich mag es, die Luft auf meiner nassen Haut zu spüren und das Gezwitscher der Vögel im Hintergrund zu hören.

»Wenn man uns so sieht, könnte man denken, wir sind zwei Seebären«, sagt Thore, nachdem wir uns mehr aus Spaß mit dem Gartenschlauch gegenseitig abgespritzt haben, als wirklich zu duschen, und jetzt einträchtig in Shorts auf zwei Stühlen auf der Terrasse sitzen. »Bei der Bank sollten wir besser nicht so auftauchen.«

Mir entweicht ein gequältes Stöhnen. »Dein Ernst?«

Er zuckt mit den Schultern. »Du weißt doch, Kleider machen Leute.«

»Ich weiß nicht, ich finde, ein Kredit sollte nicht davon abhängen, ob ich einen Bart oder lange Haare habe.«

»Lass es dir einfach mal durch den Kopf gehen.«

Ein bisschen nervig sind der Bart und die langen Haare schon beim Umbau.

»Sag nicht, dass du ein Haarschneidegerät dabeihast.« Ich mustere ihn skeptisch und in seinem Gesicht bildet sich ein fettes Grinsen.

»Und ob. Das wird ein Spaß!« Vergnüglich reibt er sich die Hände, dann springt er auf und verschwindet nach drinnen, um es zu holen.

Eine halbe Stunde später erkenne ich mich selbst kaum wieder - ohne Bart und lange Haare.

»Ich bin schon gespannt, was Fine zu deiner Typveränderung sagen wird«, zieht er mich auf, als er die Sachen wegräumt und mir ein Bier in die Hand drückt.

Ich jedoch bin mir gar nicht so sicher, ob ich wissen will, was sie darüber denkt.

Ich bin froh, dass die Tage schnell an mir vorbeiziehen und es mir gelingt, Stück um Stück eine Mauer um mein Herz zu bauen, damit es nicht mehr beschädigt werden kann. Hoffentlich gelingt es mir, sie so stabil zu bauen, dass Fine sie bei unserem nächsten Zusammentreffen nicht einreißt.

Eine Woche geht so ins Land. Thore und ich schuften wie die Wilden und sitzen abends am Lagerfeuer im Garten. Er erzählt mir Geschichten von meinen kleinen Neffen oder von seinen Plänen für die Zukunft. Mittlerweile sehe ich meinen Bruder in einem völlig anderen Licht und nehme mir fest vor, wieder zu einem Teil seiner Familie zu werden, die auch die meine ist.

Erneut sitze ich auf den Steinstufen am alten Hafen von Wismar, versuche, das nachgebaute Piratenschiff vor mir in mein Skizzenbuch zu bannen. Thore ist in der Stadt ein paar Einkäufe erledigen, mir war aber nicht danach, durch die überfüllten Gassen zu laufen. Doch das Zeichnen will mir nicht so recht gelingen. Immer wieder lasse ich mich von den Booten, die durch den Hafen schippern, oder den vorbeilaufenden Menschen ablenken. Gerade kommt ein Ausflugsboot herein und für einen kurzen Moment bilde ich mir ein, ein bekanntes Gesicht gesehen zu haben. *Jetzt sehe ich Fine auch schon auf einem Boot.* Ich schließe kurz die Augen, um meine Konzentration wieder herzustellen, dann öffne ich sie wieder und setze den Stift an.

»Raik! Raik!«

Noch bevor ich den Kopf hebe, weiß ich schon, welchem Kind diese Stimme gehört. Schmunzelnd sehe ich in die Richtung, aus der der Ruf kam, und sehe Max mit Fine auf mich zukommen. Sie haben mich trotz meiner kurzen Haare erkannt.

»Hallo, Raik.« Ihre Stimme ist voller Wärme, ihr Lächeln schießt in mein Herz. Die sorgsam errichtete Mauer bricht krachend zusammen.

»Hey, ihr beiden, was macht ihr denn hier?«

»Wir waren auf einem der Boote, wo Meerestiere gefangen werden!«, sprudelt es aus Max hervor. »Die werden natürlich nicht umgebracht, sondern lebend gefangen. Die Kinder können sie sich anschauen und bekommen erklärt, was es für Tiere sind!« Seine Stimme überschlägt sich fast vor Aufregung und Fine streicht ihm liebevoll über den Kopf.

»Seit er dein Buch bekommen hat, ist er ganz versessen auf

Boote und Abenteuer auf dem Meer. Deswegen haben wir auch heute diesen Ausflug gemacht.« Ihre Worte haben etwas Entschuldigendes, dabei hat sie keine Ahnung, wie glücklich sie mich machen.

»Dann gefällt dir die Geschichte also?«, frage ich an Max gewandt.

»Ja, ich will auch unbedingt mal ein U-Boot sehen. Sascha hat mir versprochen, mit mir nach Laboe zu fahren, da kann man eins besichtigen.«

»Das klingt großartig! Dieses U-Boot habe ich mir auch schon angeschaut und ich sage dir, es wird dir gefallen.«

»Fine, hast du das gehört? Raik kennt das U-Boot auch!«

Ich erkenne in Max diese Mischung aus Bewunderung und Faszination, die ich auch in seinem Alter in mir getragen habe.

»Du wolltest dir doch noch ein Souvenir in dem Laden dort mitnehmen.« Fine deutet auf eine Reihe von Ladengeschäften, die sich am alten Hafen entlangziehen. »Lauf ruhig schon mal vor, ich komme gleich nach.«

»Alles klar!« Max stürmt davon und wir sehen ihm beide nach. Geschickt umrundet er die Leute, die ihm entgegenkommen, und verschwindet im Geschäft.

Fines Blick findet meinen und Verlegenheit macht sich zwischen uns breit. Jeder sucht offenbar nach Worten, doch keine wollen passen.

»Schicke Frisur, steht dir«, sagt sie schließlich.

Ich streiche über meine kurzen Haare, an die ich mich immer noch gewöhnen muss.

»War mal wieder Zeit.«

Sie deutet auf mein Skizzenbuch. »Darf ich mal sehen?«

»Es ist noch nicht fertig«, entgegne ich ausweichend, lasse sie aber einen Blick auf meine Skizze werfen

»Kein Leuchtturm.« Sie klingt erstaunt.

»Womöglich habe ich genug Leuchttürme gemalt.«

Ein Schleier der Traurigkeit legt sich über Fines Augen.

»Womöglich«, wiederholt sie leise. Eine weitere kleine Kerbe fräst sich schmerzhaft in mein Herz.

»Fine …« Ich will sie festhalten, doch sie tritt einen Schritt zurück.

»Ich muss zu Max, er wartet schon auf mich.«

Ich nicke nur, lasse meinen Arm wieder sinken.

»Das Licht meines Leuchtturms wird nie hell genug sein, um dich zu erreichen.« *Oh verdammt, habe ich das jetzt wirklich laut ausgesprochen?*

Fine bleibt abrupt stehen und sieht mich an. Ihr Atem beschleunigt sich, ihre Lippen pressen sich krampfhaft zusammen.

»Du hast mir nie mit deinem Licht den Weg zu dir gewiesen«, erwidert sie mit kratziger Stimme, wendet sich ab und geht. Ich darf sie so nicht gehen lassen. Beste Freunde, was für ein Schwachsinn!

»Fine! Heute Abend um neun am Strandkorb!«

Ich muss noch mal mit ihr reden, muss wissen, ob sie wirklich weiß, was sie da tut. Sie gibt mir keinen Wink, ob sie meine Worte gehört hat, doch ich werde da sein. Ich werde mein Licht für sie aussenden und hoffen, dass sie ihren Weg zu mir findet.

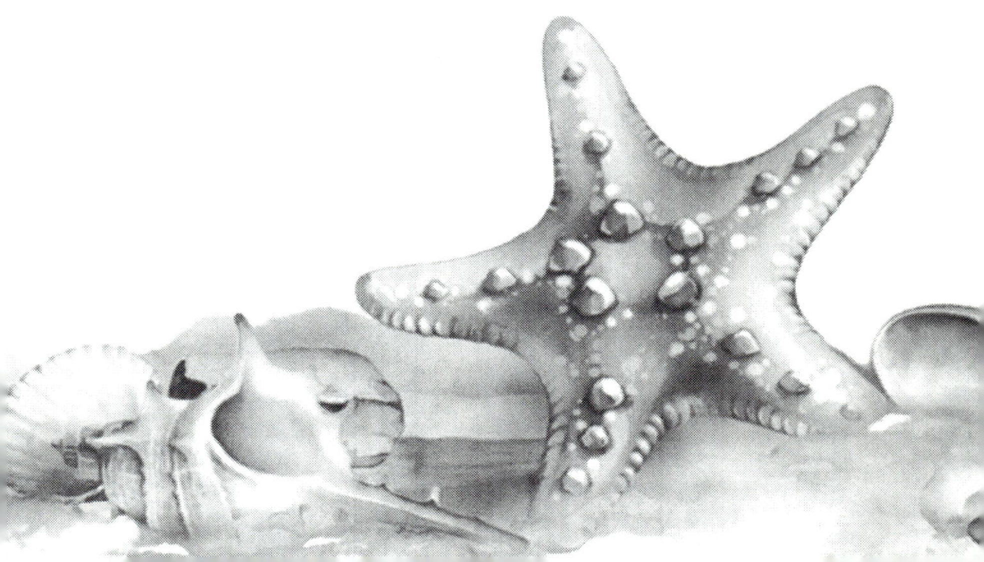

19

FINE

Den Tränen nah steuere ich mit großen Schritten zum Laden, um Max abzuholen. Raik unerwartet zu treffen, hat meine Zurückhaltung ins Wanken gebracht. Von Weitem habe ich ihn erkannt, seine gerade Haltung, die breiten Schultern, die ihm etwas Verwegenes verleihen. Meine Freude stand mir wohl ins Gesicht geschrieben und Raik erging es nicht anders. Doch das schöne Gefühl war nur von kurzer Dauer. Mich macht der Gedanke traurig, wie es zwischen Raik und mir ist. Haben wir überhaupt eine Chance, unsere Freundschaft weiter zu pflegen?

Heute Abend um neun am Strandkorb ... In Gedanken gehe ich den Abend durch. Ich habe nichts geplant. Ein Schreibabend sollte es werden. Hin- und hergerissen mit meinen Gefühlen höre ich nur am Rande zu, was Max mir erzählt. Er hält ein kleines blau-weiß bemaltes Holzschiff in den Händen und zählt ganz genau den Kaufpreis ab und legt das Geld einer kleinen, schlanken Frau mit wilden, blonden Locken auf die Theke.

»Das machst du gut, kleiner Mann. Deine Lehrerin ist sicherlich sehr stolz auf dich.«

»Das weiß ich nicht genau«, erwidert er ernst, »aber sie hätte allen Grund dazu.«

Die Dame und ich sehen uns an und brechen gleichzeitig in Gelächter aus. »Da hast du sicherlich recht. Wie heißt du denn?«

»Ich bin Max und du?«

»Angela.« Und zu mir gewandt: »Sie haben da aber einen ganz schlauen Sohn - und nett ist er auch.«

»Das ist nicht meine Mama. Das ist meine Patentante. Aber ich hab sie fast so lieb wie meine Mama.«

Ich wuschle ihm durch die Haare. »Ich hab dich auch lieb, Max. Lass uns zurückgehen. Sonst schickt deine Mama noch einen Suchtrupp nach uns.«

Wir verlassen das Geschäft und obwohl ich mir sicher bin, dass Raik nicht mehr hier ist, ertappe ich mich dabei, wie ich in alle Richtungen schaue. Max geht neben mir, trägt stolz sein Schiff in der Hand.

»Ich freue mich schon so sehr, wenn du mir nach *20.000 Meilen unter dem Meer* das nächste Buch vorliest.«

»Das Buch ist sehr, sehr spannend. Sobald wir mit Jules Verne fertig sind, können wir einen neuen Abenteuerroman lesen. Hast du dir schon überlegt, welches Buch du zum Lesefestival vorlesen möchtest?«

Max bleibt stehen und schiebt seine kleine Hand in meine. Ich gehe vor ihm auf die Knie, damit wir auf Augenhöhe sind. Er kuschelt sich an mich und flüstert in mein Ohr.

»Am liebsten mag ich deine Geschichte. Darf ich die vorlesen?«

Zutiefst gerührt sehe ich ihn an. »Die magst du so gerne? Echt?«

»Ja«, meint er mit Augenrollen, »Habe ich doch gerade gesagt.«

»Also. Das wäre mir eine Ehre!«

»Ich dachte nur, weil deine Geschichte ja noch nicht in

einem Buch ist. Nur lose Blätter.«

Entgeistert sehe ich ihn an. Max ist wirklich schlau. Jette Hansen, die Schreckschraube, hat anscheinend keine Ahnung, wie schlau er ist. »Die Geschichte wächst noch, du hilfst mir dabei. Ohne dich würde ich es nicht schaffen.«

»Und wenn sie fertig ist, wird ein Buch daraus?« Seine dunklen Augen fegen meine Angst zu versagen einfach weg.

»Dann wird ein Buch daraus.«

»Gut. Ehrenwort?« Er spuckt herzhaft in seine Handfläche und streckt sie mir entgegen. Ich tue es ihm nach und wir schütteln uns einträchtig unsere Spuckehände. Denn genau so geben sich Abenteurer ein Versprechen.

Eine Stunde später bringe ich Max zum Eiscafé zurück. Sascha und Isa sind in ein Gespräch vertieft und ich denke zum wiederholten Mal, wie unwichtig so ein Altersunterschied ist. Nach meinem Gefühl passen die beiden hervorragend zusammen. Max läuft auf Sascha zu, die beiden umarmen sich innig, er streckt Sascha das Schiff entgegen und erzählt von seinen Erlebnissen. Auch mit den beiden passt es. Isa wirft mir einen Blick zu, der mir sagen soll, dass sie mir etwas Wichtiges mitteilen möchte, doch es gibt gerade keine Möglichkeit, in Ruhe zu reden. Mit dem Blick auf meine Uhr kribbelt es in meinem Bauch.

... um neun Uhr am Strandkorb ...

Schnell winke ich zum Abschied und schicke einen Handkuss. Max kommt auf mich zugerannt, umarmt mich und küsst mich auf die Wange, als ich mich zu ihm hinunterbeuge.

»Danke, Fine, das war toll. Und Raik mag ich gern. Du auch?«

»Ich mag ihn auch gern.«

Er lässt mich ziehen und ich stehe auf. Aus den Augenwinkeln kann ich sehen, dass Isa grinst. Ihr ›Kindermund tut Wahrheit kund‹ ist ein Spruch, auf den ich nicht eingehe. Als hätte ich nichts gehört, verlasse ich das Café und beeile mich, nach Hause zu kommen. Ich sollte mich wenigstens umziehen. Außerdem war ich fast am Verhungern, doch mein Plan, zum Schreiben etwas Leckeres zu kochen, war mit meiner Verabredung - wenn ich sie so bezeichnen wollte - hinfällig geworden. *Was machst du so eine große Sache daraus? Es ist nur ein Treffen mit einem Freund.* Mein Plan, meine Nervosität mit diesen Worten mantraartig einzudämmen, klappt nicht wirklich. Ich sperre die Tür zu meinem Haus auf. Während ich ins Schlafzimmer gehe, ziehe ich meine Kleidung aus und werfe sie auf den Boden, auf dem ich sie liegen lasse. Erst als ich unter der Dusche stehe und das heiße Wasser auf meinen Körper prasselt, habe ich das Gefühl, neue Energie zu tanken. Ich erhöhe die Temperatur noch ein bisschen mehr, bis ich es kaum noch aushalten kann und hoffe, meine Zweifel werden mit dem Wasser im Abfluss verschwinden. Danach fühle ich mich besser und obwohl ich mich mit einem Freund ganz zwanglos in einem Strandkorb treffe, räume ich meinen Kleiderschrank fast komplett aus, um mich doch wieder für eine Jeans und einen Pulli zu entscheiden. In Modedingen bin ich vollkommen unbedarft. Der Blick in den Spiegel zeigt mir eine Frau mit rotblonden, langen Haaren, heller Haut mit Sommersprossen und dunklen Schatten unter den Augen. Ich habe mich nie als schön bezeichnet, meine Nase ist einfach zu lang und mein Mund zu groß. Was ich an mir mag, sind meine Augen und meine Haare. Nachdem ich sie trockengeföhnt habe, lasse ich sie offen, trage etwas Lipgloss auf und schnappe mir mein Rad. Egal was zwischen mir und Raik vorgefallen ist, er ist der einzige Mensch, dem ich mein Geheimnis anvertraut habe. Er hat es sich angehört, ohne mir zu sagen, dass ich mir das einbilde, oder dass es den richtigen Mann braucht, um sich ein Kind zu wünschen, oder … oder …

Er akzeptierte meine Meinung und gut war es. So war es

schon immer zwischen uns gewesen. Im Strandkorb konnten wir uns alles anvertrauen.

Nach ein paar Minuten bin ich am Strand angekommen, schließe mein Rad an einem Laternenpfosten an, ziehe meine Schuhe aus und gehe barfuß zum Strandkorb.

Etwas ist anders als sonst, um den Korb leuchtet es und bald kann ich ein Licht erkennen. Raik ist schon da. Als würde er spüren, dass ich komme, dreht er sich zu mir um und sieht mir zu, wie ich Schritt für Schritt näherkomme.

»Du bist hier.«

»Ja.«

Raik tritt etwas vom Strandkorb zur Seite und zeigt mit einer ausholenden Geste auf eine Kühltasche.

»Ich habe ein paar Kleinigkeiten zum Essen mitgebracht. Hast du Hunger?«

»Gott, Raik, und wie! Ich bin am Verhungern. Kannst du Gedanken lesen?«

»Ich wünschte, ich könnte es.« Sein Lächeln ist schief, was die Aussage seines Satzes etwas abmildert. Er muss bei mir keine Gedanken erraten, ich habe ihm gesagt, was ich möchte. Dass es die einzige Möglichkeit ist, zusammen zu sein. In Freundschaft.

»Dann setz dich, bitte.«

Schnell komme ich seiner Bitte nach. Raik drückt mir ein Sandwich in die Hand. Es sieht so lecker aus, dass mir das Wasser im Mund zusammenläuft. Ich nehme einen großen Bissen.

»Hmmm. Lecker. Hast du das selbst gemacht?«

»Ja. Kannst du dich nicht mehr daran erinnern?« Es klingt etwas enttäuscht.

»Doch, entschuldige. Wie könnte ich deine Sandwiches vergessen? Die haben uns während des Sommers ernährt. Du hast dir immer verrücktere Kreationen einfallen lassen und die waren nicht immer alle so gelungen wie dieses hier.«

Raik lacht und kaut langsam und voller Genuss. »Ich habe mein Talent zur Vollendung gebracht. Was sagst du? Die Geheimzutaten werden allerdings nicht verraten.«

»Echt. Wahnsinnig lecker. Geheimzutat?«

»Klar. Jedes Meisterstück braucht eine Geheimzutat.«

Gemeinsam lachen und scherzen wir. Es fühlt sich an, als könnten wir fünfzehn Jahre überspringen und an unsere frühere Freundschaft anknüpfen und gleichzeitig doch etwas Neues erschaffen.

»Was hast du noch in dieser riesigen Tasche?«

Raik zieht zwei Flaschen Bier heraus, öffnet sie und reicht mir eine. Der erste Schluck ist der beste. Es fällt mir schwer, mich daran zu erinnern, wann ich das letzte Mal so leckeres Bier getrunken habe.

»Du weißt genau, was ich brauche. Und diese vielen Kerzen ... Es sieht so wunderschön aus, so unfassbar romantisch.«

Sofort halte ich die Luft an. *Was habe ich da nur gesagt, warum konnte ich mein loses Mundwerk nicht halten?* Doch Raik geht nicht darauf ein. Entweder hat er meinen achtlos dahingesagten Satz nicht gehört oder er ist zu höflich, um mich in Verlegenheit zu bringen.

»Was für eine klare Nacht.« Raik setzt sich neben mich und für einen Moment erstarre ich, weiß nicht, wie ich auf die zufällige Berührung reagieren soll. Betreten schlucke ich hart und versuche, den Kloß in meinem Hals zu ignorieren.

»Das habe ich vermisst. Meer hatte ich genug um mich herum, doch das da,« er deutet auf den Horizont, der noch immer hell nachglimmt und sich mit letzter Kraft an den Tag zu klammern scheint. »Diesen unglaublichen Blick habe ich vermisst.«

»Ich weiß genau, was du meinst. Das Meer ist heute spiegelglatt und die Sterne scheinen aus dem Wasser zu steigen, um jenen den Weg zu weisen, die verloren sind.« Traurigkeit erfasst mich, denn ich fühle mich verloren, doch ich glaube nicht, dass die Sterne Wegweiser genug sind.

»Das hast du schön gesagt, so poetisch. Empfindest du das so? Fühlst du dich verloren?«

Etwas beschämt, dass ich meine Gefühle ungefiltert mit Raik teilte, lache ich. »Du weißt doch, dass ich ein Faible für schöne Wörter habe.«

Emphatisch wie er ist geht er nicht weiter darauf ein. »Max hat mir erzählt, dass du an einem Buch arbeitest.«

»Wie seid ihr denn darauf gekommen?«

»Es ging zuerst um Jules Verne.«

»Oh Gott, ja. Er ist so begeistert von diesem Buch.«

»Er ist ein toller Junge. Wer ist der Vater? Etwa der junge Kerl im Café?«

»Sascha würde auf alle Fälle einen guten Job machen. Der biologische Vater spielt keine Rolle und weiß nicht einmal, dass er Vater ist. Isa zieht Max allein groß.«

»Sie hat sich kaum verändert in all den Jahren.«

Ich sehe ihn von der Seite an. »Sag mir, wie ich mich verändert habe.«

Raik dreht sich zu mir, damit er mir ins Gesicht schauen kann.

»Bei dir ist es, was du ausstrahlst. Du siehst aus wie früher, deine wilden Haare sind geblieben, obwohl du sie immer abschneiden wolltest, weil sie dich nerven. Deine Augen haben die Farbe des Meeres behalten, blau und grün, deine Haut ist hell geblieben, ob mehr Sommersprossen dazugekommen sind, kann ich nicht genau sagen, denn ich habe es nie geschafft, sie zu Ende zu zählen.«

Sein Lächeln ist wehmütig. Wie ich erinnert er sich an diesen besonderen Tag am Meer, seine Küsse, als er alle Tupfen in meinem Gesicht zählen wollte, unser Lachen. Es war der perfekte Tag gewesen.

»Es ist der Ausdruck, es ist, wie du durch die Welt gehst, was du ausstrahlst. Es ist ein Schmerz in dir, den du mit dir trägst, wie einen schweren Rucksack. Seitdem ich dich wieder getroffen habe, frage ich mich, weshalb du ihn nicht abnehmen kannst. Du bist schon sehr weit mit dieser Last gegangen, weiter kommst du nicht.«

Raiks Worte erschüttern mich regelrecht, ich fühle mich ertappt, bloßgestellt und schäme mich aus einem Grund, den ich selbst nicht verstehe.

»Ich … ich weiß nicht, was ich sagen soll. Es war mir nicht klar, dass du dir solche Gedanken um mich machst.«

Raik holt tief Luft, möchte etwas sagen, stockt und zuckt mit den Schultern.

»Zwischen uns war es immer so. In Gesprächen war für Oberflächlichkeiten kein Platz und das hat sich nicht geändert. Es ist auch nur mein Gefühl.«

»Das lasse ich so stehen. Ich habe auch ein Gefühl, was dich angeht.«

»Was meinst du damit? Was ich empfinde?«

»Nichts zwischen dir und mir.« Ich falle Raik ins Wort, auf keinen Fall will ich über das sprechen, was wir füreinander empfinden. »Ich glaube, du verheimlichst etwas, etwas Wichtiges.«

Raik sieht mich wie von Donner gerührt an, was mich zum Lachen bringt.

»Also, Raik, dachtest du wirklich, du bist die einzige Person, die ein Gespür für anstrengende Menschen hat?« *Oder ein Faible dafür …* »Du weißt doch, *Strandkorbgeflüster*. Was hier gesprochen wird, bleibt auch hier.«

Ich erschrecke, als er aufspringt und vor mir hin- und hergeht, als könne er sich nicht entscheiden, ob er bleiben oder wegrennen möchte. Unvermittelt dreht er mir den Rücken zu und starrt auf das Meer hinaus. Minutenlang.

Genau so plötzlich dreht er sich zurück in meine Richtung und kommt auf mich zu.

20

RAIK

Gespür für anstrengende Menschen, Gespür für anstrengende Menschen, Gespür für anstrengende Menschen, hallt es in meinem Kopf nach.

Ich will mich setzen, kann es aber nicht. Stattdessen stehe ich breitbeinig und mit verschränkten Armen vor ihr. Ich brauche Distanz.

»Das ist es also, was du denkst? Dass ich ein anstrengender Mensch bin?« Meine Worte klingen schroff.

»Raik, ich …«

»Was kommt jetzt? Dass du es nicht so gemeint hast? Was erwartest du? Dass ich dich hier wieder treffe und dir sofort ungefiltert über all die Jahre berichte, die zwischen uns liegen?« Mein Vorwurf trifft sie und das soll er auch. »Du weißt genau, warum ich damals gegangen bin. Weil ich es nicht mehr ausgehalten habe, von meiner Mutter immer und immer wieder zu spüren zu bekommen, dass ich doch nur ein anstrengendes Missgeschick in ihrem Leben war!«

Fine bleibt stumm.

»Wenn du mich so siehst wie sie, dann sag es jetzt und hier. Dann gehe ich und verschwinde für immer aus deinem Leben!«

Unbeherrschte Wut hat mich gepackt, der Schmerz droht mich zu ersticken.

»Oh Gott, nein! Nein! Das tue ich nicht!« Ihre tränenerstickte Stimme umgibt uns. Sie springt auf, drückt sich an mich, schlingt ihre Arme um meinen Rücken. Ihre Finger krallen sich in meine Haut, ich spüre ihren rasenden Herzschlag nah an meinem, ihren bebenden Körper. Zögernd erwidere ich die Umarmung, ziehe sie enger an mich. So stehen wir da, ich weiß nicht, wie lange, bis sie sich langsam beruhigt, ihr Atem wieder gleichmäßig geht.

»Wir hatten so viele Jahre keinen Kontakt, natürlich sind in dieser Zeit einige Dinge in meinem Leben passiert. Ich weiß nicht, ob ich das alles als Geheimnisse bezeichnen würde«, nehme ich das Gespräch wieder auf. Es fällt mir leichter zu sprechen, ohne ihr dabei in die Augen zu sehen. »Die meiste Zeit war es schwer, weil ich wusste, in welchem Schmerz ich dich zurückgelassen hatte. Ich bin ruhelos umhergezogen, um zu vergessen - von einem Job zum anderen, doch nie habe ich die Küste verlassen. Dann kam das Angebot von der Bohrinsel.«

Sie löst sich sanft von mir, sucht meinen Blick. Liebevoll wische ich ihr mit meinen Fingern die Tränen von den Wangen.

»Ich hatte das Gefühl, da draußen kann ich nicht weiter weglaufen und bin gezwungen, mich in Ruhe meiner Vergangenheit zu stellen, mit ihr abzuschließen, endlich meinen Frieden zu finden. Aber leider lief es nicht so gut und … na ja. Nun bin ich wieder hier.«

»Was ist passiert?«

Ich nehme ihre Hand und gehe mit ihr zum Strandkorb. Wir setzen uns, doch diesmal kuschelt sie sich eng an mich und ich lege ihr meinen Arm um die Schultern.

»Es gab einen … Unfall.« Die Worte kommen mir nur schwer über die Lippen. Es ist gelogen. Es war kein Unfall, aber die Wahrheit kann ich ihr nicht sagen, denn sie würde mir doch nicht glauben. »Ein Kollege liegt seitdem im Koma.«

»Das klingt schlimm. Warst du involviert? In den Unfall, meine ich?«

Mein Körper versteift sich leicht bei ihren Worten und ich hoffe, dass sie es nicht bemerkt.

»Nein.« Es klingt heftiger als beabsichtigt. Aber das ist die Wahrheit. Nur glaubt sie mir niemand.

»Ist das der Grund, warum du jetzt hier bist?«

»Unter anderem.« Plötzlich ist mir ihre Nähe zu viel. Ich wollte den Moment mit ihr genießen, doch das kann ich nicht. Hastig löse ich mich, stehe wieder auf und packe alles zusammen. Ich habe nicht damit gerechnet, dass das Gespräch in diese Richtung laufen würde. Ich hatte Fine treffen wollen, um mit ihr über Hubertus zu sprechen und über ihre Entscheidung, ihn zu heiraten.

»Raik, warte.« Sie kommt zu mir und ich spüre ihre warme Hand auf meinem Arm. Diese Berührung ist wie eine Liebkosung, doch sie will mich nur als Freund und so sollte ich als Freund nicht fühlen. Also drehe ich mich weg, damit sie loslässt.

Schließlich habe ich alles zusammen, schultere meinen Rucksack und packe mit einer Hand die Kühltasche.

»Du willst, dass wir hier offen sprechen. Also tue ich das jetzt. Du hast einen Termin für deine Hochzeit. Gut. Ich denke nicht, dass du das tun solltest, denn du weißt nicht mal, ob du ihn wirklich liebst. Sicherlich hast du mit ihm auch noch nicht über die Kindergeschichte gesprochen, oder? Keine gute Voraussetzung für eine Ehe, wenn du mich fragst.«

Ich sehe den Schmerz in ihren Augen - Treffer versenkt! Gott, was bin ich für ein Arschloch.

»Ich wünsche euch trotzdem alles Gute. Aber das mit den besten Freunden, das kannst du dir in Zukunft sparen.«

Ohne eine Antwort abzuwarten, drehe ich mich um und gehe. Letztes Mal ist sie davongerannt, nun bin ich es, der wegläuft. Nur, dass ich darin viel mehr Übung habe als sie.

Ich erwache, weil irgendwas in meine Wange piekt und ein komischer, immer wiederkehrender Ton in meinen Ohren schmerzt. Nur mit Anstrengung schaffe ich es, die Augen zu öffnen und sehe in einen strahlenden Himmel. Ein bösartiger Kopfschmerz zwingt mich, die Augen sofort wieder zu schließen. Es riecht nach Salzwiese und frischer Luft und langsam kommt auch die Erinnerung zurück. Dieses Klingeln … das ist mein Handy! Ich drehe mich auf die Seite und öffne erneut die Augen. Es liegt direkt neben mir und einer leeren Flasche Rum, die heute Nacht noch dreiviertel voll war, als ich sie aus dem Schrank genommen habe und mit ihr in die Wiesen marschiert war, um Thore nicht zu wecken.

Auf dem Display steht Thores Name, der Banktermin …

»Scheiße!«, fluche ich vor mich hin und nehme das Gespräch an.

»Wo zum Henker bist du? Ich sitze hier mit Steffen in der Bank und warte auf dich!«, zischt er wütend ins Telefon.

»Ich bin schon auf dem Weg«, murmle ich nur und lege wieder auf. Mir bleibt keine Zeit mehr, mich zu duschen, aber eigentlich ist mir das auch egal. Seit gestern Abend spielt es sowieso keine Rolle mehr. Nach meinem Auftritt am Strand sind Fine und ich Geschichte. Das wird sie mir sicher niemals verzeihen.

Ich rapple mich auf, stecke das Handy in meine Tasche und greife die leere Flasche. Dann taumle ich von der Wiese, auf der ich genächtigt zu haben scheine, zurück in Richtung Haus.

Als ich die Bank endlich erreiche, steht Thore davor und raucht eine Zigarette. Merkwürdig - ich hätte schwören können, dass er damit schon vor Jahren aufgehört hat. Er schnippt die Kippe in einen Ascher und kommt mit großen Schritten auf mich zu.

»Verdammt, wo zum Teufel warst du? Und wie siehst du

überhaupt aus? Hast du vergessen, um was es hier geht?« Seine Stimme grollt vor unterdrückter Wut.

»Nein, ich hab nur …«, setze ich an, vergesse aber gleich wieder, was ich sagen will. Diese Kopfschmerzen sind nicht auszuhalten.

»Oh, Raik, du stinkst, als wärst du in ein Fass Rum gefallen!«

»Nicht ganz, aber fast.«

Ich folge meinem Bruder durch die Bank, bemerke die abschätzigen Blicke der Angestellten, die mich mustern. Wie früher. Fast entweicht mir ein Lachen, aber ich kann es gerade noch unterdrücken.

»Ah, da ist ja der verloren geglaubte Bruder«, begrüßt mich Steffen mit einem amüsierten Blick. »Du siehst aus, als könntest du einen Kaffee gebrauchen.«

»Und eine Kopfschmerztablette, falls du eine hast.«

Thore stößt mir seinen Ellenbogen in die Seite und ich zucke heftig zusammen.

»Das kriegen wir hin.« Er verschwindet kurz aus dem Büro.

Thore nutzt die Gelegenheit.

»Wenn du das hier unbedingt vermasseln willst, bist du gerade auf dem besten Weg. Was soll das?«

Ich kann ihm darauf nicht antworten, denn Steffen kommt zurück und stellt ein kleines Tablett mit Kaffee, einem Glas Wasser und einer Tablette neben mich.

»Danke«, murmle ich und spüle die Tablette sofort mit dem Wasser runter.

»Gern geschehen. Ist ja nicht so, dass ich das nicht schon früher mit dir erlebt hätte. Scheint sich nicht verändert zu haben.« Seine Überheblichkeit tröpfelt aus jeder Pore.

Mahnend legt Thore seine Hand auf meinen Arm.

»Jetzt, da mein Bruder auch anwesend ist, können wir vielleicht noch mal darauf zurückkommen, ob es nicht doch eine Möglichkeit gibt, für ihn einen Kredit zu erhalten.«

»Nun ja, auf Raiks Konto sind seit geraumer Zeit keine

Gehaltseingänge mehr zu verzeichnen und ihm gehört nur die Hälfte des Grundstücks und des Hauses. Da wird es schwierig, eine Bewilligung für eine solche Summe zu verargumentieren.«

Thore entweicht ein leichtes Stöhnen. Steffen hingegen genießt die Situation.

»Es geht um eine Summe von zwanzigtausend oder fünfundzwanzigtausend Euro. Nicht um einen horrenden Betrag!« Auch Thore verliert offenbar langsam die Geduld.

»Wenn ich wüsste, dass Raik bald wieder liquide ist …« Steffen lässt den Blick zwischen uns hin und her wandern. Ich halte mich an der Kaffeetasse fest.

»Wenn ihr mir vielleicht erklären könntet, was der Grund für die ganze Sache ist …«

Mein Kopf ruckt hoch und unsere Blicke treffen sich. Gott, er ist immer noch so sensationsgeil wie früher. Ob ihn das anturnt?

»Gut, ich werde es dir sagen.« Ich setze mich aufrecht hin und der Schmerz zuckt in Blitzen durch meinen Kopf.

»Raik, nein! Das geht ihn nichts an.«

Ob anstrengend wohl ein Synonym für Versager ist, frage ich mich in diesem Moment. *Ob es das war, was Fine gemeint hat? Vielleicht denkt sie ja, ich bin ein Versager, wie all die anderen hier.*

Steffen beugt sich etwas vor in meine Richtung, die Spannung steht ihm ins Gesicht geschrieben.

»Ach, was solls. Verkaufen wir das Haus.«

Stille. Überrascht sehen beide mich an.

»Wie bitte?« In Thores Stimme liegt eine Mischung aus Verwirrung und Entsetzen.

»Aber ich dachte, das wolltet ihr nicht?« Steffen wirkt enttäuscht.

»Das mit dem Umbau war eine Schnapsidee. Wir verkaufen einfach alles und sind damit alle Probleme los.« Vor allem ich mein Fine-Problem, denn ohne das Haus habe ich keinen Grund mehr, hierzubleiben.

»Ich verstehe gar nichts mehr.« Thore sinkt auf seinem Stuhl neben mir zusammen. Er wirkt erschöpft und irgendwie auch traurig, dass ich ihn erneut enttäusche … wie schon so oft.

»Es tut mir leid, aber mein nächster Termin wartet bereits.«

Steffen steht auf und geht zu Tür. Es ist ein Rausschmiss, denn jetzt, da er weiß, dass er nicht bekommt, was er haben möchte, ist das Ganze kein lohnendes Geschäft mehr für ihn. »Ihr wisst, wie ihr mich erreichen könnt, wenn ihr wisst, was ihr wollt.«

Wir verlassen schweigend das Bankgebäude, gehen noch ein paar Schritte, dann bleibt Thore stehen.

»Was?«, frage ich und klinge wie damals, bockig und stur.

»Ich will jetzt sofort wissen, was passiert ist.«

»Fine wird Hubertus nach dem Seebrückenfest heiraten.«

Sein zorniger Blick wird weich. Er stößt einen Seufzer aus, denn er weiß, was das bedeutet - was es *für mich* bedeutet.

»Das verändert in der Tat einfach alles.«

21

FINE

Ich träumte, ich würde dem Horizont entgegenschwimmen. Es war der perfekte Tag dafür. Das Meer war glatt wie ein Spiegel, der Himmel dunkelblau und schwer, die Sonne ließ die Wassertropfen wie unzählige Diamanten glitzern. Meine Arme fuhren mit Leichtigkeit durch das Meer, ich wusste, hinter dem Horizont würde es auf mich warten - das Glück. Ich wusste nicht genau, wie es aussehen würde, doch zu einhundert Prozent war mir klar, dass ich es haben wollte. Ich wusste in diesem Moment, dass ich es schaffen könnte, so weit zu schwimmen, wenn ich mich nur genug anstrengen würde. Wind kam auf, blies über die Wellen - erst sacht, dann heftiger - und wirbelte Wassertropfen in mein Gesicht. Ich hielt die Luft an und blickte nach oben. Die Sonne verschwand hinter einer grauen Wolkenwand, das Meer wurde rauer und ich kam nicht mehr mit der gleichen Geschwindigkeit voran. Mit Schrecken stellte ich fest, dass ich mich nicht von der Stelle bewegte, obwohl ich mich so anstrengte. Der Horizont lockte mit Regenbogenfarben und zwei Sonnen. Je heftiger ich mit den Beinen trat, desto mehr schien ich mich

von meinem Ziel zu entfernen. Angst pochte wie ein Geschwür in mir und schnürte mir den Atem ab. Es wurde schwarz um mich herum. Lähmende Kälte überzog meinen Körper und ich konnte mich nicht mehr bewegen. Unter mir war ein bodenloser Abgrund. Ich gab einfach auf und ließ mich in die Schwärze sinken.

Ich erwache mit einem Ruck. Mein Herz rast, das Gesicht nass vor Tränen. Noch erschüttert von den Gefühlen stehe ich auf und koche mir eine große Tasse Kaffee. Es ist erst sechs Uhr und meine Kater schlafen noch. Malin hebt seinen Kopf, maunzt leise und legt sich angekuschelt an Pelle zurück auf seine Decke. Mit meinem Kaffee stelle ich mich ans Fenster und beobachte den jungen Morgen. Einer Eingebung folgend ziehe ich mir Jogginghose und bequeme Schuhe an und verlasse leise das Haus. Nur zehn Minuten später bin ich am Strand, schon von Weitem erkenne ich den Strandkorb. Das Gefühl, etwas Wichtiges in meinem Leben verloren zu haben, bringt mich fast zum Weinen. Ich bin allein hier, keine Jogger oder Spaziergänger mit Hunden. Es ist noch zu früh, doch für mich gerade richtig. Langsam gehe ich zum Strandkorb, dicht am Wasser entlang, wo der Sand nass und schwer ist. Meine Schuhabdrücke wird sich das Meer holen, meine Spuren mit Wasser füllen und verwischen.

Wenn ich daran denke, was geschehen ist, legt sich ein schwerer Stein auf meine Brust. Wie verletzt er war! Wie sehr ich ihm wehgetan haben muss. Was bin ich nur für eine Idiotin – ich weiß genau, wie seine Mutter zu ihm war. Wie kalt und abweisend, sein Leben lang. Und auch in ihrem Tod konnten sich die beiden nicht versöhnen. Doch es steckt mehr hinter seiner Reaktion, viel mehr. *Das muss dich nicht mehr interessieren, lass es gut sein. Aber es ist nicht gut,* denke ich, *und es geht mir nicht gut damit.*

Um den Strandkorb herum erkenne ich unsere Spuren der letzten Nacht – es war der Zauber der Sterne. Einen Moment habe ich gedacht, wir könnten es schaffen, Freunde zu sein und deshalb nicht aufeinander verzichten zu müssen. Doch nach dem Abend muss ich einsehen, dass es keinen Zweck ergibt. Es ist vorbei, was auch immer zwischen Raik und mir gewesen sein mochte. Ich drehe dem Strandkorb den Rücken zu, während ich die Möwen beobachte, die mich auszulachen scheinen. Dann lasse ich los wie in meinem Traum und sinke in die Tiefe.

»Ja. Fine, das sieht schon sehr gut aus! Mir scheint, du bist ein Naturtalent!« Hubertus verneigt sich übertrieben vor mir.

Das ist so gelogen, dass ich lachen muss und zum tausendsten Mal neben den Golfball schlage.

»Du lügst doch!«

»Niemals, Gnädigste. Sie sind die Göttin der Driving Range.«

»Du spinnst wirklich gewaltig, Hubertus. Ich denke, das wird nichts mehr mit mir und dem Golfschläger.«

»Macht es dir denn Spaß?« Hubertus schlägt gekonnt ab, der Ball fliegt in den Himmel hinauf und so weit, dass ich ihn nicht mehr mit den Augen verfolgen kann.

»Es macht mir Spaß. Es ist lustig.«

»Lustig? Das schmerzt meine Golferseele. Aber lass uns jetzt Schluss machen, Steffen wartet sicher schon mit Diana im Restaurant.«

Dazu schweige ich. Steffen Jochimsen und seine Frau Diana sind begeisterte Golfspieler und beide sehr gute Freunde von Hubertus. Er verbringt einen Großteil seiner Freizeit mit ihnen auf dem Golfplatz und nicht mit mir. Was mich nicht stört, denn ich schätze meine Freiheit und gönne ihm von Herzen die seine. Mit dem Sport und seinen Freunden werde ich nicht so richtig warm.

Wir packen zusammen und tragen unsere Golf-Bags in

Richtung Restaurant. Es ist warm und wir haben einen Platz in der Sonne reservieren können. Seit dem Fiasko mit Raik ist eine Woche vergangen. Trotzdem war ich in der Zwischenzeit zweimal am Strandkorb in der stillen Hoffnung, er wäre nicht leer. Aber das war er. Deshalb fühlt es sich für mich an, als fehle mir ein wichtiges Stück. Benennen kann ich es nicht, doch ich spüre den Schmerz wie ein Geschwür, das sich in mir eingenistet hat.

»Hallo, ihr.« Steffen springt fast aus seinem Stuhl, reicht mir die Hand und klopft Hubertus auf die Schulter. Ich widerstehe dem Impuls, mir meine Hand an der Hose abzuwischen. Diana nickt mir zu und ich nicke zurück. Ich wäre lieber woanders, als den Abend mit den beiden zu verbringen, doch ich möchte Hubertus glücklich machen und seinen Freunden eine Chance geben. *Was du schon mehrmals versucht hast - hat nie funktioniert.*

Ich verscheuche meine innere Stimme. »Wie war euer Spiel?« Mit dieser Frage kann ich nichts falsch machen. Steffen berichtet stolz von Dianas großartigem Spiel, die beiden hatten offenbar einen schönen Tag.

»Diana spricht pausenlos von einen Golfurlaub in Südspanien. Ich muss gestehen, ich könnte mir eine Woche im Spätherbst sehr gut vorstellen.«

»Sagt mal«, Diana legt Hubertus ihre Hand kurz auf den Arm, »wollt ihr nicht mitkommen? Eine Woche zu viert im Golfresort und sich so richtig verwöhnen lassen. Wäre das nicht wunderbar?«

»Das ist ja eine Idee!«, mehr bringe ich nicht heraus. Fieberhaft überlege ich, wie ich mich da rausmanövrieren kann.

»Das ist wirklich eine fabelhafte Idee. Fine und ich haben im Herbst noch nichts vor und eine Woche geht eigentlich immer.«

Hubertus' Begeisterung steht ihm ins Gesicht geschrieben und sofort meldet sich mein schlechtes Gewissen.

»Was meinst du, Fine? Wollen wir nach einem passenden Termin schauen? Ach du, das macht mich gerade glücklich.«

»Ja, gut«, presse ich hervor und rede mir gleichzeitig ein, dass es nicht so schlimm werden kann.

»Gut, gut, gut.« Steffen lehnt sich zurück, während der Kellner unsere Getränke bringt und die Bestellung zum Essen aufnimmt.

»Stellt euch vor, wer bei mir in der Bank war.« Steffens Stimme ist ölig und mein Herz beginnt, schneller zu schlagen. »Ich war ganz aus dem Häuschen. Unser alter Bad Boy aus der Schule: Raik Jensen.«

»Ah, ich kann mich auch noch an ihn erinnern«, flötet Diana. »Sieht er immer noch so gut aus wie damals?«

Steffen lacht. »Würde ich so nicht unterschreiben, auf alle Fälle ist er ziemlich abgewrackt.«

Eine aussichtslose Lage für mich. Natürlich frage ich mich, was Raik in der Bank zu tun hatte. Ich weiß, dass er und Steffen in der Schule Reibereien hatte, was darin gegipfelt hatte, dass es zu einer körperlichen Auseinandersetzung zwischen den beiden gekommen war.

»Euch kann ich es ja sagen, es muss aber unbedingt unter uns bleiben.« Steffens Stimme klingt verschwörerisch.

»Gibt es nicht ein Bankgeheimnis?« Meine Stimme ist hell und klar. Wie mich das ankotzt!

»Es kam zu keinem Abschluss, wir haben seine Kreditanfrage abgelehnt.«

Sprachlos starre ich zu Steffen hinüber, der mich lauernd wie ein Raubtier ansieht. Was will er von mir? Provozieren lasse ich mich nicht von ihm.

»So etwas soll vorkommen. Ich wäre wahrscheinlich auch nicht unbedingt kreditwürdig.«

»Haha. Das denkst du, Fine. Du bist schließlich in Brot und Lohn und hast ein regelmäßiges Einkommen. Was selbstverständlich für die Genehmigung eine Voraussetzung ist.«

»Ich verstehe.« Dieser Steffen ekelt mich an. Er hat es geschafft, mir ein Geheimnis über Raik zu erzählen, ohne in

Schwierigkeiten zu kommen. »Raik und ich haben nicht wirklich Kontakt, und deshalb weiß ich nichts darüber. Er wird schon seine Gründe haben, die mich aber nicht interessieren.« Doch in Wirklichkeit stimmt das nicht. Mein Kopf pocht und Enttäuschung flutet meinen Körper wie eine hohe Welle. Raik hat mir nichts davon erzählt, obwohl er mehr als einmal die Gelegenheit dazu hatte. Traurig unterdrücke ich die Erinnerung an die Abende, die wir im Strandkorb verbracht hatten.

Die Stimmung der anderen am Tisch ist gut, Golfrunden werden diskutiert, was mir die Möglichkeit gibt, schweigend zuzuhören, manchmal zu nicken und meine Gedanken laufen zu lassen. Steffen sieht mich an. Er spürt, dass seine Mitteilung nicht spurlos an mir vorübergegangen ist, und er kann es nicht einschätzen.

Von mir wird er nichts erfahren. *Du weißt ja auch nichts, Raik hat dich nicht ins Vertrauen gezogen.*

Tränen brennen hinter meinen Augen, ich vermisse Raik. Zwischen ihm und mir ist eine Vertrautheit, die mir Halt gibt. Doch ich bin auch so wütend auf ihn. Mein Weinglas ist gut gefüllt, ich nehme einen kräftigen Schluck. Steffen wirft mir einen Blick zu und mit einem Mal weiß ich, dass er die Bombe noch nicht hat platzen lassen … dass er nur auf eine gute Gelegenheit wartet. Er grinst Hubertus an.

»Ah, das Essen. Sehr gut. Ich hab Hunger.« Hubertus reicht mir meinen Teller mit dem großen Salat und macht sich über seinen Burger her.

»Fine, Steffen hat mir erzählt, dass die Organisation für das Lesefestival fast abgeschlossen ist. Ich kann mir denken, dass du auch mit der Hochzeit viel zu organisieren hast.« Diana bemüht sich freundlich zu mir zu sein und den Rest des Abends unterhalten wir uns über das anstehende Boltenhagener Sommerfest und die Hochzeit. Ich bin froh, als wir zahlen und aufbrechen. Der Abend hat mich Kraft und Beherrschung gekostet und ich frage mich, wie Hubertus mit Steffen befreundet sein kann, der ein widerlicher Mensch ist und schon immer war.

Auf dem Weg zum Auto legt er den Arm um meine Schultern und zieht mich an sich heran. »Der Tag hat mir Spaß gemacht. Ich kann dir nicht sagen, wie viel es mir bedeutet, dass wir ein gemeinsames Hobby haben.«

»Hast du gemerkt, was Steffen da über Raik gesagt hat?«

»Das ist mir nicht entgangen.« Hubertus hält mir die Autotür auf und ich steige ein.

»Weißt du, Fine, wir waren unter Freunden. Da kann man sich schon mal etwas erzählen. Es war doch gar nichts dabei.«

»Ich fand es unmöglich. Einfach schrecklich.«

»Das ist jedem aufgefallen.« Hubertus' Tonfall wird eine Spur schärfer. »Ich habe nichts gesagt, wenn du dich mit Raik getroffen hast. Ihr seid befreundet und ich habe keinen Grund, eifersüchtig zu sein. Doch dir sollte klar sein, dass er nicht das ist, was er vorgibt zu sein.«

»Wie meinst du das? Warum sagst du so etwas?«

»Dein Raik hat Dreck am Stecken und du solltest dich von ihm fernhalten.«

Hubertus dreht sich zu mir. Seine Stimme ist kalt und er spricht übertrieben akzentuiert.

»Was meinst du damit? Was soll das?« Meine Stimme ist heiser und ich schnappe nach Luft.

»Es war nicht besonders schwer, an gewisse Informationen zu kommen.«

Mein Herzschlag setzt einen Moment aus. Was läuft hier?

»Aus welchem Grund sollten dich Informationen über Raik interessieren?«

»Mein Gott, Fine! Du warst früher in ihn verliebt. Es war was zwischen euch. Als ich erfahren habe, dass er seinen Job verloren hat, wollte ich wissen, weshalb. Nicht, dass du denkst, ich hätte mich besonders darum bemühen müssen. Es steht alles online. Die Bohrinsel, der Unfall …« Hubertus stockt, holt tief Luft und ich würde am liebsten aus dem Auto springen und davonrennen.

»Raik hat deshalb keinen Job mehr, weil gegen ihn wegen versuchten Totschlags ermittelt wird.«

22

RAIK

Lässig stehe ich an den Pfosten der Einfahrt gelehnt und sehe Thore dabei zu, wie er sein Auto packt. Nach ein paar Tagen voller Anspannung können wir mittlerweile zwar wieder normal miteinander umgehen, doch Thore muss zurück zu seiner Familie und seinem Job.

Wir haben uns immer noch nicht einigen können, ob wir das Haus weiter renovieren oder doch verkaufen. Er weiß, wenn wir es verkaufen, laufe ich erneut davon. Das will er um jeden Preis verhindern.

Schließlich hat er alles verstaut und kommt auf mich zu. Eine Weile stehen wir schweigend nebeneinander und betrachten das Haus, das von Büschen und Bäumen eingerahmt wird und wie eine verwunschene Kate wirkt. Kletterrosen arbeiten sich an den Rankhilfen zwischen den Fenstern empor, Chrysanthemen wachsen üppig in den schmalen Beeten unter den Fenstern.

»Bist du dir sicher, dass du klarkommst?« Die Frage ist ernst gemeint, aber dennoch muss ich grinsen.

»Ich bin keine dreizehn mehr, du musst nicht auf mich aufpassen.«

»Na ja, seit deinem Auftritt vor ein paar Tagen bin ich mir da nicht mehr so sicher.« Er mustert mich mit einem strengen Blick, der mich schuldig fühlen lässt.

»Was?«

»Nichts.«

Unruhig fahre ich mir mit den Händen übers Gesicht.

»Ich krieg das schon hin.«

»Das habe ich leider schon zu oft gehört.« Er geht zum Auto, öffnet die Fahrertür. Er wirkt resigniert und mein Schuldgefühl wird nur noch größer.

»Ich meine es ernst. Ich bekomme das hin.« Ich folge ihm zum Auto. Ich möchte nicht, dass wir so distanziert auseinandergehen, da wir uns doch in den letzten Tagen so viel nähergekommen sind.

»Hast du die Geschenke für die Kleinen?«, frage ich, obwohl ich die Antwort längst kenne. Thore nickt nur.

»Sie würden allerdings viel lieber ihren Onkel mal wiedersehen und Spaß mit ihm haben, als nur Geschenke von ihm zu erhalten.« Der Vorwurf in seiner Stimme ist nicht zu überhören.

»Ich komme bald. Versprochen!«

Wir umarmen uns kurz und es tut gut.

»Bau keine Scheiße«, ermahnt er mich ein letztes Mal und wir wissen, an wen er dabei denkt.

»Sie hat ihre Entscheidung getroffen und ich werde sie respektieren.« Für einen Moment sehe ich Fine vor mir, wie sie aufbrausend mit wehender Mähne auf einem knallgelben Rad durch diese Einfahrt auf den Weg prescht. Der Gedanke raubt mir den Atem.

»Na los, fahr schon!«, fordere ich Thore auf. »Ich hab hier noch zu tun.«

Er lässt den Motor an und legt den Rückwärtsgang ein. Er wendet vorsichtig und verlässt das Grundstück. Der Laut der Hupe dröhnt durch die milde Luft.

Jetzt bin ich wieder allein, aber diesmal kann ich es überhaupt nicht genießen.

Am Abend ist die Stille um mich herum so erdrückend, dass ich beschließe, in die Stadt zu fahren, obwohl ich Angst habe, Fine über den Weg zu laufen. Aber ich halte es einfach nicht mehr aus. Außerdem muss ich die Vorräte wieder auffüllen. Während ich den alten Holperweg zur Hauptstraße in den Ort nehme, kommt mir spontan der Gedanke, vor dem Einkauf noch einen Abstecher zur Steilküste zu machen. Dort war ich seit meiner Rückkehr nach Boltenhagen kein einziges Mal und das Abendlicht ist heute so einnehmend, es wird wunderbar dort sein. Vor allem, weil ich diesen Platz auch nicht mit Fine in Verbindung bringe.

Ich fahre in den Ort und halte mich links, bis ich einen kleinen Parkplatz erreiche, von dem die Steilküste aus nur wenige Gehminuten entfernt ist. Die Sonne steht schon tief und wirft ein warmes Licht auf die Landschaft. Einen Moment genieße ich den Ausblick, folge einem Weg, der sich an den Klippen entlangzieht, hinunter an den steinigen Strand.

Nur wenige Menschen sind hier unterwegs. Ein älteres Pärchen schlendert am Saum des Wassers entlang, eine Familie sammelt Steine und wirft sie ins Wasser. Bei jedem Aufprall der Steine ruft das kleine Kind entzückt »Platsch!« und klatscht in die kleinen Hände.

Etwas abseits hat eine Frau ihre Staffelei aufgebaut und malt offenbar die Klippen im Abendlicht. Sofort ärgere ich mich, dass ich mein Skizzenbuch nicht mitgenommen habe. Ich beobachte sie einen Moment, denn irgendwie kommt sie mir bekannt vor. Langsam gehe ich ein paar Schritte näher, bleibe wieder stehen. Ich will sie nicht stören. Jetzt nimmt sie den Strohhut ab, fährt sich mit einer Hand durch die Haare und da weiß ich es. Es ist Lara, eine alte Klassenkameradin. Deshalb kam sie mir gleich so bekannt vor. Ich muss unwillkürlich schmunzeln, denn ich erinnere mich noch gut daran, wie sie damals immer meine Nähe gesucht hatte und wie eine Katze um mich herumgeschlichen war. Jeder wusste, dass sie in mich verknallt war - auch ich. Aber ich hatte zu der Zeit bereits nur noch Augen für Fine.

Ich will nicht an Fine denken. Nicht jetzt! Sicher sitzt sie mit Hubertus wieder in einem der schicken Restaurants und lässt sich von ihm umgarnen.

Lara entdeckt mich und winkt mir zu. Auch sie hat mich erkannt, aber das wundert mich nicht. Ich suche mir einen Weg zu ihr über den steinigen Untergrund.

»Hey, Raik, wie schön, dich hier zu treffen.« Sie strahlt mich an, genauso wie früher. Ob sie immer noch auf mich steht? Ich schiebe den verrückten Gedanken schnell wieder beiseite. Bestimmt hat sie mittlerweile eine Familie.

»Hey, Lara. Das ist schon eine Ewigkeit her«, antworte ich und wir umarmen uns kurz.

»Ich habe schon mitbekommen, dass du wieder in der Stadt bist, aber hatte bisher noch keine Gelegenheit, mit dir zu sprechen.«

»Dann passt es doch gut, dass wir uns jetzt hier treffen.« Ich werfe einen kurzen Blick auf ihr Bild, in dem sie die Steilküste mit Aquarellfarben wunderbar eingefangen hat.

»Das sieht toll aus!«

»Findest du? Ich bin mir nicht sicher, ob die Felsen nicht doch etwas zu gelblich wirken.« Stirnrunzelnd lässt sie den Blick zwischen dem Bild und den Felsen hin und her wandern.

»Also, mir gefällt's.«

»Okay, dann bin ich beruhigt.« Sie lacht, es klingt ein wenig aufgesetzt.

Ich drehe mich Richtung Meer, wo die Sonne jetzt so tief

steht, dass sie den Himmel und das Wasser rötlich einzufärben beginnt.

»Wunderschönes Licht heute Abend.«

»Ja, so romantisch. Es wundert mich, dass hier nicht mehr los ist.«

Sie beginnt ihre Sachen zusammenzupacken, hält aber inne. »Ich hab noch etwas Wein, Käse und ein paar Cracker in meiner Tasche. Magst du?«

»Sehr gerne. Wenn du noch eine Decke aus dem Korb zauberst, wird es ein richtiges Picknick bei Sonnenuntergang«, scherze ich, doch sie lächelt nur verschmitzt und zieht tatsächlich eine Decke hervor, die sie über die Kieselsteine ausbreitet.

»Man sitzt hier zwar nicht so bequem, aber ich mag es, hier zu sein. Ist ursprünglicher als am schicken Strand bei der Seebrücke.«

Ich setze mich zu ihr und nehme etwas von dem Käse und den Crackern, die sie mir reicht.

»Malst du hier öfter?«

»Seit ich einen Aquarellkurs begonnen habe.«

»Wartet denn zu Hause niemand auf dich?« Sie reicht mir die Weinflasche, aus der ich einen Schluck nehme.

»Nein. Meine letzte Beziehung ging vor zwei Jahren in die Brüche.« Sie zuckt nur mit den Schultern.

»Und du?«

»Was und ich?«, frage ich und stelle mich dabei blöd. Ich weiß genau, worauf sie hinauswill.

»Du weißt genau, was ich meine. Hast du jemanden?«

Fines Bild erscheint vor mir und mein Herz verkrampft. »Nein, es gibt niemanden.«

Ich reiche ihr die Flasche wieder. In ihren Zügen liegt etwas Triumphales. »Wir sollten heute Abend auf jeden Fall noch gemeinsam was trinken gehen.«

»Tun wir das nicht gerade?« Ich schenke ihr einen kecken Blick.

»Ich glaube eher, wir fangen gerade erst an.«

Ich weiß nicht, wie spät es ist. Die Sonne ist bereits untergegangen und wir unterhalten uns immer noch. Mein Körper ist schon steif vom Sitzen und es fällt mir schwer, aufzustehen.

»Was hältst du davon, wenn wir noch eine Pizza essen gehen?«, fragt Lara. »Wäre doch schade, unsere schöne Unterhaltung jetzt zu beenden.«

»Ich weiß nicht, vielleicht ein anderes Mal.«

»Ach, komm schon. Wir könnten sie auch zum Mitnehmen bestellen und setzen uns damit irgendwo an die Promenade oder an den Strand.« Ihre Augen leuchten und ich denke daran, dass zu Hause niemand auf mich wartet, genauso wenig wie im Strandkorb ...

»Okay, einverstanden. Eine Pizza.«

Wir schlendern am Wasser entlang bis zum Weg, der hoch zur Küstenstraße führt. Auf dem Parkplatz trennen wir uns und fahren mit den Autos ins Zentrum des Ortes.

Wenige Minuten später betreten wir die Pizzeria, in der ich vor nicht allzu langer Zeit Fine mit Hubertus gesehen hatte. Doch diesmal sind sie nicht hier. Erleichtert folge ich Lara an einen der Tische am Fenster.

Wir geben unsere Bestellung auf und Lara knüpft an unser Gespräch an der Steilküste an, doch es fällt mir plötzlich schwer, wieder in die ungezwungene Stimmung zwischen uns hineinzufinden. Also lasse ich sie reden.

Nach dem Essen dränge ich zum Aufbruch, ich fühle mich hier nicht wohl - in dieser ganzen Situation nicht.

Auf dem Weg zum Parkplatz laufen wir durch den Kurpark, in dem noch ein abendliches Konzert stattfindet.

Plötzlich schmiegt sich Lara an mich.

»Das war sehr schön heute. Wiederholen wir es?«

Etwas überrumpelt und vom Alkohol ein wenig benebelt nicke ich. »Ja, sicher, können wir machen.«

Sie beugt sich vor und ehe ich weiß, wie mir geschieht, spüre ich ihre warmen Lippen auf meinen.

Sanft löse ich sie von mir und schaue sie überrascht an.

»Entschuldige, ist so über mich gekommen«, murmelt sie.

»Schon okay, ich hab damit nur nicht gerechnet. Lass uns doch jetzt den Abend beenden und einfach mal schauen, was sich ergibt.«

Als ich wieder aufsehe, fällt mein Blick auf Isas Eisdiele, die sich in nächster Nähe zu uns befindet und sehe direkt in Fines Gesicht. Sie steht mit Hubertus und einem anderen Paar vor dem Tresen. Alle lachen und scherzen mit Isa, mit Ausnahme von Fine. Ihre Miene ist wie zu Eis erstarrt, ihr ganzer Körper verkrampft. Da wird mir klar, sie hat diesen Kuss gesehen.

Laras Stimme neben mir wird zu einem Hintergrundrauschen, doch ich lege meinen Arm um ihre Schulter und ziehe sie an mich, während wir weiterlaufen. Fine hat ihre Entscheidung getroffen, nun treffe ich meine.

23

FINE

Es heißt, die Zeit heilt alle Wunden. Das ist falsch. Seit Raiks Verschwinden aus meinem Leben sind drei Wochen vergangen und es gab keinen Tag, an dem ich nicht an ihn gedacht habe.

Hubertus und ich haben uns mit Steffen und Diana zum Eisessen verabredet. Dieses Mal war es meine Idee gewesen, nach dem Golfspiel zurück nach Boltenhagen zu fahren und dort zusammen ein Eis zu essen. Steffen betritt das Café als Erster, danach Diana und Hubertus. Ich mache das Schlusslicht. Isa begrüßt uns freudestrahlend und ich grinse, als ich an den Kotz-Smiley denke, den sie mir als Antwort auf meine Nachricht gesendet hat, in welcher ich unseren Besuch angekündigt hatte.

Sie kann Steffen nicht leiden und Diana zählt ebenfalls nicht zu ihren Freundinnen. Wahrscheinlich fragt sie sich, warum ich immer wieder mit ihnen Zeit verbringe. Manchmal, wenn sie glaubt, dass ich es nicht bemerke, sieht sie mich lange an. Keine Ahnung, was dann durch ihren Kopf geht, doch ich werde den Teufel tun und sie danach fragen.

Wir stellen uns an die Theke. Steffen frotzelt über Sascha, der dies mit stoischer Gelassenheit über sich ergehen lässt. Diana verzichtet auf ein Eis wegen *ihrer mädchenhaften Figur*, wie sie lautstark tönt, was mich veranlasst, meinen Joghurtbecher mit einem extra Klacks Sahne zu ordern. Hubertus legt locker seine Hand auf meine Hüfte. Er scheint in letzter Zeit sehr glücklich zu sein. Unsere Hochzeit rückt immer näher und ich habe das Wichtigste organisiert. Einladungskarten, Restaurant mit anschließendem Empfang und danach ab in die Flitterwochen. Wenigstens für eine Woche, da Hubertus seine Praxis nur für eine Woche schließen möchte. Fehlt nur noch ein kleines Detail, mein Hochzeitskleid oder Hosenanzug oder überhaupt. Aber das steht auf einem anderen Blatt. Die Eisbecher werden serviert und ich nehme zuerst die Kirsche und stecke sie mir in den Mund.

»Wo isst du das nur alles hin?« Steffen reißt übertrieben die Augen auf und zeigt mit dem Finger auf mich. »Pass nur auf, Hubertus, dass dich in zehn Jahren keine Überraschung erwartet!«

»Oh, entschuldige bitte, Steffen!« Isa schaut mit einem zerknirschten Gesichtsausdruck auf die Theke mit dem ausgeschütteten Espresso. »Die Tasse ist mir direkt aus der Hand gefallen. Hat es dein Shirt erwischt? Das tut mir leid. Schick mir doch bitte die Rechnung für die Reinigung.«

»Ja, das kann schon mal passieren. Ist nicht so schlimm. Eine Reinigung kann ich mir schon leisten.« Steffen bemüht sich sichtlich um Freundlichkeit, was ihm nicht gelingt.

Hubertus lacht. »Wo sind denn deine Gedanken, Isa?«

»Ich bin heute einfach etwas abgelenkt. Viel Stress.«

Ein Blick in die Augen meiner Freundin genügt, um zu wissen, dass das pure Absicht war. Isa ist und bleibt ein Biest und das ist einer der Gründe, weshalb ich sie liebe.

Steffen zieht ein Stofftaschentuch aus seiner Tasche, drückt es Diana in die Hand. Sie springt auf, doch Isa ist zur Stelle, nimmt ihr das Tuch ab, macht es nass und reicht es Steffen mit einem strahlenden Lächeln.

»Es sieht so aus, als würde Isa keinen neuen Stammgast in Steffen gewinnen können.«

Hubertus flüstert in mein Ohr und küsst mich auf die Wange. Ich drehe mich zu ihm, dabei fällt mein Blick durch das Fenster nach draußen und ich erstarre.

Es ist Raik. Ich würde ihn immer und überall erkennen. Er ist locker gekleidet und trägt die Jeans, die ich so gerne an ihm mag. Die Ärmel seines weißen Hemds hat er hochgekrempelt. Er ist nicht allein. Neben ihm steht Lara. Sie wirft kokett ihren Kopf nach hinten, berührt Raik am Arm. Beide sind in ein Gespräch vertieft. Der Anblick schmerzt mich so sehr, dass ich mich bemühen muss, nicht aufzustöhnen. Ich kralle mich mit einer Hand an der Theke fest. Raik und Lara, meine Arbeitskollegin, die mich vor einiger Zeit gefragt hat, ob er jemanden *hätte*. Ich halte die Luft an, als ich sehe, wie sie sich auf die Zehnspitzen stellt und Raik auf den Mund küsst. Er hält sie am Arm. Die Geste wirkt innig und beide scheinen verliebt ineinander zu sein. Fasziniert von den Gefühlen, die in mir toben wie ein Wirbelsturm, starre ich die beiden an. Als würde Raik meine Gedanken spüren, sieht er auf und unsere Blicke treffen sich - verhaken sich ineinander. Wie gerne würde ich loslassen, meine Augen schließen, ihn aus meinen Gedanken und aus meinem Herzen reißen, denn nicht weniger hat er verdient. Er hat mich belogen, sogar als wir uns im Strandkorb getroffen hatten und ich ihm mein größtes Geheimnis anvertraut hatte. Wut brandet in mir auf und lässt mich fast daran ersticken. Am liebsten würde ich ihn fragen, wie er sich damit fühlt, dass er mich hintergangen hat. Denn das ist es, was ich empfinde. Haben wir uns nicht versprochen, uns alles zu erzählen? Ich schlucke meinen Ärger hinunter und drehe mich um, weg von ihm, seinem Anblick und meinem Gefühl, verraten worden zu sein.

Als ich nach einigen Minuten vorsichtig aus dem Fenster sehe, sind Raik und Lara verschwunden. Meine Laune ist am Tiefpunkt angekommen und ich kann es kaum erwarten, nach Hause zu kommen und mich zu verkriechen.

Mein Blick fällt auf Steffen, der mich nachdenklich betrachtet. Plötzlich zieht er eine zusammengefaltete Seite einer Zeitung aus der Tasche und zeigt sie mir.

»Vielleicht interessiert dich ja, was deinem alten Schulfreund vorgeworfen wird.«

»Steffen, ist das jetzt nötig?« Hubertus Stimme ist scharf.

Überrascht greife ich nach der Seite und der erste Satz allein lässt mein Herz stolpern. *Tragischer Unfall auf der Bohrinsel – Arbeiter nur knapp dem Tod entronnen – Liegt im Koma ...*

Ich überfliege den Artikel, Tränen brennen in meinen Augen und lege die Seite betont langsam auf den Tisch.

»Woher hast du das? Lass mich in Ruhe damit.« Meine Stimme zittert und wird lauter. Isa steht plötzlich hinter mir und nimmt die Seite an sich.

»Ich möchte diese Hetzerei hier nicht, Steffen.«

Wir schweigen, meine dunklen Gedanken prallen mit den Gefühlen für Raik zusammen. Ich weiß nicht, was ich denken soll.

»Fine! Hubertus!« Max kommt in das Café gestürmt, seine Schuhe sind voller Sand. Er läuft auf mich zu. Ich hebe ihn hoch, damit er mir leichter einige Küsse auf die Wange geben kann. Hubertus begrüßt er mit einem Handschlag, Steffen und Diana bekommen ein Nicken und ein schüchternes Lächeln. *Braver Junge,* denke ich. *In diesem Alter schon so eine gute Menschenkenntnis.*

»Wie war das Fußballspielen?« Sascha beugt sich über den Tresen zu Max uns wuschelt durch seine Haare.

»War okay. Ich war dann noch kurz am Strand.«

»Mit wem denn? Du kennst unsere Vereinbarung?« Isa runzelt die Stirn. Max wirft ihr eine Kusshand zu.

»Ich habe ein Tor geschossen. Das war cool.« Er freut sich sichtlich, doch ich habe das Gefühl, dass irgendetwas nicht stimmt.

»Wann kommst du denn wieder zu mir? Meine Geschichte wartet auf dich und will vorgelesen werden.«

»Kann ich gleich mitkommen? Ich habe meinen Rucksack schon gepackt.« Begeistert tanzt er um mich herum. Die Gäste im Raum lächeln und beobachten den kleinen Irrwisch. Max ist einfach zuckersüß.

»Du bist ein Quälgeist. Das muss Fine entscheiden. Nicht, dass es ihr zu viel wird mit dir.« Isa blinzelt mir zu und macht eine kurze Kopfbewegung. *Komm nach hinten,* soll das bedeuten.

Alle Augen sind auf mich gerichtet. »Hmmm. Ich weiß nicht so genau, ich hatte eigentlich schon etwas geplant …«

»Och menno.« Max sieht aus, als wäre er sich nicht sicher, ob ich Spaß mache oder nicht.

»Hol deine Sachen. Musst du noch Hausaufgaben machen? Ich nehme dich sofort mit, du Monster!« Ich pikse ihn mit dem Finger in den Bauch, was er mit einem gewagten Hopser nach hinten quittiert. Eilig läuft er aus der Tür. Isas Wohnung ist gleich neben dem Café und ich bin mir sicher, dass Max schnell wie ein Wirbelwind zurück sein wird.

»Kommst du kurz nach hinten, Fine, dann kann ich dir Max' Stundenplan mitgeben.«

Sicher ein Vorwand. Ich ahne, was meine Freundin von mir möchte, und habe mich nicht getäuscht. Sobald wir in der Küche sind, fuchtelt sie mit dem Artikel über Raik vor meinem Gesicht herum.

»Diesen Mist glaubst du doch wohl nicht?«

Ich zucke mit den Schultern. »Eigentlich nicht, aber ausschließen kann ich es auch nicht. Auf alle Fälle möchte ich nicht wissen, was da genau steht.«

»Das hoffe ich doch, Fine. So ein Schmierblatt. Sprich mit Raik darüber. Dieser Steffen ist derselbe Kotzbrocken wie eh und je.«

»Ich kann ihn auch nicht leiden. Doch es stimmt, dass gegen Raik ermittelt wird. Er hat mir nichts erzählt. Von wegen Strandkorb und beste Freunde!« Verbitterung über Raiks Verhalten überschwemmt mich. »Was, wenn es doch wahr ist? Absicht dahinter steckte? Ich kenne ihn nicht mehr.«

»Wie kannst du das nur sagen, Fine! Das sieht dir gar nicht ähnlich und enttäuscht mich wirklich. Nur Raik kann die Fragen beantworten und nicht so ein bescheuerter Artikel oder dieser dämliche Steffen!«

»Beruhige dich wieder, Isa! Ich gehe wieder nach vorn.« Wütend und ohne sie anzusehen, gehe ich zurück zu Hubertus.

»Hubertus? Ich würde gleich von hier aus nach Hause laufen.«

»Natürlich.« Er küsst mich mit einem unergründlichen Ausdruck im Gesicht. Einen Moment fährt mir durch den Kopf, ob er Raik und Lara und den Kuss ebenfalls gesehen hat und meine Reaktion darauf. Dann verwerfe ich diesen Gedanken.

Wie ich es vorausgesehen habe, steht nur Minuten später ein kleiner, aufgeregter Junge vor dem Café, klopft an das Fenster und winkt mich nach draußen. Erleichtert und kühl verabschiede ich mich von Steffen und Diana und hake das Treffen mit ihnen von meiner imaginären Hubertus-erfreuen-Liste ab. Schon beim Hinausgehen fühle ich mich besser. Was ist der Steffen doch für ein widerlicher Mensch. Max schiebt seine klebrige kleine Hand in meine und im Gleichschritt gehen wir den Spaziergang bis zu meinem Häuschen.

Mein Patensohn ist Balsam für meine Seele und mein

wundes Herz. Trotzdem spähe ich in alle Richtungen, bin mir aber fast sicher, dass Raik mit Lara im Kurpark auf der Veranstaltung ist. Am besten nicht schauen und nicht zu viel nachdenken.

»So viele schöne Blumen, Fine!« Max steht in Mutschs Garten und kann sich an den verschiedenen Farben kaum satt sehen.

»Kann ich daran riechen? Haben alle Dornen? Macht man daraus Rosenwasser?«

Bevor er mir noch weitere Fragen stellen kann, schiebe ich ihn durch das Gartentor.

»Natürlich kannst du schnuppern. Doch nicht alle Rosen duften. In Mutschs Garten schon, denn sie liebte es wie du gerade, deren Duft einzuatmen.«

»Warum sagst du ›Mutschs Garten‹? Ist doch deiner!« Stirnrunzelnd beugt er sich zu der dunkelroten Rose, berührt die Blüte ehrfürchtig, geht nah heran, ohne sie mit seiner Nase zu berühren. »Das ist lecker. So süß.«

»Ja. Es ist auch mein Garten, aber meine Mutter hat ihn angelegt, noch bevor ich geboren war. Deshalb empfinde ich es so. Diese hier war Mutschs Lieblingsrose. Weißt du, abends duften viele Rosen intensiver.«

»Wahnsinn.« Max hängt regelrecht an meinen Lippen. »Das ist ja magisch.«

»Es ist fast so, als würden sie das Sonnenlicht und die Wärme des Tages aufnehmen, verschließen und abends als ihren betörenden Duft abgeben. Das ist schon magisch.«

»Jaaa.« Max bekommt große Augen.

»Die meisten Duftrosen versprühen den Duft vor allem morgens und an warmen Tagen. Damit ziehen sie zum Beispiel Bienen an, die sie dann bestäuben. Danach wird der Duft schwächer. Die Duftrosen blühen also nicht so lange wie die ohne Duft. Doch einige besondere Rosen duften abends am intensivsten.«

»Warum hat deine Mutsch dann Duftrosen gepflanzt, wenn sie nicht so lange blühen?«

Einen Augenblick scheint die Zeit stillzustehen, durch den Vorhang der Erinnerung sehe ich meine Mutter, wie sie von Strauch zu Strauch geht, den Geruch jeder Blüte einsaugt.

»Jeder Duft ist einzigartig. Selbst bei der gleichen Sorte kannst du verschiedene Nuancen wahrnehmen. Das ist die Seele der Rosen. Und so ist es auch bei den Menschen. Weißt du, Fine, jeder duftet wundervoll auf seine Weise.«

Gänsehaut überzieht meine Arme und in meinem Nacken kribbelt es. Wie sehr ich meine Mutter vermisse.

»Max, ich friere ein wenig, die Sonne ist fast untergegangen und es ist wirklich kühl. Was hältst du von einer Schokoladen-Bananen-Milch? Oder einem heißen Orangensaft? Was du möchtest, das bekommst du.«

Diesem verlockenden Angebot kann Max nicht widerstehen. Wir besprechen, dass er unter die Dusche hüpft, damit der Sand von seinem Körper gewaschen wird und es nicht im Bett piekst. Währenddessen presse ich Orangen aus und erwärme den Saft in einem Töpfchen. Mit dem Messer schneide ich eine Scheibe Brot, belege sie mit Tomaten und träufle etwas Olivenöl darauf. Max kommt mit einer Wolke Dampf aus dem Bad.

»Wow. Das ist ein Auftritt wie bei den Avengers.«

Er kichert, klettert auf den Stuhl und trinkt einen Schluck aus seiner Tasse. »Hm. Lecker. Schmeckt bei dir am besten.«

»So. Jetzt erzähl mal von heute. Hattest du Spaß beim Fußballspielen?«

Max zieht die Tomaten vom Brot und spießt sie umständlich mit der Gabel auf.

»Magst du dein Tomatenbrot nicht essen?«

»Es stimmt nicht so ganz, was ich erzählt habe. Es war schlimm.«

»Was ist denn passiert? Hast du dich verletzt?«

»Hannes und die anderen haben mich nicht mitspielen lassen. Sie meinten, ich bin zu klein und ein Loser.«

»Aber du bist schnell wie ein Pfeil.«

»Das bin ich. Aber ich konnte es nicht beweisen. Dann hab ich Hannes gesagt – der ist eine Klasse über mir – er ist nicht der Bestimmer.« Max' Augen sind blank und ich bekomme eine unbändige Wut auf Hannes, der zu meiner Schulzeit Steffen hieß.

»Was ist dann geschehen?«

»Hannes hat mich geschubst. Ich bin aufgestanden, dann hat er mich wieder geschubst. Er wollte, dass ich liegen bleibe, doch das wollte ich nicht. Dann sollte ich sagen, dass er der Bestimmer ist. Alle haben gelacht. Ich bin wieder aufgestanden und bevor er mich schubsen konnte, habe ich ihn mit voller Kraft geschubst. Er ist hingefallen auf die Knie. Dann bin ich weggerannt, so schnell wie ich konnte. Ich habe gehört, dass er hinter mir hergerannt ist, doch er hat mich nicht erwischt.« Er nimmt einen großen Bissen von seinem Brot. »Am Strand habe ich nach Muscheln gesucht und bin dann zurück zum Café. Ich wollte Mama nicht enttäuschen, sie hat sich so gefreut, dass ich jetzt Freunde habe.«

»Weißt du, Max, deine Mama ist glücklich, wenn du eine schöne Zeit hast. Dieser Hannes ist ein schräger Vogel und wir alle hatten in unserer Schule einen Hannes.«

»Nicht so schlimm, Fine. Kannst du es bitte nicht Mama sagen?«

»Wirst du es ihr denn erzählen? Das wäre wichtig. Sie muss wissen, dass du in Schwierigkeiten warst.«

Er schweigt und ich kenne diesen Ausdruck in seinem Gesicht. Max denkt über meine Worte nach und wenn er fertig ist, sagt er seine Meinung. Was das angeht, ist er weiter als viele Erwachsene, die erst reden und danach denken.

»Ich sage es meiner Mama. Können wir jetzt ins Bett gehen und du liest mir deine Geschichte weiter vor?«

»Hast du für die Schule alles fertig gemacht?«

Max nickt und gähnt herzhaft. Ich bringe ihn ins Bad und während er seine Zähne putzt, hole ich den Ausdruck der Abenteuergeschichte.

Max liegt im Bett, gähnt und winkt mir zu. »Ich bin richtig aufgeregt. Kommst du?«

Mit einem Sprung bin ich neben ihm und er kuschelt sich an meine Seite. Gemeinsam segeln wir über das Meer zu einer verlassenen Insel. Wir müssen Sandbänke umschiffen, die unser Boot zum Kentern bringen würden, und weichen gefährlichen Untiefen aus. Unsere ganze Aufmerksamkeit ist gefragt – und Mut. Seite um Seite lese ich und als ich merke, dass Max' Atemzüge immer gleichmäßiger werden, höre ich auf.

»Nicht aufhören. Ich muss wissen, wie es mit Maximilian weitergeht. Er ist ein Abenteurer.«

»Das ist er, mein Schatz. Und du bist es auch. Ein Abenteurer, der schnell wie ein Pfeil und gespannt wie ein Flitzebogen ist.«

»Sagst du mir morgen, was ein Flitzebogen ist.«

»Das mache ich.«

Um Max nicht zu wecken, stehe ich vorsichtig auf, lösche die Lichter im Haus und stelle mich mit einem Glas Wein an das Fenster. Mein Telefon brummt, Isa hat mir eine liebe Nachricht geschrieben. Ganz egal wie sehr wir uns streiten, wir können uns nie lange böse sein und so ist es auch dieses Mal. Ich schicke ihr ein Herz zurück und spüre, wie mir ein Stein vom Herzen fällt. Aus dem Garten schimmert es bläulich, die kleinen Solarlampen schaffen mit ihrem Licht eine fast mystische Stimmung.

Sehnsucht lässt mich meine heiße Stirn an das kalte Glas

legen. Wie gerne wäre ich jetzt beim Strandkorb mit dem Menschen, der mich am meisten verletzt hat. Mit einem großen Schluck leere ich das Weinglas, stelle es in die Spüle und beschließe, ins Bett zu gehen. Die Zeit heilt alle Wunden, doch ob das wirklich auf alle zutrifft, wage ich zu bezweifeln.

24

RAIK

Interessiert blättere ich durch das Gästeverzeichnis, das Lara mir aus der Kurverwaltung mitgebracht hat. Seit unserem zufälligen Widersehen an den Klippen treffen wir uns gelegentlich. Das gefällt mir, denn es lenkt mich ab. Jedoch merke ich, dass mein Herz in Laras Nähe nicht schneller schlägt und sie mich auch nicht in ihren Bann zieht. Das kann wahrscheinlich sowieso nur eine Person.

Wir sitzen an der Promenade der Weißen Wiek. Hier ist es ruhiger und beschaulicher als in Boltenhagens Zentrum, wo in der Hauptsaison jede Menge Betrieb herrscht.

»Du brauchst sehr gute Fotos vom Außen- und Innenbereich, die anspruchsvoll gestaltet sind, wenn du Buchungen für das Haus erhalten möchtest. Wenn du willst, helfe ich dir gerne dabei.« Lara scheint ganz in ihrem Element.

»Ach, das wird noch dauern, bis es so weit ist.« Ich klappe die Broschüre zusammen und lege sie neben mich auf die Bank. Lara kuschelt sich an mich. Von außen betrachtet wirken wir sicher wie ein Pärchen. Ich rücke etwas ab und Lara setzt sich wieder auf. Ihrer Miene ist die Enttäuschung anzusehen, auch wenn sie nichts sagt.

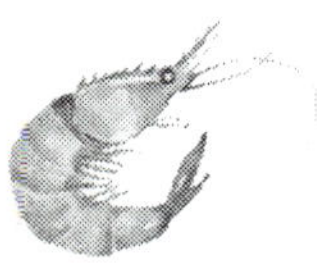

»Du weißt, dass ich momentan für eine Beziehung nicht offen bin.« Ich habe das Gefühl, mich rechtfertigen zu müssen, dabei habe ich von Anfang an mit offenen Karten gespielt.

»Hier geht es doch auch nicht um eine Beziehung, lediglich darum, eine gute Zeit miteinander zu haben. Was spricht dagegen?« Herausfordernd reckt sie das Kinn nach vorn.

Du bist Fines Arbeitskollegin würde ich am liebsten antworten. Und ich will Fine nicht noch mehr verletzen, als ich es eh schon getan habe. Aber das kann ich Lara unmöglich aufs Brot schmieren.

»Ich will einfach nichts, was mich in irgendeiner Art einschränkt«, erkläre ich ausweichend. »Ich muss auch erst mal mein Leben wieder auf die Kette kriegen.«

»Ich würde dich niemals einschränken«, empört sie sich. Leider kaufe ich ihr das nicht ab, denn sie nutzt jede Gelegenheit, seit wir wieder in Kontakt stehen, um sich an mich zu klammern. Zumindest empfinde ich es so.

»Ich kann dir doch helfen, dein Leben wieder hinzubekommen.«

»Das ist wirklich lieb von dir, aber das muss ich allein schaffen.« Immer noch warte ich auf eine Rückmeldung von Ralf Dittgersens Frau, ob sie damit einverstanden ist, dass ich ihre Familie und Ralf im Krankenhaus mal besuche. Wenn ich nur eine Chance bekommen würde, mit seiner Frau zu sprechen, dann könnte ich ihr vielleicht klarmachen, dass ich nichts damit zu tun habe, was ihrem Mann auf der Bohrinsel passiert ist.

»Hallo, Raik, hörst du mir überhaupt zu?« Lara stupst mich an.

»Nein, entschuldige, ich war in Gedanken.«

»Ach, so macht das heute Abend überhaupt keinen Spaß mit dir!« Sie ist zu Recht sauer, aber ich kann ihr einfach nicht mehr geben.

»Tut mir leid. Aber ich hab momentan einfach so viel um die

Ohren. Ich glaube, ich mache mich mal auf den Weg. Wir sehen uns ein anderes Mal.« Ich drücke ihr schnell einen Kuss auf die Wange, stehe auf und schnappe mir das Prospekt.

»Wie jetzt? Du haust einfach ab und lässt mich hier sitzen?«

»Ich kann dich auch zu deinem Wagen bringen, wenn du das möchtest«, biete ich ihr an.

»Danke, ich verzichte.«

»Also, … bis dann.« Keine besonders tolle Verabschiedung, aber ich möchte einfach nur noch los.

Sie dreht den Kopf weg und ignoriert mich. Umso besser. Gemütlich laufe ich an der Promenade entlang und lasse dabei meinen Blick über die Wiek und den kleinen Jachthafen streifen. Ich hätte solche Lust, mal wieder mit einem Boot rauszusegeln. Früher hatte ich das öfter mal gemacht, doch irgendwann habe ich damit aufgehört.

Plötzlich höre ich, wie jemand meinen Namen ruft und sehe mich um. Da entdecke ich Max auf einem der Boote.

Ein paar Schritte später habe ich den Anleger erreicht.

»Hallo, Max, was machst du denn hier?«

»Sascha hat mich mitgenommen, es ist sein Boot. Morgen machen wir eine Tour!«, verkündet er freudestrahlend. Hinter ihm kommt Sascha aus der Kajüte.

»Hey, haben wir uns nicht letztens in der Eisdiele gesehen? Du bist ein alter Schulfreund von Isa, richtig?«, begrüßt er mich.

»Er hat mir das Buch von Jules Verne gegeben«, gibt Max eine zusätzliche Erklärung.

»Ja, gut erkannt. Der bin ich.«

Sascha reicht mir zur Begrüßung die Hand und ich schlage ein.

»Freut mich. Komm ruhig rauf aufs Boot.«

»Danke für das Angebot, aber ich bin auf dem Heimweg.«

»Hast du Lust, morgen mit uns zu segeln?«, fragt Max mich und dann an Sascha gewandt: »Darf er? Bitte! Das wäre toll, wir wären dann wie die drei, die von der *Nautilus* aufgegabelt werden.«

»Klar, wenn Raik morgen noch nichts vorhat, gerne. Um zehn wollen wir los.«

Beide sehen mich abwartend an. Fine wird wohl nicht mit von der Partie sein, also kann ich beruhigt zusagen.

»Warum eigentlich nicht? Ich war schon ewig nicht mehr segeln.«

»Oh, prima!« Max macht einen kleinen Hüpfer, der das Boot etwas in Wanken bringt.

»Vorsicht, kleiner Matrose. Sonst gehst du mir noch über Bord, bevor wir in See stechen können.« Liebevoll legt Sascha Max seine Hand auf die Schulter. Es tut gut, die beiden so zu sehen.

»Also dann, bis morgen«, verabschiede ich mich und mache mich dann endgültig fröhlich pfeifend auf den Heimweg. Manchmal hat das Leben auch gute Karten für einen im Spiel.

Am nächsten Tag bin ich pünktlich am Boot, auf dem Sascha und Max schon fleißig alles vorbereiten. Wenige Minuten später sind wir bereits auf dem Wasser Richtung offenes Meer unterwegs. Das Gefühl ist unbeschreiblich. Max ist vor lauter Aufregung ganz aufgedreht und es gelingt uns nur mit Mühe, ihn etwas zur Ruhe zu bringen. Obwohl ich schon ewig nicht mehr gesegelt bin, erinnere ich mich an alles, und Sascha und ich arbeiten Hand in Hand.

Als wir schließlich den kleinen Hafen von Timmendorf erreichen, sind wir voller Adrenalin und hungrig ohne Ende.

Wir genehmigen uns frische Fischbrötchen und Eis und schlendern dann zum Strand, um eine Runde zu schwimmen.

»Max ist mittlerweile besessen von Abenteuern«, erzählt mir

Sascha. Isa bekommt ihn kaum zum Schlafen, weil er nicht aufhören kann zu lesen. Sie hat ihn sogar schon mit der Taschenlampe unter der Bettdecke erwischt.«

»Das kommt mir bekannt vor. So war es bei mir früher auch.«

»Du hast definitiv Abenteuergeist im Blut«, sagt Sascha lachend. »All diese Jobs, von denen du mir erzählt hast, das würde doch keiner mitmachen ohne diesen Drang nach Freiheit und Abenteuer.«

»Möglich«, ist alles, was ich darauf entgegne. Er weiß offenbar nichts von Fines und meiner Vergangenheit und meinem Drang, wegzulaufen, wenn Dinge schwierig werden.

»Sag mal, stimmt es, dass du in einen Unfall auf einer Bohrinsel verwickelt warst?«

Seine Frage kommt so unvermittelt, dass ich an einer Steinkante hängenbleibe und ins Stolpern gerate. Ich kann mich gerade noch so abfangen.

»Woher weißt du das?«, frage ich schärfer als beabsichtigt.

»Na ja, Steffen und Hubertus haben sich darüber im Café neulich unterhalten. Ich habe es nur mitbekommen, weil Isa deswegen fuchsteufelswild geworden ist. Sie und Fine haben darüber diskutiert.«

Was erzählt er da? Mir stockt der Atem. Sascha sieht mich prüfend an.

»Sie hatten einen Zeitungsartikel dabei, in dem …«

»Ich weiß, was in dem stand.«

Einen Moment lang setzen wir unseren Weg schweigend fort. Doch eine Frage rumort in mir.

»Warum haben sich Fine und Isa gestritten?«

»Nun ja, nicht wirklich gestritten, es war mehr …« Er sucht nach Worten. Was zum Henker war da los gewesen?

»Fine schien dem Artikel Glauben zu schenken und Isa war wütend deswegen. Sie hat dich verteidigt und ist Fine ziemlich ruppig angegangen, wie sie nur denken kann, dass du jemandem absichtlich schaden wolltest. Dann hat sie Steffen und Hubertus dafür schuldig erklärt, dass die beiden Fine diesen Floh ins Ohr gesetzt haben.«

Mein Puls rast, in meinen Ohren rauscht es. Ich versuche mich zu beruhigen, doch es fällt mir schwer.

»Hey, geht's dir nicht gut? Du siehst blass aus?«

»Ich war es nicht«, ist alles, was ich sagen kann. Meine Beine versagen mir den Dienst und ich lasse mich einfach in den Sand fallen.

Sascha spricht neben mir mit Max, doch ich höre nicht, was sie sagen.

Plötzlich taucht Saschas Gesicht vor mir auf.

»Ich war es nicht, aber ich kann es nicht beweisen«, wiederhole ich leise.

»Ich glaube dir.«

»Warum? Du kennst mich doch gar nicht.«

Nun bin ich derjenige, der ihn mustert.

»Sagen wir, ich hab da so meine Erfahrungswerte.«

Den Rest des Vormittags erlebe ich wie durch einen Nebel. Max hat ungeheuer viel Spaß und lässt sich auf der Rückfahrt jeden Handgriff von Sascha zeigen. Ich helfe mit, komme mir aber vor, als wäre ich eine Maschine, die ganz automatisch alles Nötige ausführt. Meine Befürchtungen waren also richtig. Fine glaubt nicht an meine Unschuld. Oder lässt sie sich doch nur von Hubertus beeinflussen? Dem spielt diese Information doch nur in die Karten. An Steffen will ich gar nicht erst denken. Die Sache mit dem Kredit hat sich nun wohl endgültig erledigt. Wenn nur Ralf Dittgersen aufwachen würde und bezeugen könnte, dass ich nicht die schuldige Person bin.

Im Jachthafen zurück fliegt Max in Isas Arme, die schon am Anleger wartet.

»Geht schon mal vor, wir kommen gleich«, ruft Sascha ihnen zu. »Ich wollte dir noch etwas sagen.« Eindrücklich sieht er mich an. »Wahrscheinlich geht es mich nichts an, aber Fine ist dabei, blindlings in ihr Unglück zu laufen.«

»Warum denkst du das?«

»Ich habe Augen im Kopf. Ich glaube, sie macht sich etwas vor, weil sie Angst hat, sich der Wahrheit zu stellen.«

»Ach ja?«, erwidere ich abfällig.

»Ja. Ich glaube, sie liebt in Wirklichkeit einen anderen. Und der sollte dringend mal mit ihr reden.« Er klopft mir aufmunternd auf die Schulter und wir wissen beide, von wem er da spricht.

»Sie hat sich entschieden«, platzt es aus mir heraus. »Die Sache ist gelaufen.«

Wir klettern vom Boot und gehen den Steg entlang Richtung Promenade.

»Nein, das glaube ich nicht.«

»Woher willst du das wissen? Oh, nein, sag nichts. Das sind deine Erfahrungswerte, richtig?«

Der Sarkasmus in meiner Stimme ist nicht zu überhören. Ich benehme mich wie ein Idiot, kann aber nicht anders. Fine hat mich verletzt und wird in Kürze heiraten. Für mich ist alles verloren.

Mittlerweile haben wir Isa und Max fast eingeholt.

»Wenn ich ihr was ausrichten soll, wäre jetzt ein guter Zeitpunkt«, raunt mir Sascha verschwörerisch zu.

Fieberhaft überlege ich, was ich tun soll. Wenn es wirklich so ist, wie Sascha sagt, dann besteht vielleicht noch der Hauch einer Chance. Vorausgesetzt ich führe mich nicht wieder auf wie ein Idiot.

Einer Eingebung folgend bleibe ich stehen und auch Sascha stoppt.

»Sag ihr, morgen Abend um neun am Strandkorb. Sie weiß dann schon, was gemeint ist.«

Über Saschas Gesicht läuft ein Grinsen. »Gute Entscheidung, Cowboy.«

»Bleibt abzuwarten.« Ich bin nach wie vor skeptisch.

»Sie wird kommen, vertrau mir.«

»Woher willst du …« Ich breche den Satz ab und wir sehen uns an. Gleichzeitig sprechen wir es aus.

»Erfahrungswerte.«

25

FINE

Seit dem Zwischenfall mit Isa im Café habe ich mich etwas von ihr zurückgezogen. Bis zum Seebrückenfest sind nur noch zwei Wochen und bis zu meiner Hochzeit eine mehr. Noch habe ich keine Panikattacke, denn ich habe das Lesefestival so organisieren können, wie ich es mir gewünscht habe.

Wenn ich an Max denke, freue ich mich so sehr darauf, wie er schauen wird, wenn ich ihm meine Überraschung gebe. Darauf fiebere ich am meisten hin.

Meine Hochzeit habe ich gedanklich weit nach hinten geschoben. So weit, dass mir heute Nacht im Bett eingefallen ist, dass ich immer noch kein Hochzeitskleid habe. Mit einem flauen Gefühl im Magen habe ich einen Termin in einem Geschäft in Grevesmühlen für heute vereinbart. Jetzt muss ich nur noch Isa überzeugen, mit mir hinzufahren, denn ohne sie überstehe ich das nicht. Außerdem vermisse ich meine beste Freundin.

Vor dem Café stehend sammle ich mich einen Moment und öffne die Tür. Als hätte Isa mich erwartet sieht sie mich ernst an. Sascha steht neben ihr und zwinkert mir zu, denn er weiß

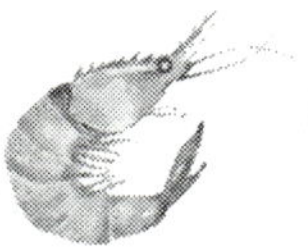

Bescheid und wird für Isa heute den Dienst im Geschäft übernehmen. Mutiger Mann, denke ich kurz, wenn ich in ihr Gesicht schaue. Sie ist noch etwas beleidigt.

»Hi.«

»Hallo, Fine, was kann ich für dich tun? Kaffee, Eis, sonst etwas?« Ihre Stimme ist spitz, ein Pärchen sieht zu uns herüber.

»Hör zu, Isa, ich möchte mich wirklich nicht mit dir streiten. Ich vermisse dich. Schwamm drüber! Einverstanden?«

Sie streicht mit einer energischen Geste über ihre kurzen, rabenschwarzen Haare.

»Es war kein Streit zwischen dir und mir. Was soll das dann?

»Lassen wir dieses Thema ruhen.«

Meine Freundin schweigt, dreht sich um und hantiert mit der Kaffeemaschine. Der Duft von frisch aufgebrühtem Kaffee lässt mir das Wasser im Mund zusammenlaufen.

»Hier.« Isa stellt eine große Tasse Milchkaffee auf die Theke. »Für dich. Du siehst aus, als könntest du Koffein brauchen.« Ihre Stimme ist noch kühl, doch ihre Augen blitzen. »Ich würde ihn an deiner Stelle mit einem extra Schuss Schnaps nehmen, wenn ich die Wochenenden mit Steffen und Diana verbringen müsste.«

»Dann eigentlich einen doppelten. Aber echt.«

Wie zwei Teenager kichern wir. »Hab dir eh schon einen doppelten Espresso in die Milch gekippt. Ich kenne dich halt.«

Emotional strecke ich ihr meine Hand entgegen. »Ich habe dich so sehr vermisst. Ich brauche dich heute für den Termin im Brautladen in Grevesmühlen.«

»Heute? Echt? Brautmoden? Warum Grevesmühlen?«

»Der Laden ist groß, ich bin zu spät dran. Außerdem weiß ich nicht, was ich möchte … also …«

»Ich übernehme den Tag. Max hilft mir ein bisschen und zu zweit kriegen wir das schon hin.«

»Ah, du und Fine stecken unter einer Decke.« Isa strahlt Sascha an und nur ich sehe, dass die beiden sich an den Händen berühren. Ob nur mir auffällt, dass Sascha jeden Tag im Café ist? Isa bemerkt mein Grinsen und schneidet eine Grimasse. »Na, dann los. Gehen wir ein Kleid für dich kaufen. Irgendwas Spießiges. Ich hole nur noch meine Jacke, dann können wir los.«

»Fine.« Sascha beugt sich zu mir. »Flipp jetzt nicht aus, aber ich habe eine Nachricht für dich.«

Sofort werden meine Knie weich und mein Herz beginnt zu rasen. Freude steigt in mir auf, gleichzeitig wieder Wut und Schmerz.

»Ich glaube, ich will es nicht hören.«

Sascha nimmt meine Hand und schiebt mir etwas über die Theke zu. »Ich habe es aufgeschrieben. Nun liegt es an dir.«

Reflexartig greife ich den Zettel.

Samstag, 21:00 Uhr am Strandkorb

Raik. *Die Zeit heilt alle Wunden.* Verdammt! Die unterschiedlichsten Gefühle toben in mir und Sehnsucht ist das stärkste. Ich sehne mich nach ihm, seinem Lachen, seiner Ernsthaftigkeit, die vielen kleinen Fältchen um seine Augen, die Art, wie er mich ansieht, wenn ich etwas sage … Noch mindestens tausend Gründe könnte ich nennen, weshalb ich ihn vermisse. Doch es gibt nur einen Grund, dagegen anzukämpfen. Ich fühle mich von Raik betrogen, denn er hat mir nichts davon erzählt, was auf der Bohrinsel geschehen ist. Ich habe ihm mein großes Geheimnis anvertraut und er?

Als Isa zurückkommt, ist meine gute Laune gedämpft und ich bin sauer auf Raik, dass er mich in diese Situation bringt. Egal, ich werde nicht zum Strandkorb gehen.

Isa hat die Gabe, zu wissen, was ich gerade brauche, damit es mir gut geht. Meine beste Freundin. Wir sitzen im großen Mercedes von Hubertus, den er mir zu Feier des Tages geliehen hat. Kaum hat Isa neben mir Platz genommen, verbindet sie ihr Telefon mit dem Auto und sorgt für die richtige Musik - Songs zum Mitsingen und Mitgrölen.

»Endlich eine Möglichkeit zu brüllen, ohne jemanden zu belästigen.« Meine Freundin hat die Augen geschlossen und bewegt sich zum Rhythmus der Musik.

Ich genieße es ebenso wie sie, nicht denken zu müssen, die Gefühle durch die Musik einfach gehen lassen. Der Samstag wird nicht so schlecht werden.

Zwanzig Minuten später sitzen wir auf einem bequemen Samtsofa, beide mit einem Glas Crémant in der Hand, und hören uns an, was die Verkäuferin erklärt. Die ältere Dame trägt ihre Haare so kurz wie Isa, nur sind sie grau, was ausnehmend gut zu ihrer sonnengebräunten Haut passt.

»So, meine Damen. Ich bin Jessica und nur für Sie da. Haben Sie sich überlegt, was Sie zu Ihrer Zeremonie tragen möchten?«

»Ich bin unschlüssig. Es ist eine standesamtliche Trauung, doch sie sollte festlich sein.«

Jessica schreibt etwas auf ihren Block. Ihre langen Beine sind elegant überschlagen. Ich versuche, ihr Alter zu schätzen, was sich schwierig gestaltet. Auf alle Fälle ist sie sehr attraktiv.

»Gut. Wann ist denn das Ereignis?«

»In drei Wochen.«

»Ah!« Jessicas Augen werden kugelrund. »Das ist sportlich kalkuliert. Das Kleid sollte dann passen, denn für eine Änderung ist die Zeit zu knapp. Stehen Sie bitte auf, Fine.«

Gehorsam erhebe ich mich, damit mich die Verkäuferin betrachten kann.

»Sie tragen eine Größe 38 bis Größe 40, da haben wir auf alle Fälle einiges im Geschäft. Ihre Oberweite ist üppig, da müssen wir schauen. Ich würde vorschlagen, Sie bleiben hier sitzen und ich bringe Ihnen erst einmal zwei oder drei Kleider zur Auswahl.« Sie nickt uns zu und lächelt, als Isa die Crémant-Flasche nimmt und uns beiden nachschenkt.

»Meine Güte, da hast du dir ja was vorgenommen.« Sie prostet mir zu. »Du weißt, ich mag Hubertus, aber ich bin mir nicht sicher, ob du weißt, was du willst.«

Jessica kommt mit einem rollbaren Kleiderständer zurück, an dem drei unterschiedliche Kleider hängen.

»So, liebe Fine. Ihre roten Haare und Ihre helle Haut sind sehr schön. Das erste Kleid ist eher konservativ mit einem ausgestellten Rock. Das zweite mit einer langen Schleppe und das dritte ist champagnerfarben und eher schlicht.«

Ob es an dem Alkohol liegt oder an meiner Nervosität, doch ich muss kichern, als ich auf das weiße Kleid deute.

»Dieses würde ich gerne anprobieren. Ich weiß nämlich genau, was ich will.«

»Aha.« Isa sieht grimmig zu Jessica. »Wenn die Braut so genau weiß, was sie will, ist ja alles gut.«

Jessicas Kopf geht zwischen uns hin und her. Als es ihr genug zu sein scheint, nimmt sie mich an der Hand und nur einige Minuten später kehre ich aus der Umkleide zurück und trage das erste Hochzeitskleid meines Lebens.

»Du siehst aus wie die jungfräuliche Versuchung. Viel zu viel Tüll.« Isas Meinung ist endgültig. Als ich vor dem Spiegel stehe, erkenne ich mich selbst fast nicht wieder. Das weiße Kleid, lässt meine Haut blasser wirken, doch auf eine ästhetische Weise, die durch die Farbe meiner Haare zusätzlich unterstrichen wird. Es fühlt sich falsch an und ich bin froh, als ich es wieder ausziehen kann. Die nächsten Stunden bin ich damit beschäftigt, Sekt zu trinken und Kleider anzuprobieren, bis mir Isa eines zur Umkleide bringt.

Es ist cremefarben, bestickt mit Perlen, körperbetont und liegt so an meinem Körper an, als wäre es für mich gemacht.

Als ich nach draußen trete, pfeift Isa bewundernd.

»Das ist es. Du siehst wunderschön aus.«

»Oh Gott.« Aufgewühlt mustere ich mein Spiegelbild, eine schöne Frau blickt mir entgegen … mit dem perfekten Brautkleid, auf die ein perfektes Leben wartet. Dann beginne ich zu weinen.

Eine Stunde später sitzen Isa und ich mit einer riesigen Pizzaschachtel an der Seebrücke im Sand und beobachten die Wellen, wie sie an die Pfeiler schlagen, immer und immer wieder. Während der Autofahrt zurück haben wir beide geschwiegen. Isa hatte mich auf den Beifahrersitz verbannt, weil ich zu viel getrunken hatte. Ebenso schweigend war sie an der Pizzeria stehen geblieben, war ins Restaurant gegangen und nach zehn Minuten mit der Pizzaschachtel zurückgekommen.

Der Geruch nach Essen weckt meine Lebensgeister, mein Magen knurrt. Wenn ich getrunken habe, muss ich etwas essen.

Isa reicht mir ein Stück, wir essen und genießen die klare Luft.

»Sascha und Max waren gestern mit Raik segeln. Das war ein Zufall, dass er mit von der Partie war. Alle hatten eine schöne Zeit, du weiß ja, dass Max einen Narren an ihm gefressen hat.«

»Ja. Das weiß ich. Jules Verne und so.«

»Hör zu, ich weiß nicht, was zwischen euch war oder nicht war. Magst du nicht darüber sprechen?«

»Ich soll heute zum Strandkorb kommen. Um einundzwanzig Uhr. Sascha hat es mir gesagt.«

»Und möchtest du das nicht?«

»Weshalb meldet er sich nicht, wenn er Redebedarf hat? Warum über Sascha?«

»Das weiß ich nicht. Ist das die Frage? Doch wohl eher, ob du ihn sehen magst oder nicht.«

»Er hat mich enttäuscht! Bei unserem letzten Treffen ist er einfach abgehauen. Ich habe ihm gesagt, dass ich glaube, dass er ein Geheimnis mit sich herumträgt und dann ist er ausgeflippt. Dann erfahre ich von dem Unglück und dass Raik daran schuld sein soll, dass ein Mitarbeiter im Koma liegt.« In der Zwischenzeit bin ich aufgesprungen und laufe vor meiner Freundin auf und ab. »Er hat mich verletzt. Mich weggestoßen. Wieder einmal. Und jetzt, fast einen Monat später, kommt diese Nachricht.«

»Bitte setz dich wieder hin.« Isa klopft einladend auf den Sand. Ich lasse mich auf den Boden sinken und greife nach der Pizza.

»Gerüchte sind eine Plage und Zeitungen schreiben viel Mist. Du solltest wirklich hören, was er zu sagen hat.«

»Das Schlimmste an der Sache ist, dass er sich mit meiner Arbeitskollegin Lara eingelassen hat. Wer sagt mir denn, dass er nicht schon die ganze Zeit mit ihr zusammen war?«

»Fine! Jetzt mach mal einen Punkt. Erstens hätte sie das dann schon länger herausposaunt und zweitens kannst du ihn das ja heute fragen.«

»Es hat doch keinen Sinn, Isa. Ich habe mich für Hubertus entschieden. Er ist der Mann, den ich liebe, und er ist gut für mich.«

»Du hast doch jedes Recht, die Wahl zu treffen, die für dich richtig ist. Hubertus würde das verstehen.«

»Hubertus muss nichts verstehen, weil ich ihn heirate und mit ihm glücklich werde. Raik wird wieder aus meinem Leben verschwinden, wobei er ja nicht Mal richtig drin war. Nein, Raik kann nicht lieben.« Meine Stimme kippt und bevor ich wieder zu weinen beginne, beiße ich in das Pizzastück, das schon kalt geworden ist.

Isa beginnt zu lachen, legt den Arm um mich. »Ich liebe dich auf alle Fälle, du blöde Kuh. Was ist mit dem Kleid? Du hast das Geschäft panikartig verlassen.«

»Keine Ahnung.« Ich lehne meinen Kopf an Isas Schulter, sie summt und streichelt über meine Haare. Müde schließe ich die Augen und bin noch genauso ratlos wie vor einigen Stunden.

Isa rappelt sich auf, klopft sich den Sand von der Hose, streckt mir ihre Hand hin und zieht mich hoch.

»Ich fahre dich heim und mache einen Spaziergang nach Hause. Du schläfst ein bisschen und Hubertus kann den Autoschlüssel später bei dir abholen. Du brauchst dringend etwas Ruhe.«

»Hubertus ist im Golfwochenende mit Steffen.«

»Bäh! Steffen. Darüber sprechen wir ein anderes Mal.«

»Abgemacht. Gott bin ich müde.«

Auf Isa ist Verlass, sie zieht mir sogar meine Hose aus, nachdem sie mich zu Hause abgeliefert hat, damit ich das Bett nicht voll Sand mache - ich liebe sie dafür. Sie küsst mich auf die Wange und ich schlafe sofort ein.

Als ich aufwache, weiß ich einen Moment lang nicht, wo ich bin. Dann fällt es mir wieder ein und der Tag mit seinen Emotionen rollt über mich wie eine riesige Welle. Es ist zwanzig Uhr dreißig. Ich habe den kompletten Nachmittag verschlafen und sollte in dreißig Minuten am Strandkorb sein. Langsam quäle ich mich aus dem Bett, meine Kehle ist trocken und mein Herz schlägt schmerzhaft gegen meine Rippen. Die Aussicht, Raik zu sehen, ihn zu riechen, mit ihm zu sprechen, ist bittersüß. Im Bad putze ich meine Zähne und wasche mein Gesicht mit kaltem Wasser. Meine Haut ist blass und fahl,

Schatten liegen unter meinen Augen. Schnell binde ich meine Haare zusammen, tupfe Creme auf mein Gesicht und trage Lippenstift auf. Ein buntes Sommerkleid und Sneaker machen mein Outfit komplett. Ob Raik schon auf mich wartet? Ob er am Strand auf und ab geht und nach mir sieht? Wieder dieses Gefühl in mir, etwas verloren zu haben, nicht komplett zu sein. Als sei nur Raik in der Lage, mich vollständig zu machen.

Ich habe den Türgriff schon in der Hand, bleibe stehen und gehe ins Haus zurück.

Ergibt es denn einen Sinn, Raik zu sehen? Mich von seinen Versprechungen einlullen zu lassen, Freundschaft zu heucheln, wo es keine gibt? Zitternd setze ich mich auf den Stuhl und starre auf die Uhr. Minute um Minute vergeht, bis es einundzwanzig Uhr ist. Übelkeit wallt in mir auf und ich stürze zur Toilette, doch ich würge nur. Ich halte mich am Waschbecken fest, bis der Schwindel nachlässt.

Es ist Viertel vor zehn. Jetzt kann er sich denken, dass ich nicht zum Treffpunkt komme … dass es endgültig vorbei ist. Laras Gesichtsausdruck fällt mir ein, als sie Raik geküsst hat, und der Stich, der durch mich fährt, ist ebenso heftig wie an diesem Tag. Schweiß steht mir auf der Stirn, Tränen brennen in meinen Augen. Raik.

Dann laufe ich aus dem Haus, nehme mein Rad und trete mit Kraft in die Pedale. Als ich am Strand ankomme, lasse ich das Rad fallen, ziehe die Schuhe aus und beginne zu rennen. Wenn ich doch nur fliegen könnte! Von Weitem erahne ich die Umrisse des Strandkorbs. Ob Raik noch dort ist, kann ich nicht sehen. Je näher ich komme, wächst meine Sorge, dass Raik gegangen ist. Verzweifelt schluchze ich auf. Er ist ein Teil meines Lebens und blieb es auch, als er fortgegangen war. Glaubte ich wirklich, dass ich ihn so leicht aus meinem Leben ausschließen konnte?

Dann bin ich am Korb angekommen. Raik ist nicht da und doch meine ich, seinen Duft wahrnehmen zu können, seinen

Herzschlag zu hören. Ich lehne mich außer Atem an den Korb, drehe mich zum Meer, dessen sanftes Rauschen mich etwas beruhigt. Tränen laufen über meine Wangen, doch ich wische sie nicht fort. Wahrscheinlich ist es besser so. Nein, sicher ist es besser so. Für Raik und auch für mich.

Traurigkeit spannt sich über mich und verschmilzt mit dem sternenlosen Himmel.

26

RAIK

»Hey, Fine.«

Ich gehe um den Strandkorb herum, vor dem sie völlig aufgelöst steht. Tränen rinnen ihr über die Wangen. Lieber Gott, was ist bloß passiert?

Hastig überwinde ich die Distanz zwischen uns und ziehe sie zärtlich in meinen Arm. Sie schmiegt sich an mich, ich spüre ihre kalten Hände durch mein Hemd auf dem Rücken.

»Was ist denn passiert?«, frage ich leise an ihrem Ohr und streichle über ihr Haar. Sie ist völlig aufgelöst. »Gibt es Probleme mit Hubertus?« In diesem Moment vergesse ich all meine Bedürfnisse. Es ist nur wichtig, dass es ihr gut geht, aber offensichtlich ist sie gerade sehr unglücklich.

»Streit mit Isa?«, wage ich einen neuen Versuch und drücke sanfte Küsse auf ihren Hals unterhalb ihres Ohrs.

»Nein, das ist es alles nicht«, sagt sie mit tränenerstickter Stimme. »Es ist wegen dir.« Ihre Worte kommen flüsternd.

Ein Zittern läuft durch meinen Körper. Ich verstehe gar nichts mehr. Sie wollte das doch alles so, oder etwa nicht?

Plötzlich fällt es mir wie Schuppen von den Augen. Es geht um diesen blöden Zeitungsartikel und die Beschuldigungen.

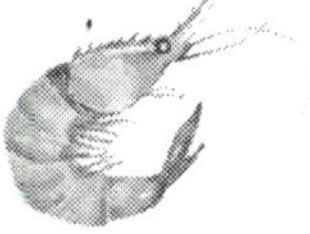

»Komm, lass uns ein wenig am Wasser entlanglaufen. Dabei werde ich all deine Fragen beantworten. Versprochen!«

Ich ziehe ein Taschentuch aus meiner Hose und reiche es ihr. Sie dreht sich weg, während sie die Tränen wegwischt und sich die Nase putzt. Offenbar ist es ihr unangenehm. Sie wirkt völlig durch den Wind und mein Gefühl sagt mir, es geht hier nicht nur um diese blöden Anschuldigungen gegen meine Person, sondern um viel mehr.

Als sie fertig ist, greife ich ihre Hand und sie lässt es geschehen. Langsam laufen wir durch den Sand zum Saum des Meeres, das heute Abend friedlich vor uns liegt. Wispernd rollen die Wellen wie eine Liebkosung heran.

»Auf der Bohrinsel, auf der ich zuletzt gearbeitet habe, gab es einen Zwischenfall, der einen meiner Kollegen fast das Leben gekostet hat. Er liegt seitdem im Koma. Jemand versucht, mir die Schuld dafür in die Schuhe zu schieben, aber die Sache ist manipuliert. Es geht um … Schulden, Wettschulden.« Ich bleibe stehen, stelle mich vor Fine, sodass sie mich ansehen muss. »Ich wurde suspendiert und es wird ermittelt, aber ich habe damit nichts zu tun. Ich würde niemals einem Menschen absichtlich solchen Schaden zufügen, dass er sein Leben verlieren könnte.«

»Raik …«

»Ich habe es geheim gehalten, weil ich wusste, mir würde keiner glauben. Du hast keine Ahnung, was ich deswegen die letzten Wochen durchgemacht habe.«

»Das tut mir so leid.« Fines Ausdruck wirkt schuldbewusst.

»Ich bin zurückgekommen, weil ich …« Einen Moment muss ich mich sammeln. Ich lasse ihre Hand los, gehe ein paar Schritte, bleibe dann stehen und starre hinaus aufs Meer. Fine folgt mir, sagt aber nichts.

»Vielleicht bin ich zurückgekommen, weil es sich angefühlt hat, als würde das Leben mir eine Botschaft übermitteln. So etwas wie *Du kannst nicht immer davonlaufen. Sie ist in deinem*

Herzen immer bei dir. Du musst zurück und endlich herausfinden, ob es noch einen Weg gibt.«

»Sieh mich an, Raik.« Fines Worte sind ruhig und klar. Ich drehe mich zu ihr, versuche, ihrem Blick nicht auszuweichen. Ich bin voller Scham und Reue, doch ich weiß nicht, wie ich damit umgehen soll.

»Warum hast du mir das nicht gleich gesagt?«

»Weil du mit Hubertus zusammen bist und ich … Ach, ist doch egal. Du wirst ihn heiraten!«

Ich will mich abwenden, weil ich den Verlustschmerz nicht mehr ertrage.

»Raik, bitte bleib. Nur dieses eine Mal.« Ihre Worte sind so flehend, dass ich mich ihr wieder zuwende.

»Als ich dich gefragt habe, ob du Hubertus liebst, warst du nicht in der Lage, mir eine Antwort zu geben.« Meine Stimme zittert ein wenig bei meinen Worten.

Nun ist sie es, die sich wegdreht, aufs Meer blickt und dabei plötzlich abwesend wirkt, wie ferngesteuert.

»Ist denn die Zusage zur Hochzeit nicht Beweis genug?« Wem stellt sie diese Frage? Mir oder vielmehr sich selbst?

»Ich will es von dir hören. Sag es, wenn es wirklich so ist«, fordere ich sie auf.

Ihre Hände verkrampfen sich, wieder rinnen ihr Tränen übers Gesicht. Hastig wischt sie sie mit dem Handrücken weg.

»Das kann ich nicht.« Ihre Worte sind so leise, dass ich nicht weiß, ob ich sie wirklich gehört habe oder mir nur eingebildet habe.

»Das kann ich nicht«, flüstert sie erneut und ich ziehe sie wieder an mich, halte sie, während sie ihren Tränen freien Lauf lässt. Tränen, die vielleicht viel zu lange in ihr gefangen waren.

Ich weiß nicht, wie viel Zeit vergeht, während wir so stehen, doch allmählich beruhigt sich Fine und auch ich entspanne mich ein bisschen.

»Verdammt, dein ganzes Hemd ist nass. Entschuldige.«

»Das war es wert.« Zärtlich streiche ich ihr die Haare aus dem Gesicht, wische über ihre feuchten Wangen. Ich möchte gerne jede Träne einzeln wegküssen, doch ich traue mich nicht, aus Angst, sie könnte mich von sich stoßen. Wir sind beide sehr aufgewühlt und die spürbare Nähe zwischen uns wieder zu verlieren, möchte ich nicht riskieren.

»Was ist mit Lara?«

Diese Frage kommt unvermittelt und wirft mich in Sekundenschnelle aus der Bahn. Doch ich weiß, warum sie fragt. Sie hat den Kuss gesehen.

»Zwischen uns ist nichts.«

»Und der Kuss?« Fines Stimme ist scharf. Sie ist eifersüchtig! Schon süß, aber ich hüte mich davor, ihr das zu sagen. »Sie hat mich überrumpelt. Mehr war da nicht.«

Fine geht ein paar Schritte, doch ich habe sie schnell wieder eingeholt, schlinge von hinten meine Arme um sie und ziehe sie an mich heran.

»Es hätte etwas sein können, sie wollte mehr, aber mein Herz ist vergeben.« Ich drehe sie zu mir um, halte sie weiter eng umschlungen. »Ich war nicht mit ihr im Bett, falls es das ist, was du wissen möchtest.«

Ertappt versucht sie sich rauszuwinden, doch ich lasse sie nicht. »Fine Petersen, ich kann dir nicht sagen, wie du dein Leben leben sollst und mit wem. Diese Entscheidung liegt allein bei dir. Aber eine Sache kann ich dir sagen. Mein Herz gehört dir, seit wir uns das erste Mal auf dem Schulhof gekabbelt haben. Ich weiß, ich habe viele Fehler gemacht … große Fehler, aber ich bin bereit, daraus zu lernen und nicht mehr vor meinen Problemen wegzulaufen. Weil ich dich liebe.«

Sie dreht ihren Kopf zu mir, in ihren Augen tobt ein Sturm.

Ich kann es sehen, und ein Schmunzeln huscht über meine Lippen. Aber ich bin noch nicht fertig.

»Ich weiß, ich kann dir nicht bieten, was Hubertus dir bieten kann. Ich habe nicht viel Geld, bin nicht gut gesellschaftlich integriert und nicht der Typ, der einer Frau ein sicheres und wohlbehütetes Leben geben kann. Aber ich werde auf meine Art und Weise dafür sorgen, dass dieses besondere Leuchten in deinen Augen nie erlischt. Denn das erkennt ein aufmerksamer Beobachter nur, wenn du glücklich bist.«

Sie tritt auf mich zu, zieht meinen Kopf zu ihrem und küsst mich. Ganz zart und innig.

Nach dem Kuss sieht sie mich lange an, ehe ein Satz über ihre Lippen kommt, mit dem ich nicht gerechnet habe.

»Geh mit mir schwimmen.«

Schweigend schlüpfen wir aus unseren Kleidern, nur die Unterwäsche behalten wir an. Fine nimmt meine Hand und da ist es, das Leuchten in ihren Augen, das ich so sehr vermisst habe.

»Wie früher?« Sie zwinkert mir zu.

»Wie früher.«

Gleichzeitig laufen wir los, so schnell es geht, ohne die Hände loszulassen. Das Wasser spritzt an uns hoch und Fine quietscht vergnügt. Schließlich lassen wir los und werfen uns ins Wasser. Ich schmecke das Salz auf den Lippen, als ich kurz untertauche. Einträchtig schwimmen wir eine Weile nebeneinanderher. Erinnerungen an Abende voller emotionaler Höhenflüge kommen mir in den Sinn. Wir waren alles zusammen in diesen Momenten und doch bin ich gegangen. Diese Schuld wird immer auf mir lasten, aber vielleicht ist noch nicht alles verloren.

Wir albern noch eine Weile im Wasser herum, bis es Fine zu kalt wird und wir wieder zum Strand zurückkehren. Eine Weile laufen wir auf und ab, um uns zu trocknen, doch so richtig will das nicht gelingen. Schließlich streift sich Fine ihr Kleid einfach über und trägt ihre Schuhe in der Hand. Ihre nassen Haare liegen schwer auf Schultern und Rücken - Verlangen brandet in mir auf. Doch ich halte es zurück. Sie ist immer noch verlobt und sie kann immer noch an ihrer Entscheidung für Hubertus festhalten.

»Soll ich dich nach Hause fahren?«, frage ich, um die Stille zwischen uns zu durchbrechen.

»Nein, ich bin mit dem Fahrrad gekommen.«

Wir gehen gemeinsam bis zur Promenade, der Sand klebt an unseren nassen Füßen. Tausend Fragen rasen durch meinen Kopf, doch ich kann keine davon stellen. Wäre ich an Fines Stelle, würde ich etwas Raum und Zeit brauchen, um all das Geschehene erst mal verarbeiten zu können. Doch ich möchte auch, dass sie eine Möglichkeit hat, mich zu erreichen, wann immer ihr danach ist.

»Hast du dein Handy dabei?«

»Ja, warum?«

»Ich gebe dir meine Nummer.«

Sie fährt sich durch die nassen Haare.

»Natürlich nur, wenn du möchtest. Ich meine, du musst nicht. Es war nur ...« Plötzlich bin ich nervös. Was, wenn sie sich schon längst entschieden hat und dies unser letzter gemeinsamer Abend ist. Nie wieder Strandkorbflüstern ...

Ein flaues Gefühl macht sich in mir breit.

»Gib sie mir, bitte. Ich lass dich wissen, wenn ich zu Hause angekommen bin.« Sie zückt ihr Handy und schenkt mir ein Lächeln. »Früher hast du dir deswegen doch immer Sorgen gemacht. Ich musste immer anrufen und es einmal klingeln lassen und wieder auflegen.«

Nun muss auch ich lächeln. »Ja, lass mich wissen, ob du gut zu Hause angekommen bist.«

Ich sehe ihr Fahrrad, direkt an der Stelle, wo Seebrücke und Promenade aufeinandertreffen, am Boden liegen. Es leuchtet gelb in der Nacht.

Ein wenig verlegen stehen wir uns gegenüber, nachdem Fine ihr Fahrrad aufgehoben hat.

Ich mache einen Schritt auf sie zu, umarme sie sacht, als wäre es etwas Zerbrechliches, das ich in Händen halte. Nichts ist zerbrechlicher als das Herz eines Menschen, nur leider vergessen wir das viel zu oft.

Ich sehe Fine nach, wie sie davonfährt, dann laufe ich zu meinem Auto. Durch den Kurpark, vorbei an der Eisdiele, in der Isa und Sascha immer noch gut zu tun haben, obwohl es schon so spät ist. Vorbei an der Kurverwaltung, in der alles angefangen hat, als ich vor ein paar Wochen auf Fine getroffen war, während sie den Kindern vorgelesen hatte. In dieser Zeit ist so viel passiert, und ich war schon kurz davor, alles aufzugeben, weil ich glaubte, alles verloren zu haben. Aber womöglich habe ich das nicht. Ich muss grinsen, denn ich weiß, woher mein Optimismus rührt. Erfahrungswerte.

27

FINE

Ich liege im Bett und starre in die Dunkelheit. Erst ein paar Stunden liegen hinter mir, die alles verändert haben. Eine Nacht, die mich an allem zweifeln lässt, was mein bisheriges Leben ausgemacht hat. *Weil ich dich liebe.* Raiks Worte. So klar und selbstverständlich ausgesprochen, als wäre es das Normalste der Welt. Mein Herz klopft schnell und hart, er war mir so nah. Nicht nur körperlich. Er hatte sich geöffnet, mir völlig vertraut, ohne zu wissen, wie ich reagieren würde. Malin und Pelle haben ihren Platz an meiner Seite eingenommen und schnurren um die Wette. Mein schlechtes Gewissen meldet sich, weil ich sie heute Abend wieder allein gelassen habe. Ich beuge mich zu Malin und lege mein Gesicht in sein weiches Fell. Er kuschelt liebend gern und legt eine Pfote auf meinen Kopf.

Einer Eingebung folgend nehme ich mein Telefon und schicke Raik eine Nachricht.

> Ich bin zuhause und kuschle mit meinen
> Katzen.

Dann vibriert mein Handy. Mit gehörigem Herzklopfen lese ich seine Antwort.

Sehr schön. Es war ein wundervoller Abend.

Es ist Raik. Mein Herz macht einen Satz. Was soll ich antworten? Etwas Unverfängliches.

Das finde ich auch.

Es war schön, dich zu sehen, und es war auch schön, mit dir im Meer zu schwimmen. Fast habe ich das Gefühl, alles ist schön mit dir.

Raik, ich bin froh, dass du noch nicht gegangen warst.

Ich bekomme noch ein Herz, auf das ich nicht mehr antworte. Morgen kommt Hubertus von seinem Wochenendtrip zurück und wir haben uns zum gemeinsamen Essen bei mir verabredet. Es sind noch drei Wochen bis zu unserer Hochzeit. Ich kann es nicht glauben. Alles fühlt sich so unwirklich an.

Noch einige Minuten starre ich mein Telefon an und ich bin mir sicher, dass Raik auf eine Reaktion von mir wartet. Doch ich muss mir klar werden, was ich möchte. Am liebsten würde ich zu Raik gehen, ich fühle mich zu ihm hingezogen. Doch Hubertus ist seit sechs Jahren der Mann an meiner Seite, seit vier Jahren sind wir verlobt. Er hat mich aus meiner Einsamkeit gerettet. Zuerst waren wir Freunde, dann haben wir uns ineinander verliebt. Er ist die Konstante in meinem Leben. Sollte ich das für einen Traum aufgeben? Einen Traum, der vielleicht einfach wieder verschwindet?

Entschlossen lege ich mein Telefon zurück auf die kleine Kommode, die neben dem Bett steht, und drehe mich auf die Seite. So kann ich das Schnurren meiner Kater hören - ein Geräusch, das mich beruhigt.

Bevor mein Wecker klingelt, bin ich wach und fühle mich seltsam entrückt, als könnte ich mich selbst aus einer anderen Perspektive beobachten. Nachdenklich koche ich mir einen starken Kaffee, lasse meine Kater ins Freie und erfreue mich beim Blick aus dem Fenster an den üppigen Blüten der Rosen. Ich entschließe mich zu einem Spaziergang am Strand und lege die Strecke dieses Mal zu Fuß zurück. Mit jedem Schritt erinnere ich mich an die Anfangszeiten mit Raik, die Schule, unsere heimlichen Treffen am Strandkorb, den ersten Kuss ... Wie unglücklich er war, wenn er von seiner Familie sprach, was selten geschah. Mein Herz zieht sich zusammen, als ich mich an seine Tränen erinnere, an einem besonders schlimmen Tag zu Hause. Ich wollte ihn trösten und hatte ihn am Arm berührt, sein langärmeliges Shirt rutschte nach oben und ich sah die Hämatome. In dieser Nacht hielten wir uns eng umschlungen und ich kam erst am frühen Morgen zurück nach Hause. Mutsch hatte auf mich gewartet und empfing mich enttäuscht und traurig, dass ich nicht mit ihr sprechen wollte. Wie hätte ich ihr erzählen können, was Raik mir in dieser Nacht anvertraut hatte? Das war nicht möglich gewesen und brach mir fast das Herz.

Am Strand angekommen setze ich mich in den Sand, strecke mein Gesicht in den Wind und genieße den feinen Sprühnebel der Gischt, der mich einhüllt und meinen aufgeheizten Geist etwas zur Ruhe bringt.

Die Stationen meines Lebens kann ich an einer Hand abzählen. Wollte ich nie mehr? Reisen, schreiben und die Welt entdecken, wie Maximilian der Abenteurer in meiner Geschichte? Alles ist möglich, wenn ich es zulasse. Ein Neubeginn mit Raik. Wir könnten Boltenhagen verlassen und irgendwo anders einen Neuanfang beginnen. *Ist es das, was du willst, oder läufst du weg wie Raik?*

Der Himmel spannt sich blassblau über ein graues Meer, das sich noch nicht entscheiden kann, ob seine Wellen heute zu hoch werden, um entspannt schwimmen gehen zu können, oder nicht. Es gibt viele Möglichkeiten, zu viele.

Vom vielen Nachdenken schwirrt mir der Kopf, ich will ihn vom Wind durchblasen lassen. Ein Jogger läuft an mir vorbei und grüßt mich. Ich hebe meine Hand und schaue ihm nach, wie er sich in Richtung Stadt entfernt. Wahrscheinlich wartet zu Hause seine Familie auf ihn, denn das ist es, was sich die meisten Menschen wünschen. Darin sind wir alle gleich, wir hoffen auf die große Liebe.

Wehmut streift mich wie eine kühle Brise. Ich muss Hubertus sagen, dass ich mir keine Kinder mit ihm vorstellen kann, dass die Vorstellung, dass sie denselben Schmerz erfahren würden wie ich mit meiner Mutter …

Mein Magen knurrt und mir fällt ein, dass ich das letzte Mal gestern Mittag etwas gegessen habe. Ich stehe auf und mache mich auf den Weg zu Isa, deren Rat ich dringend brauche.

Max freut sich sehr mich zu sehen. Er tanzt um mich herum und schenkt mir eine seiner Energieumarmungen. Isa ist allein mit ihm, Sascha ist schon früh mit dem Segelboot gefahren. Meine Freundin wirkt zufrieden, sie lächelt, wuschelt Max durch die Haare und bringt mir den leckersten Kaffee der Welt.

»Du weißt genau, was ich brauche.«

»Du siehst komplett irre aus, ich habe kurz überlegt, dir einen Schluck Rum in die Tasse zu kippen.«

»Jaja. Ich bin aus der Spur geraten.«

Isa mustert mich, die Augen zu Schlitzen verengt. Ihr Röntgenblick. »Du hast geweint.« Sie flüstert, damit Max sie nicht hören kann.

Ich zucke mit den Schultern, ihre Fürsorge lässt mir erneut die Tränen in die Augen steigen.

»Lass uns frühstücken. Max setzt sich wie versprochen danach an seine Hausaufgaben.« Beim letzten Wort hebt sie ihre Stimme.

»Ich weiß. Warum sagst du das die ganze Zeit?« Mein Patensohn kann auch genervt klingen, was mich zum Schmunzeln bringt.

»Okay.« Isa legt mir ein Brötchen auf den Teller. »Was ist passiert? Du hast dich mit Raik getroffen, oder? Oh, mein Gott.«

»Gar nichts, oh ein Gott, wenn du das meinst. Es ist nichts passiert. Wir sind schwimmen gegangen.«

Isas Augen werden rund, bevor sie etwas darauf erwidern kann, kommt Max und setzt sich zu uns an den Tisch.

»Ich übe an Maximilians Geschichte, Fine. Sie ist so toll.«

»Du hast sie schon so oft gelesen und es ist nicht schlimm, wenn du dich beim Lesefestival verhaspelst.«

Er beißt in sein Brötchen, schließt die Augen und kaut langsam. Ich kenne kein Kind, das diese Dinge so genießen kann wie Max.

Mein Patensohn und Isa unterhalten sich über das Segeln und ich habe die Gelegenheit, meine Gedanken fließen zu lassen. Diese beiden Menschen hier gehören zu meiner Familie und ich liebe sie.

Nachdem wir gegessen haben, trollt sich Max in sein Zimmer. Als ich aufstehe, um den Tisch abzuräumen, zischt Isa:

»Untersteh dich, einfach aufzustehen, bleib hier und erzähl mir alles.«

Ich muss lachen und nehme gehorsam wieder Platz.

»Was gestern geschehen ist … ich weiß nicht, was ich tun soll.«

»Fang von vorn an.«

»Ich hatte mich schon entschieden, nicht zum Strandkorb zu kommen, denn was sollte es bringen? Es sind weniger als drei Wochen bis zu meiner Hochzeit.« Ich erzähle Isa alles, von meiner Panik, dass Raik gegangen sein könnte, von dem Gefühl der unendlichen Erleichterung und Freude, als ich seine Stimme hörte … Es sprudelt nur so aus mir heraus. Erst als mir Isa ein Taschentuch reicht, fällt mir auf, dass meine Wangen nass sind.

»Sorry, ich bin wirklich nah am Wasser gebaut. Nervt mich gerade total.«

»Ist doch alles in Ordnung. Er hat gesagt, dass er dich liebt?«

»Ja. Ohne Forderungen an mich zu stellen, im Gegenteil. Er meinte, dass er mir nicht so ein Leben bieten kann wie Hubertus, doch dass er ganz genau weiß, wie meine Augen leuchten, wenn ich glücklich bin.«

»Ach du Scheiße.« Isa grinst schief und wischt sich ein Tränchen aus dem Auge. »Das ist wirklich romantisch.«

Wir sehen uns an. »Ich hatte mich so in ihm getäuscht. Der Unfall auf der Bohrinsel … Die Leitung war manipuliert worden, doch nicht von ihm. Wie hatte ich nur glauben können, dass Raik zu so etwas fähig wäre? Du hattest recht.«

»Dieser Steffen hat das verbreitet, da bin ich mir sicher. Frag doch mal Hubertus, woher er überhaupt davon weiß. Das wäre interessant zu erfahren, oder?«

Ich nicke grimmig. Wenn da ein krummes Ding gelaufen war, könnte man genau genommen von übler Nachrede sprechen.

»Heute Abend kommt Hubertus zu mir nach seinem Golfwochenende. Ich muss unbedingt mit ihm sprechen.«

»Wirst du es ihm sagen?«

»Was meinst du?«

»Meine Güte, Fine, dass du Raik liebst, natürlich.«

Ich sehe sie an wie vom Donner gerührt. Mein Leben galoppiert gerade an mir vorbei und ich sehe ihm nach.

Sie lacht. »Du solltest dich mal sehen. Ist es so neu für dich, was ich sage?«

»Wie kann ich Hubertus so etwas antun?«

»Wie kannst du es ihm nicht sagen, wenn es denn so ist? Es ist eine Lüge, die du mit in deine Ehe mit ihm nehmen möchtest. Das ist unfair Hubertus gegenüber. Du musst die Wahrheit sagen und das so schnell wie möglich.«

»Was, wenn er wieder geht?«

»Wer? Raik?«

»Ja«, meine Stimme ist leise, während die Fragen in meinem Kopf dröhnen.

Isa legt ihre Hand auf meine. »Also, ich bin ja keine Expertin in Sachen Liebe und Beziehungen und so, doch wie mir eine kluge Freundin vor einiger Zeit gesagt hat, ist Liebe immer ein Risiko wert. Eine Garantie gibt es niemals, doch das muss es auch nicht. Denn das Herz lügt nicht.«

»Ich hab Angst, Isa. Ich hab solche Angst vor allem. Ich frage mich, was Mutsch mir geraten hätte. Ich hab so Sehnsucht nach ihr.«

Isa steht auf, setzt sich neben mich und nimmt mich in den Arm. Sie wiegt mich hin und her wie ein Kind, während ich meine Sorgen aus mir heraus schluchze.

»Du bist jetzt an der Reihe, ein Risiko einzugehen, an dich zu denken und deine Vergangenheit loszulassen. Deine Mutter würde dir die Leviten lesen, das weißt du wohl selbst.«

Wir beide lachen kurz, denken an die Wutanfälle meiner Mutter.

»Rede mit Hubertus, unabhängig von deiner Entscheidung, ob du Raik eine Chance gibst oder nicht.«

»Du hast recht, anscheinend waren wir beide nicht ehrlich zueinander. Ich gehe kurz ins Bad, um mich frischzumachen. Sieht man, dass ich geheult habe?«

Isa sieht mich an, während ich mir die Tränen abwische und die Nase putze. »Nein, überhaupt nicht. Siehst aus wie immer – wie das blühende Leben.«

Wir grinsen und ich gehe ins Bad, wasche mein Gesicht und kann einigermaßen restauriert zu Max ins Zimmer schauen, um ihm Tschüss zu sagen.

Er sitzt an seinem Schreibtisch und malt an einem Bild. Neugierig gehe ich zu ihm, denn nach Hausaufgaben sieht das nicht aus. »Was malst du da Schönes?«

»Das ist der Leuchtturm, da muss Maximilian ja hin. Er segelt über das Meer und schafft es gerade so. Er ist mutig und ein Abenteurer.«

»Das ist er. Und schnell wie ein Pfeil.« Wie ich den Kleinen liebe, was für ein liebenswerter Mensch er ist. Zärtlich küsse ich ihn auf seinen zerzausten Schopf.

»Tschüss, Max, und danke für das Frühstück.«

»Tschüss, Fine, hab dich lieb.«

Ich drücke Max und Isa zum Abschied. »Melde dich bei mir, wenn etwas ist, okay? Und melde dich auch, wenn nichts ist. Melde dich einfach.«

»Ja, klar. Bis dann, Isa.«

Auf der Straße hole ich tief Luft. Ob heute ein Tag der Entscheidung ist?

Liebe ist jedes Risiko wert. Immer.

Den Nachmittag verbringe ich damit, meine Geschichten zu ordnen. Ich schreibe seit so vielen Jahren, da ist einiges zusammengekommen. Je länger ich in meine Vergangenheit eintauche, desto sicherer werde ich, was mein Gespräch mit Hubertus angeht. Mein Telefon vibriert, Hubertus kündigt sich an. Er wird in einer halben Stunde bei mir sein. Mein Herz schlägt schwer.

Im Kühlschrank ist der Wein kaltgestellt, ich hole Gläser aus der Vitrine. Der Tisch ist gedeckt. Ich habe den Salat zubereitet, den Hubertus gerne isst, und komme mir wie eine Betrügerin vor. *Du hast Raik geküsst und er hat dir gestanden, dass er dich liebt …*

Die Schmetterlinge flattern in meinem Bauch, sobald ich an den gestrigen Abend denke, wie wir gemeinsam im Meer geschwommen sind. Wir waren uns so nah, ich wollte hundertmal meine Hand ausstrecken und ihn berühren, mit meinen Fingern die Wassertropfen von seinem Gesicht wischen. Ich lege beide Hände um meinen Kopf. Wie kann ich die Gedanken an Raik verschwinden lassen, wenigstens für einige Stunden? So lange, wie es dauert, einem geliebten Menschen das Herz zu brechen.

Hubertus ist pünktlich auf die Minute. Ich öffne die Tür und er begrüßt mich mit einem strahlenden Lächeln. Seine Augen sehen mich verliebt an und er zieht mich in seinen Arm.

»Wie habe ich dich vermisst, Fine! Aber es war ein unglaublich schönes Wochenende. Jeden Tag trainiert und dann achtzehn Löcher gespielt. Einfach unglaublich!« Er küsst mich auf den Mund, hält mich länger fest, als nötig wäre, und ich lasse es geschehen. Die Zärtlichkeit, die zwischen uns existiert, kann ich nicht auslöschen.

»Das ist schön, Hubertus. Lief es gut auch mit Steffen? Komm doch rein. Das Essen ist fertig, ich habe den Wein schon geöffnet.«

Hubertus freut sich sichtlich, als er den gedeckten Tisch sieht, tritt an die Theke und schenkt den Wein in die Gläser. Wir nehmen Platz und ich verteile das Essen.

»Um deine Frage zu beantworten, es hat gut funktioniert. Diana hat einige Male angerufen, das hat Steffen nicht gefallen. Du bist da das andere Extrem.« Lächelnd prostet er mir zu. »Du meldest dich zwei Tage gar nicht.«

Ich zucke mit den Schultern. »War das nicht in Ordnung?«

»Doch. Das war es. So, ich habe genug erzählt. Wie war dein Wochenende? Gibt es etwas Spannendes?«

Ich sehe zu ihm und Hubertus Lächeln verschwindet.

»Was ist passiert?«

Es fällt mir schwer anzufangen, obwohl ich das Gespräch wieder und wieder in meinem Kopf mit Hubertus durchgespielt habe.

»Es geht um Raik.«

»Ach so.« Er entspannt sich sichtlich, was mich wundert. Hubertus bringt sogar ein Lächeln zustande. »Ich denke, ich weiß, um was es da geht. Du spielst auf die Geschichte auf der Bohrinsel an.«

»Was meinst du damit?« Mein Herzschlag wird langsamer und es gelingt mir, das Glas zu halten, ohne zu zittern.

»Ich gebe zu, dass Steffen Nachforschungen zu Raik angestellt und mir sofort von dem Artikel erzählt hat. Ich weiß ebenfalls davon, dass Raik einen Kredit beantragt hatte, den ihm Steffen nicht bewilligt hat, weil er kein festes Einkommen hat.«

»Das ist das Letzte, Hubertus. Steffen ist mit seiner Aussage übers Ziel hinausgeschossen. Er redet über private Angelegenheiten seiner Kunden, das habe ich selbst erlebt. Finde ich einfach zum Kotzen! Aber er konnte ihn noch nie leiden, deshalb schnüffelt er auch in Raiks Privatleben herum.«

»Es kam zu keinem Abschluss.« Da war sie wieder, diese kleine Spur Arroganz, die Hubertus manchmal an den Tag legt, und die ich so hasse.

»Trotzdem!« Meine Gabel fällt mir aus der Hand auf den Teller, denn ich bin aufgeregt und wütend. »Es ist unfair. Er hat es dir erzählt und dann? Habt ihr über ihn gelacht? Hast du dir überlegt, wie du am besten bei mir über ihn hetzen kannst?«

»Also wirklich, Fine, ich verstehe nicht, weshalb du dich darüber so aufregst. Was steckt da dahinter?« Er legt sein Besteck betont langsam auf den Tisch, lehnt sich lässig zurück und nimmt einen Schluck aus seinem Glas.

»Raik bedeutet nichts für mich und auch nicht für Steffen. Er war schon immer ein Versager, ein Quertreiber. In der Schule war bekannt, dass er aus schwierigen Verhältnissen kam. Steffen hat es mir erzählt, denn manche Menschen schaffen es nie, Fuß zu fassen. Nichts, was dich interessieren sollte.«

»Verdammt, Hubertus! Wie arrogant du bist und Steffen ist ein Idiot! Ich bin mit Raik befreundet, er bedeutet mir eine ganze Menge.«

Hubertus zieht scharf die Luft ein und mir wird klar, was ich gesagt habe. Dieses Gespräch nimmt eine Wendung, die nicht so geplant war. *Hast du gut hinbekommen. Du wolltest ihn nicht verletzen und hast es doch getan.*

»Was meinst du damit?« Seine Stimme ist kalt und es wird fast greifbar ein Grad kühler im Raum. »Das sind neue Töne, die du da anschlägst. Ich dachte, als ich nach deinem Unfall bei ihm vorbeigefahren bin, habe ich klar gemacht, dass er sich zurückhalten soll.«

»Du hast was getan?« Wut hat mich im Griff. Was bildet sich Hubertus ein?

»Beruhig dich, um Himmels willen. Das sind Züge an dir, die

ich gar nicht kenne. Ehrlich gesagt lege ich auch keinen Wert darauf, mit dieser Seite in Kontakt zu kommen.«

»Es ist mir völlig egal, was du gerade willst oder nicht. Du zeigst ebenfalls eine Seite, die nicht sympathisch ist, davon kannst du ausgehen. Du bist bei Raik vorbeigefahren, um klarzumachen, dass er die Finger von mir lassen soll?«

»Anscheinend waren meine Bemühungen erfolglos.« Hubertus sieht mich ruhig an, seine Lippen sind zusammengepresst und vom vorher glücklichen Ausdruck in seinen Augen ist nichts mehr zu erkennen. Erstaunt wird mir klar, dass wir noch nie gestritten haben, in der ganzen Zeit unserer Beziehung nicht.

»Hubertus.« Aller Zorn ist aus mir gewichen, als wäre ich ein geplatzter Luftballon. Traurig sehe ich ihn an, lege meine Hand auf seine, doch er zieht sie weg, als habe er sich verbrannt.

»Die Vergangenheit verbindet mich mit Raik. Ich weiß nicht, wie es geschehen ist, doch ich empfinde etwas für ihn.«

»Ja, das frage ich mich auch. Wann ist es geschehen? Hast du dich hinter meinem Rücken mit ihm getroffen? Hast du mich mit ihm betrogen?«

Seine Fragen prasseln auf mich ein und jede schmerzt mich, doch ich kann ihn verstehen.

»Wir haben uns getroffen, jedoch in aller Freundschaft. Wie damals am Strand. Und nein, ich habe dich nicht betrogen.«

Hubertus steht auf und geht in die Mitte des Raumes. Traurig erkenne ich, dass er nicht hierhergehört, nicht in dieses Haus und nicht an meine Seite. Wann ist das geschehen? Weshalb habe ich es nicht früher bemerkt?

»Es tut mir leid, Hubertus.«

»Lass das, bitte. Ich habe das nicht erwartet. Der Abend läuft völlig aus dem Ruder. Ich bin ins Wochenende gefahren mit dem Wissen, dass ich in zehn Tagen ein glücklich verheirateter Mann bin.« Er geht zur Theke, nimmt die Flasche Wein und schenkt sich nach. Viel zu viel. »Ich komme aus dem Wochenende zurück und meine Verlobte eröffnet mir, dass sie Gefühle für einen anderen Mann hat. Dann bleibt die Frage offen, wie tief die Gefühle sind.«

»Genau das muss ich herausfinden … und das muss ich allein tun. Es tut mir leid, Hubertus.«

Wie in Zeitlupe stelle er sein Glas auf den Tisch, geht zu mir, nimmt mich an den Ellbogen und zieht mich vom Stuhl in seinen Arm.

»Ich löse hiermit unsere Verlobung, Fine. Ich kann nicht sagen, dass mich deine Entscheidung nicht schmerzt, doch wie ich es sehe, ist es gut, dass es jetzt ist und nicht, wenn wir verheiratet sind. Vielleicht hast du ein Faible für angeknackste Existenzen, ich weiß es nicht.«

Erstarrt brauche ich ein wenig, bis mich seine Worte aus der Umarmung lösen lassen.

»Hubertus, ich verstehe, dass du verletzt bist, und ich liebe dich. Doch wie ist es möglich, dass ich für Raik etwas empfinde, wenn wir füreinander bestimmt sind?«

Hubertus lacht freudlos. »Du und deine Märchen. Füreinander bestimmt …« Er nimmt seine Jacke vom Stuhl und verlässt das Haus, ohne sich noch einmal umzudrehen.

Als ich sicher bin, dass er nicht mehr zurückkommen wird, sinke ich auf den Stuhl und breche in Tränen aus.

28

RAIK

> Bitte gib mir noch etwas Zeit.

Ich starre Fines letzte Nachricht, die sie mir vor zwei Tagen zugesandt hat, nun schon mindestens zum hundertsten Mal an. Ich hatte alles auf eine Karte gesetzt an diesem Abend, doch es war mir klar, dass sich die Dinge nicht einfach schnell klären würden. Allerdings macht mich die Warterei mittlerweile mürbe. Wie ein Irrer habe ich im Haus geschuftet, um mich abzulenken, doch je länger es sich hinzieht, desto unruhiger werde ich.

Mit einer Tasse Kaffee in der Hand gehe ich im Obergeschoss von Raum zu Raum und sehe mir das Ergebnis an. Wir haben für die Räume ein helles Cremeweiß gewählt, das sie größer erscheinen lässt, aber nicht kalt. Kombiniert mit einem dunklen Laminat, das wie alte Schiffsplanken designt ist, sieht das Ganze edel aus, ohne übertrieben zu wirken. Im ehemaligen Elternschlafzimmer steht nun wieder ein Doppelbett, in meinem alten Zimmer ein Etagenbett und in Thores altem

Zimmer zwei Einzelbetten. So haben maximal sechs Personen in diesem Haus Platz, was es attraktiv für die Vermietung macht, wie Lara mir erklärt hatte. Das Bad ist ebenfalls in hellen Tönen gehalten. Thore wird zum Seebrückenfest mit seiner Familie kommen und hier übernachten. Darauf freue ich mich schon sehr. Denn so schaffen wir für dieses Haus neue Erinnerungen und das fühlt sich gut und richtig an. Vor allem, wenn meine Schwägerin am Ende das Haus dekorieren wird. Wie eine warme Decke, die über all die schlimmen Narben gelegt wird. Dadurch werden sie nie verschwunden sein, aber es wird erträglicher.

So gern würde ich es Fine zeigen, hören, was sie dazu sagt, ihren Ideen und Anmerkungen lauschen. Aber wenn ich sie jetzt hierherhole, nehme ich ihr den Raum, den ich ihr am Strand versprach. Es geht nicht.

Ich gehe wieder runter in die Küche, die als Nächstes ansteht. Auch hier reicht es nicht, die Fronten einfach aufzupeppen und neu zu streichen. Sie muss komplett ausgetauscht werden. Ich nehme mir einen weiteren Kaffee aus der Kanne, laufe dann mit meiner Tasse durch das Wohnzimmer nach draußen auf die Terrasse, setze mich auf die von der Sonne gewärmten Fliesen und lausche dem Konzert der Vögel ringsherum. Bald ist das Seebrückenfest – und das von Fine organisierte Lesefestival. Sogar Max wird lesen, eine von Fine geschriebene Geschichte. Sascha hat es mir gestern Abend erzählt, als ich ihn auf dem Boot besucht habe. Ich mag ihn, er ist direkt und ungekünstelt, dabei strahlt er eine gewisse Lässigkeit aus. Vielleicht könnte sich daraus eine Freundschaft entwickeln. Viel zu lange hatte ich keine Freunde mehr. Ich weiß schon gar nicht mehr, wie sich so was anfühlt. Aber etwas in mir möchte dieses Gefühl wieder kennen.

Ich schließe die Augen und versuche, mich auf die Geräusche der Natur zu konzentrieren - nicht denken, nur atmen.

Doch ich komme nur ein paar Atemzüge weit, denn das Klingeln meines Handys zerreißt die Ruhe. Es ist Sascha.

»Hey Mann, alles klar bei dir?«

»Nein, überhaupt nicht!« Seine Stimme klingt aufgeregt. »Kannst du bitte sofort in die Eisdiele kommen? Wir brauchen dringend deine Hilfe!«

»Ja, klar.« Sofort bin ich auf den Beinen, renne ins Haus, um den Autoschlüssel zu holen und die Balkontür zu schließen. »Was ist denn passiert?«

»Wir haben ein Problem mit der Elektrik. Bitte, beeil dich!«

Im Hintergrund kann ich mehrere Stimmen aufgeregt durcheinanderreden hören und Isa, die offenbar weint. Verflucht!

»Ich bin sofort da!«

Im Laufschritt haste ich zum Auto und rase los. Wenn der Strom in der Eisdiele ausfällt, ruiniert es Isas ganzes Geschäft. Und das ausgerechnet in der Hauptsaison. Nicht auszudenken, welcher Schaden dadurch entstehen könnte.

Viel zu schnell fahre ich in den Ort und hoffe, dass heute nirgendwo Blitzer aufgebaut sind. Ich parke in der Nähe der Eisdiele und spurte los.

Als ich im Laden ankomme, scheint dort das Chaos ausgebrochen zu sein. Isa sitzt weinend auf einem der Stühle, Fine kniet vor ihr und versucht, sie zu beruhigen.

»Wo ist Sascha?«, rufe ich und sehe mich suchend um.

Fine deutet nur hinter den Tresen.

Mit schnellen Schritten folge ich der Richtung, in die sie gezeigt hat. Eine Tür hinter dem Tresen führt in die Küche, von dort offenbar eine weitere in einen Kühlraum.

»Verfluchte Scheiße!«, höre ich Sascha und kurz darauf entdecke ich ihn vor einem Sicherungskasten.

»Was ist passiert?«

»Plötzlich war der Strom weg, ich weiß nicht, wieso!« Er klingt verzweifelt.

»Lass mich mal. Das kriegen wir sicher schnell wieder hin.«

Ich verschaffe mir rasch einen Überblick und entdecke ein paar durchgeschmorte Kabel.

»Okay, ich weiß, woran es liegt. Das kann ich schnell beheben, doch ich brauche ein paar Sachen aus dem Baumarkt.«

Ich gehe zurück in den Verkaufsraum, Sascha folgt mir.

»Isa, ich kann es reparieren. Aber es wird eine knappe Stunde dauern, bis alles wieder läuft.«

Sie nickt tapfer. »Bis dahin schaffen wir es.« Ihre Stimme klingt brüchig.

Fine streichelt ihr besänftigend die Hand.

»Ich beeil mich.«

Wie ein Verrückter renne ich zurück zum Auto, springe hinein und fahre los. Eine Viertelstunde brauche ich in jedem Fall bis zum Baumarkt.

Vierzig Minuten später bin ich wieder zurück und wechsle die Kabel aus und überprüfe alle Anschlüsse, bis ich sichergehen kann, dass es kein weiteres Unglück gibt. Dann schalte ich den Strom wieder ein und die Geräte springen an.

»Es funktioniert!« ruft Sascha aus dem Verkaufsraum.

»Gott sei Dank«, murmle ich und lehne mich erschöpft an die Wand. Das Schlimmste konnte wohl noch verhindert werden. Isa rennt überall herum und prüft den Schaden.

Schließlich kommt sie zu mir und umarmt mich fest. »Raik, ich weiß gar nicht, wie ich dir danken soll. Du hast meinen Laden gerettet.«

»Schön, dass ich helfen konnte.« Isa löst sich von mir und mein Blick fällt auf Fine, die etwas unsicher an der Theke steht. Ein winziges Lächeln bildet sich um ihren Mund herum, doch ihre Augen leuchten.

»Dann kann ich ja wieder rübergehen in die Kurverwaltung«, erklärt sie.

Isa geht zu ihr und drückt sie. »Danke, dass du da warst. Das hat mir wirklich geholfen.«

»Ist doch selbstverständlich.« Beide werfen einen kurzen Blick auf mich.

»Ich werde mich dann auch mal auf den Weg machen«, sage ich. Mit Fine hier zusammenzustehen, macht mich nervös.

»Oh nein, du bleibst hier und isst erst mal einen großen Eisbecher, den ich dir als Dankeschön servieren werde.« Isas Elan kehrt wieder in ihre Stimme zurück, was mich glücklich macht, ebenso wie Sascha, der ebenfalls erleichtert wirkt.

»Bis später.« Fine wirft mir einen unergründlichen Blick zu, bevor sie den Laden verlässt. Was meint sie damit? Verwirrt schaue ich Sascha an, der mir mit dem Kopf nickend ein Zeichen gibt, dass ich ihr folgen soll.

»Bin gleich wieder da«, rufe ich und folge Fine, die erstaunt stehen bleibt, als sie es bemerkt.

Verlegen stehen wir beide voreinander, beide nach Worten suchend.

Schließlich greift sie nach meiner Hand, drückt sie. »Lass uns jetzt nicht darüber sprechen, es ist kein guter Zeitpunkt.«

Ich nicke nur schweigend.

»Kommst du zum Seebrückenfest?«, fragt sie mich.

»Ja, das hatte ich vor.«

»Dann sehen wir uns dort und finden sicher auch eine Gelegenheit zu reden.«

»Das wäre schön.«

Sie stellt sich auf die Zehenspitzen, beugt sich vor und haucht mir einen Kuss auf die Wange. »Ich freue mich«, flüstert sie in mein Ohr, dann lässt sie mich los und läuft mit schnellen Schritten über die Straße zur Kurverwaltung.

Ich sehe ihr nach und kann meinen Blick nicht von ihr losreißen. Ihr Haar, zu einem Knoten gebunden, lässt ihren zarten Nacken erkennen, den ich schon so oft gestreichelt und geküsst habe. Das Wickelkleid mit dezentem Blütenmuster schwingt bei jedem ihrer Schritte leicht mit. Locker hüpft sie die Treppenstufen zum Eingang hinauf und in diesem Moment wünsche ich mir nur, dass sie sich noch einmal umdreht und zu mir schaut. Doch sie hält inne, zückt ihr Handy, ohne sich zu mir umzudrehen und tippt etwas, immer noch mit dem Rücken zu mir stehend.

Mein Handy vibriert in der Hosentasche und ein Schmunzeln bildet sich auf meinen Lippen.

Ich ziehe es hinaus und öffne eine WhatsApp von Fine.

> Ich kann deinen Blick in meinem Nacken spüren, Raik Jensen. Aber ich will dort mehr spüren als das. Komm zum Strandkorb. Dort wird sich alles klären. Nach der Probe um elf habe ich eine Stunde Zeit.

Mein Herz nimmt eine schnellere Melodie auf, als ich aufblicke und direkt in ihr Gesicht schaue, dessen Züge etwas Schelmisches angenommen haben. Ich kann es sogar von hier aus sehen. Sie zieht die Augenbrauen kokett hoch und wirft mir dann eine Kusshand zu.

Ich schaue wieder aufs Display und tippe schnell

Ich werde da sein.

Als ich wieder hochschaue, ist sie bereits in der Kurverwaltung verschwunden. Grinsend drehe ich mich um und gehe zurück in die Eisdiele.

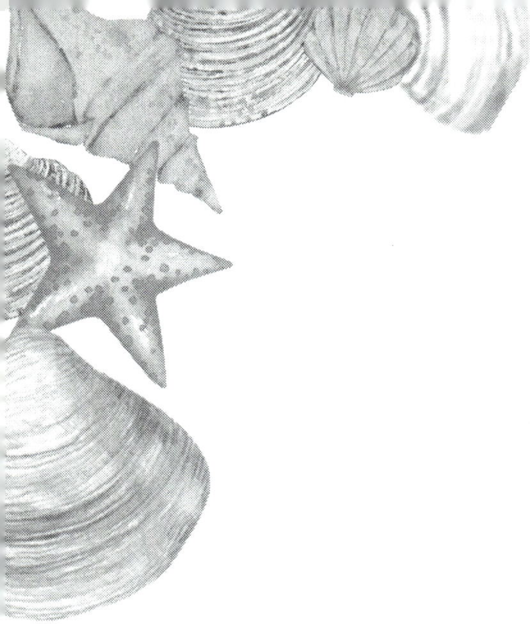

29

FINE

Das Wetter könnte nicht schöner sein an diesem wundervollen Tag. Auch von Malins und Pelles sonstigen morgendlichen Übellaunigkeiten ist nichts zu bemerken. Vielleicht liegt es an meiner strahlenden Laune oder an diesem unglaublich sommerlichen Morgen. Ich bin quasi aus dem Bett geschwebt und das Hochgefühl, das mich erfüllt, lässt mich lächeln. Heute ist Seebrückenfest und das von mir organisierte Lesefestival. Auf dem Tresen liegt das frisch gedruckte Taschenbuch mit meiner Geschichte … oder besser Max' Geschichte und noch einigen anderen von mir. Ich berühre den Einband, Stolz und Freude steigen in mir auf. Somit habe ich das Versprechen an Max eingelöst, meine Geschichte *Maximilians Reise zum magischen Leuchtturm* drucken zu lassen. Es wurde mehr als eine Geschichte. Ich habe mir Raiks Idee zu Herzen genommen und alle Kurzgeschichten zusammengesucht, die ich seit einigen Jahren geschrieben hatte. Märchen, Abenteuererzählungen für Kinder, die Mut machen sollen, auf die eigenen Stärken zu vertrauen.

Summend stelle ich den Wasserkessel auf den Herd, öffne das Fenster zum Garten, während ich darauf warte, dass das

Wasser für meine Tasse Kaffee kocht. Obwohl es noch früh am Morgen ist, haben die warmen Sonnenstrahlen den Tau auf Mutschs Rosen fast getrocknet. Die Wärme streichelt mein Gesicht und ich schließe die Augen, bis ich vom Pfeifen des Kessels aufschrecke. Wie jeden Morgen nehme ich mir die Zeit meinen Kaffee mit der Hand aufzubrühen. Ich liebe den samtigen Geruch des gemahlenen Kaffees und das Geräusch des kochenden Wassers, wenn ich es in den Filter gieße. Malin springt auf die Theke und schmiegt sich in meine Hand.

»Na, du Süßer. Gleich bekommst du dein Frühstück.« Als er zu schnurren beginnt, muss ich lachen. Pelle ist durch das Fenster zu seinem Spaziergang aufgebrochen, Malin lässt sich kurz von mir streicheln und tut es ihm anschließend gleich.

Ein tiefes Gefühl der Zufriedenheit steigt in mir auf. Wie dankbar ich sein kann, hier zu leben, an diesem Ort, an dem andere Menschen ihren Urlaub verbringen möchten. Ich nehme einen Schluck Kaffee und schließe genüsslich meine Augen. Barfuß trete ich vor die Tür und gehe die Rosensträucher ab. Jeden Moment in diesem Garten habe ich genossen und ich kann mich an alles erinnern. Hier bin ich aufgewachsen und hier möchte ich bleiben. Erstaunt stelle ich fest, dass er über die Jahre zu meinem Garten geworden ist, als wäre es das Selbstverständlichste von der Welt.

Wie oft hatte ich mich gefragt, was ich möchte, und konnte keine Antwort darauf finden. Hier in diesem Augenblick wird mir bewusst, dass ich alles habe, um erfüllt zu sein. Ich bin glücklich an diesem Ort und mit meinem Leben, das ich mir aufgebaut habe. In diesem Haus, dessen Wände ein wenig schief sind, den Fensterläden, deren Farbe an den Ecken abgesplittert ist, dem weißen Gartenzaun, den ich Jahr für Jahr mit Farbe streichen muss, was mich immer nervt, doch käme ich nie auf den Gedanken, etwas daran zu verändern. Ich war auf der Suche nach etwas Unerreichbarem, nicht Greifbarem, habe mir Gedanken gemacht, wie ich Hubertus glücklich machen kann.

Dachte, wenn ich mich nur genug anstrenge, werde auch ich glücklich sein.

Angezogen von der Sonne strecke ich ihr mein Gesicht entgegen, genieße die Wärme und die Sonnenstrahlen, die hinter meinen geschlossenen Lidern ein Kaleidoskop von Farben zaubern.

Wie schön es wäre, Raik jetzt zu sehen, bevor ich mich aufmache, um auf das Brückenfest zu gehen. Kurz überlege ich, ihn anzurufen und ihn zu fragen, ob wir uns an der Brücke treffen wollen. Dann fällt mir ein, dass sein Bruder Thore mit Frau und Kindern kommt und sie den Tag zusammen verbringen werden. Bis auf die Stunde, zu der wir uns verabredet haben, uns davonstehlen, von allen Verpflichtungen … diese Stunde, in der ich Raik sagen werde, dass ich ihn liebe. Mein Herz ist leicht, das Schwere ist einfach fort. *Das warst du, ganz allein du.* Raik. Ich denke seinen Namen und liebe das Gefühl, das die wenigen Buchstaben mit meinem Herzschlag anstellen können. Mein Handy vibriert, Isa hat geschrieben und ein Foto von einem lesenden Max geschickt.

> Was habe ich für einen klugen Sohn. Ich bin so stolz auf ihn. Er ist ganz verrückt nach deiner Geschichte. Wir gehen in einer Stunde los. Kommst du vorher vorbei, um uns abzuholen?

Ich schicke einen Daumen und ein Herz zurück. Max wird als Erster lesen, er ist sicherlich aufgeregt. Lampenfieber habe ich ebenfalls, was für ein aufregender Tag.

Ein Blick auf die Uhr sagt mir, dass ich langsam anfangen sollte, mich anzuziehen. Aus meinem Schrank ziehe ich ein bequemes grünes Sommerkleid mit kleinen gelben Blumen, das gut zu meiner Haarfarbe und meinen Augen passt. Nach einer ausgiebigen Dusche föhne ich meine Haare und bin in

Gedanken bei Raik. Wie er wohl reagieren wird? Er weiß nichts davon, dass Hubertus und ich uns getrennt haben. Nur Isa habe ich davon erzählt. Trotzdem kann ich es nicht glauben und ertappe mich dabei, dass ich Hubertus anrufen möchte, um ihm zu erzählen, was ich gerade mache. Mit den Tagen wird mir bewusst, dass ich ihn als guten Freund sehe, auch wenn es ihm nicht so gehen mag.

Ein Blick in den Spiegel zeigt eine Frau, die glücklich aussieht und Selbstbewusstsein ausstrahlt. Ich beschließe, meine Haare offen zu tragen, lege etwas Wimperntusche und Lipgloss auf. Dann nehme ich einen großen Rucksack und packe drei meiner Bücher hinein. Voller Vorfreude mache ich mich auf den Weg zum Eiscafé. Ich bin so gespannt, was Max zum Buch sagen wird.

Im und rund um den Kurpark drängen sich die Menschen zusammen. Ich beschließe, vom Rad zu steigen und die letzten hundert Meter bis zu *Isa's Eistraum* zu schieben. Das schöne Wetter lädt dazu ein, die Stände zu besuchen oder Eis zu essen, wie ich an der Schlange im Lokal feststellen kann. Sascha ist mit zwei Freunden beschäftigt, die Kunden zu bedienen. Besonders die weiblichen sind sehr angetan vom männlichen, attraktiven Personal und Isa verdreht die Augen in meine Richtung.

»Hallo, Fine, komm lass uns in die Wohnung gehen, Sascha und die Jungs kommen zurecht, oder?«

Zu meiner Überraschung küsst sie Sascha zum Abschied. Sie bemerkt meinen Blick und zwinkert mir zu. »Tja, ich nehme dich zum Vorbild und betrete unbekanntes Terrain«, witzelt sie, als wir uns an der Schlange vorbei nach draußen drängen.

»Mann, Isa. Das freut mich. Seid ihr offiziell zusammen?«

»Ja. Max hat es schon in der Schule verkündet. Er ist superhappy, einen so coolen Typen im Haus zu haben. Seine Worte!«

Ich lache. »Wow. Das muss ich erst verdauen.«

Max läuft auf uns zu und umarmt mich, als wir die Wohnung betreten.

»Ich habe etwas für dich«, flüstere ich geheimnisvoll und erziele die gewünschte Wirkung. Max und Isa folgen mir neugierig ins Wohnzimmer, in dem ich das Taschenbuch mit der Widmung für Max aus dem Rucksack ziehe und ihm und auch Isa ein Exemplar gebe.

»Ich habe mein Versprechen gehalten.« Gerührt beobachte ich Max, dem es die Stimme verschlagen hat und das Buch so vorsichtig aufschlägt, als handle es sich um den heiligen Gral.

»Und das ist meins?«

»Das ist deins. Mit deiner Geschichte darin.«

Seine Augen werden kugelrund und er streicht staunend über den Einband.

»Soll ich daraus vorlesen? Es ist so groß und schwer.«

»Nein, ich habe deine Geschichte ausgedruckt, dann hast du es einfacher.«

»Schau mal, Max. Fine hat dir das Buch gewidmet. Kannst du das lesen bei Fines Sauklaue? Warte, ich lese es dir vor: ›Für Max, dem größten Abenteurer und meinem besten Freund.‹«

»Fine! Danke.« Max legt das Buch weg und umarmt mich fest. »Ich habe dich lieb. Du bist die Beste.« Er nimmt sein Exemplar und geht in sein Zimmer.

»Also das ist nicht mehr zu toppen. Du setzt die Messlatte sehr hoch.«

Ich knuffe sie in die Seite. »Ich dachte, ich lasse es drucken. Warum auch nicht? Und da ist es.«

»Das ist Wahnsinn. Ich bin so stolz auf dich. Meine Freundin hat ein Buch geschrieben. Deine Mutter wäre so glücklich, sie war immer so begeistert von deinen Geschichten.« Isa drückt mich an sich. »Bist du glücklich? Und ganz wichtig: Wann triffst du dich mit Raik?«

»In einer Stunde. Vorher schaue ich beim Pavillon vorbei, ob der Ton steht und die Bestuhlung passt. Dann treffen wir uns am Strandkorb. Ich hoffe, dass nicht so viele Menschen um uns sind.« Heute ist mir nur nach Lächeln zumute.

»Das verläuft sich schon.«

Ich nicke. »Ich bin sehr nervös. Ich meine, ich glaube nicht, dass Raik damit rechnet, eine Liebeserklärung von mir zu bekommen.«

»Ich erkenne dich fast nicht wieder. So aufgedreht warst du schon lange nicht mehr. Dann geh, holde Maid, finde deinen Prinzen.« Sie drückt mich. Ich rufe einen Abschiedsgruß in Max' Zimmer und laufe die Treppen hinunter. Da ich Raik gleich sehen werde, kann ich es kaum mehr erwarten. Im Kurpark sind nach kurzer Zeit die Vorbereitungen zum Lesefestival abgeschlossen. In zwei Stunden kommen die Kinder und die Eltern, für sie sind die ersten Reihen reserviert. Lara steht vor dem Pavillon, sie sieht mich säuerlich an und schaut dann in eine andere Richtung. Mir scheint, dass Raik auch mit ihr ein Gespräch hatte. Das soll mir recht sein. Ein Mitarbeiter der Kurverwaltung zeigt mit seinen Daumen nach oben und ich winke zurück. Es passt. Es passt alles. Beschwingt gehe ich zum Strand, lasse mich von den Menschen mitziehen, deren Lachen mich fast zum Fliegen bringt. Auf der Brücke und drum herum sind so viele Menschen, dass ich schon befürchte, dass unser Strandkorb belagert ist, doch da muss ich mir keine Sorgen machen, wie Isa gemeint hatte, es verläuft sich.

Nach rechts und links schauend gehe ich zum Treffpunkt. Ich nehme mir Zeit, genieße die Schritte, die mich zu ihm bringen. Raik ist noch nicht da. Ich setze mich in den Sand und spähe zu den Menschen, doch ihn entdecke ich nicht. Es ist genau die verabredete Zeit. Er scheint sich zu verspäten und es beschleicht mich ein flaues Gefühl. Jede Minute sehe ich auf meine Uhr und auf mein Telefon. Keine Nachricht von Raik, keine Erklärung. Bitter wie Gift tröpfelt die Erkenntnis nach einer halben Stunde in mein Gehirn: *Er ist wieder weggelaufen.*

Menschen gehen am Strand entlang und werfen Blicke in meine Richtung. Sie fragen sich wahrscheinlich, was ich hier mache … allein und im Sand sitzend. Etwas Graues, Schweres, Eiskaltes nimmt von mir Besitz. Die Gewissheit, dass ich zum wiederholten Male so dumm war, ihm vertraut zu haben. Lachen steigt in mir auf, wahrscheinlich habe ich es nicht anders verdient. Jede Vorsicht habe ich aufgegeben, jede Warnung in den Wind geschlagen. Liebe! So sehr ich mich bemühe, kann ich nicht verhindern, dass Tränen über meine Wangen laufen. Fünfundvierzig Minuten sitze ich hier. Spätestens jetzt sollte auch ich verstanden haben, dass ich für Raik nicht mehr als ein kurzes Vergnügen bin.

Ich rapple mich auf, klopfe den Sand von meinem Kleid, richte mein Haar und gehe den Weg zurück zum Kurpark. Wenn ich könnte, würde ich den Strandkorb wegzaubern, auf alle Fälle werde ich zukünftig einen Bogen um ihn schlagen. Das Lesefestival beginnt in einer halben Stunde, das ist das Einzige, was zählt. Das Lachen der spielenden Kinder hört sich nicht mehr so hell und glücklich an wie zuvor, als hätte sich ein dicker Mantel über den Frohsinn gelegt.

Am Pavillon angekommen läuft Max auf mich zu und Isa steht hinter ihm. Ihre Augen sind fragend und sie runzelt die Stirn. Ich schüttle unmerklich den Kopf, was so viel bedeuten soll wie: *Jetzt nicht!* Doch sie kennt mich und weiß, dass es mir schlecht geht.

Eltern kommen auf mich zu, ich lächle mechanisch, finde für jeden ein paar Worte. Mein Körper hat die Gefühle ausgeschaltet. Ich bin in einem Modus, der mich glasklar denken lässt, und als der kleine, süße Abenteurer Max auf der Bühne vor dem Mikro sitzt, klopft mein Herz und mein Lächeln ist echt.

Es ist mehr als perfekt, auch wenn er sich verhaspelt und

einige Sekunden Pause macht. Er schaut mir ins Gesicht und ich mache einen Kussmund und schiele. Da grinst er und liest weiter. Als Maximilian sich auf den Weg zum Leuchtturm macht, sind alle ganz still. Das Publikum wirkt gefangen und ich erkenne, dass es die Geschichte und den Vorleser sehr gerne mag. *Wenn Raik das sehen könnte,* denke ich kurz und verbiete es mir dann. Als Max seine Geschichte beendet hat, brandet Beifall auf. Er hüpft zu Isa und wird dann von einer Gruppe älterer Jungs aufgehalten, von denen einer Max etwas ins Ohr flüstert. Dieser nickt und läuft zu seiner Mutter. Ein Mädchen, Luisa aus der dritten Klasse, ist an der Reihe und die nächsten zwei Stunden bin ich so damit beschäftigt, die Kinder zu beruhigen und mich um den Ablauf zu kümmern.

Isa verabschiedet sich mit einer Umarmung von mir, sie muss ins Café, um nach dem Rechten zu sehen.

»Ich bringe ihn um«, flüstert sie mir ins Ohr und ich gebe keine Antwort darauf. Ich frage mich nur immer wieder, weshalb ich es nicht schon früher habe kommen sehen.

30

RAIK

Am Tag des Seebrückenfestes bin ich von einer fiebrigen Unruhe gepackt. Die Tage bis dorthin habe ich mit Fragen verbracht, auf die ich erst heute eine Antwort erhalten werde. Thore genießt es, mich so zu erleben, und lässt keine Gelegenheit aus, um mich damit aufzuziehen, bis Silke ihn ermahnt, dass er es nun weit genug getrieben hätte. Noch eine Stunde, bis ich Fine sehe. Im Haus herrscht Chaos, seit die Kinder es betreten haben.

»Raik, bist du uns böse, wenn wir schon vorfahren?«, fragt mich meine Schwägerin. »Die Kinder sind kaum zu bändigen, sie brauchen dringend Auslauf.« Sie verdreht die Augen, als die beiden mit Gebrüll um uns herumhüpfen und dann wieder verschwinden.

»Nein, fahrt ruhig vor, ich komme gleich nach. Ich springe nur noch schnell unter die Dusche.«

Wenige Minuten später ist das Haus wieder ungewohnt still und ich mache mich fertig für das Treffen. Als ich aus der Dusche komme, sehe ich, dass mehrere Anrufe von der gleichen Nummer eingegangen sind. Ich erkenne sie sofort, es ist die

Nummer meines Anwaltes. Mein Herz hämmert gegen meine Brust, als ich sie wähle. Ohne Begrüßung kommt er zum Punkt.

»Herr Jensen, ich haben gute Neuigkeiten. Soeben haben ich erfahren, dass Herr Dittgersen aufgewacht ist.« Meine Hand beginnt zu zittern.

»Ich komme sofort«, ist alles, was ich entgegnen kann, dann lege ich auf und lehne mich gegen die Wand, um zu Atem zu kommen. Womöglich werde ich nun endlich entlastet ...

Hastig ziehe ich mir Jeans, Shirt und Hemd über, schlüpfe in Socken und Boots, greife mir meinen Autoschlüssel und eile zum Auto. Auf dem Weg dorthin tippe ich schnell eine Nachricht für Fine, in der steht, dass mein Kollege aus dem Koma erwacht ist und ich sofort ins Krankenhaus fahre - und schicke sie ab.

Während der Autofahrt ins Krankenhaus befinde ich mich wie in einem Tunnel, nehme um mich herum nichts mehr wahr, sehe nur die Straße vor mir und denke immer wieder den gleichen Satz. Gleich bin ich frei ...

Auf dem Flur vor der Intensivstation haben sich bereits einige Leute versammelt. Die Familie meines Kollegen, mein Chef, mein Anwalt und ermittelnde Beamte. Es ist ein heilloses Durcheinander. Ein Arzt bittet uns, in der Cafeteria zu warten, nur die Beamten dürfen zu Ralf. Ich möchte gerne mit seiner Frau sprechen, ihr noch einmal sagen, dass ich nicht verantwortlich bin für das, was passiert ist, doch sie wird vom Anwalt der Familie abgeschirmt.

Eine halbe Stunde später kommen die Beamten in die Cafeteria, ihre Gesichtszüge wirken entspannt.

»Herr Jensen, wir haben gute Nachrichten für Sie. Herr Dittgersen hat Sie mit seiner Aussage komplett entlastet. Sie können also davon ausgehen, dass die Ermittlungen gegen Sie nach Prüfung der Angaben von Herrn Dittgersen eingestellt werden.«

Ich höre, wie mein Chef laut ausatmet, er ist sichtlich

erleichtert. Wobei das Ganze für ihn noch nicht erledigt ist, denn nun kann endlich gegen den tatsächlichen Täter ermittelt werden. Mein Anwalt klopft mir auf die Schulter.

»Fahren Sie nach Hause und ruhen Sie sich aus. Ich kläre alles Weitere für Sie und gebe Ihnen Bescheid, wann Sie Ihre Arbeit wieder aufnehmen können.«

Ich kann nicht sprechen, die Erleichterung überflutet mich, Tränen rinnen mir über die Wangen. Es ist vorbei, es ist endlich vorbei!

»Ich muss nach Hause, ich muss zu meiner Familie.« Thore und Silke und natürlich Fine. Ich will zu ihnen und mit ihnen feiern, dass dieser Mist endlich vorüber ist.

Ein Blick auf die Uhr sagt mir, dass ich Max' Auftritt bereits verpasst habe, aber wenn ich mich beeile, bin ich in weniger als einer Stunde zurück.

Im Laufschritt haste ich zu meinem Auto, doch erst als ich sitze, bemerke ich, dass ich mein Handy auf Flugmodus gestellt habe, um nicht abgelenkt zu werden. Ich gehe online und eine Flut von Anrufen und Nachrichten erreicht mich von Thore, Fine und Sascha. Völlig irritiert rufe ich Thore an.

Als er das Gespräch annimmt, schlägt mir seine Stimme entgegen.

»Wo zum Teufel bist du? Wir haben alle versucht, dich zu erreichen! Ist Max bei dir?«

»Was? Wieso? Nein, ist er nicht. Ich bin in Lübeck beim Krankenhaus. Aber das weiß Fine doch, ich habe ihr noch eine Nachricht geschickt, bevor ich losgefahren bin.«

»Fine hat keine Nachricht von dir bekommen, keiner von uns!«

»Aber das kann nicht sein, ich verstehe das nicht.« Ich stelle Thore auf Lautsprecher und gehe in den Chat. Und da sehe ich es. Ich habe die Nachricht versehentlich an den Typen geschickt, der mir ein Angebot für das Dach machen soll. Verdammter Mist!

»Thore, sorry, ich hab die Nachricht in der Hektik an die falsche Adresse geschickt.«

»Du Idiot!« Thore ist völlig außer sich, aber ich verstehe immer noch nicht, warum alle so aufgeregt sind.

»Willst du mir endlich mal sagen, was überhaupt passiert ist?«

»Max ist verschwunden.«

Thores Worte hallen in meinen Kopf, wollen aber keinen Sinn ergeben.

»Was meinst du mit ›Max ist verschwunden‹?«, frage ich nach Atem ringend, während ich mich hastig anschnalle.

»Er ist weg, nirgendwo auffindbar! Wir haben hier schon alles abgesucht, aber er ist wie vom Erdboden verschluckt. Deswegen dachten wir, er hat dich womöglich getroffen und du hast ihn irgendwo mit hingenommen!« Thores Worte überschlagen sich, so schnell spricht er.

»Ich habe keine Ahnung, wo er sein könnte. Ich komme sofort.« Den letzten Satz habe ich heute schon einmal ausgesprochen, als man mich telefonisch überraschte. Doch beim ersten Mal war es eine gute Nachricht. Diese jedoch lässt meinen Puls ungesund beschleunigen und stellt meine Härchen auf. Ich habe Max als sehr besonnenes Kind erlebt. Einfach zu verschwinden, passt überhaupt nicht zu ihm. Irgendetwas muss vorgefallen sein.

Wie ein Verrückter fahre ich zurück nach Boltenhagen. Fine hat meine Nachricht nicht bekommen und ich will nicht darüber nachdenken, was dies in ihr ausgelöst haben mag. Schon einmal bin ich verschwunden und habe sie zurückgelassen. Ich bete, dass sie es diesmal nicht falsch interpretiert.

Schweißnass erreiche ich Boltenhagen und habe Schwierigkeiten, einen Parkplatz zu finden. Doch schließlich gelingt es mir und ich jogge los. Instinktiv führt mich mein Weg zur Eisdiele, in der ich Isa, Sascha, Fine und meinen Bruder mit zwei Polizisten sprechen sehe. Alle wirken völlig durch den Wind.

»Raik, gut, dass du da bist.« Thore wirkt erleichtert, doch Fine keineswegs. Mit vor der Brust verschränkten Armen steht sie da und sieht mich wütend an. Ihre Augen sind rot, offenbar hat sie geweint. Ihre Lippen sind zu einer schmalen Linie zusammengepresst. Weiß sie denn nicht, dass ich vorhatte zu kommen und was mich abgehalten hat? Konnte Thore ihr das noch nicht sagen?

Auch Isa und Sascha wenden sich mir zu, Isa sieht furchtbar aus - sie hat Angst.

»Ist irgendetwas Ungewöhnliches passiert, das ihn dazu veranlasst haben könnte wegzulaufen?«, frage ich.

»Nein, Max ist ein lieber Junge, er würde so etwas nie tun!«, schnieft Isa.

Sascha legt liebevoll den Arm um ihre Schultern und zieht sie an sich.

»Vielleicht ist es auch nichts Schlimmes, vielleicht … will er nur ein Abenteuer erleben? Ihr habt mir alle selbst erzählt, wie versessen er auf Abenteuer ist«, überlege ich.

»Die Geschichte …« Fines Worte sind nur ein raues Flüstern.

»Welche Geschichte?« Ich trete vor sie und schaue sie forschend an. Sie löst ihre Arme, schlägt eine Hand vor den Mund. »Oh nein …«

Ich lege behutsam meine Hände auf ihre Oberarme, um ihr Halt zu geben. Alle Farbe weicht aus ihrem Gesicht.

»Ich habe doch eine Geschichte für ihn geschrieben. *Maximilians Reise zum magischen Leuchtturm.*« Sie sieht mich an, als würde das alles erklären, aber ich weiß nicht, worauf sie hinauswill.

»Die Widmung. *Für Max, den größten Abenteurer*«, presst Isa hervor.

»Ihr denkt doch nicht etwa, er will dieses Abenteuer jetzt selbst erleben. Er würde auf dem offenen Meer mit einem Boot …« Sascha spricht den Satz nicht weiter.

»Los, wir fahren sofort zur Wiek!«, bestimme ich. Max war mit uns draußen, ist mit uns zum Leuchtturm nach Poel gesegelt. Wenn er das jetzt allein probiert, ist er in höchster Gefahr.

»Ich bleibe mit Isa hier, falls Max hier doch wieder auftauchen sollte«, sagt Thore.

»Wir nehmen mein Auto, das steht gleich um die Ecke.« Sascha läuft vor, Fine und ich folgen ihm.

Mit dem Auto ist es nicht weit bis zur Wiek.

»Hoffentlich hat er keinen Blödsinn angestellt.« Nervös trommelt Sascha aufs Lenkrad, während er die Straße zur Bucht nimmt. »Der alte Fiete war letztens auf seinem Boot und hat ihm angeboten, dass Max damit mal segeln darf, wenn er seinen Segelschein hat.«

Mir wird mulmig, wenn ich daran denke, dass Jungs in Max' Alter sich schnell mal überschätzen.

Fine sitzt schweigend auf dem Rücksitz und knetet ihre Hände.

Ich drehe mich zu ihr um. »Fine, meine Nachricht, die hab ich aus Versehen an die falsche Adresse geschickt. Ich wollte kommen, dass musst du mir glauben.«

»Das interessiert mich gerade nicht«, antwortet sie knapp. Ihre harschen Worte treffen mich. Ich wende mich wieder nach vorn. Nur noch wenige Meter, dann haben wir den kleinen Jachthafen erreicht.

Sascha parkt und wir springen aus dem Auto, hetzten im Laufschritt zum Anleger. Saschas Boot ist noch da, doch Fietes Boot daneben nicht …

»Scheiße!«, zischt Sascha neben mir. »Fine, verständige die Wasserwacht. Ich fahre mit Raik raus und suche Max.«

In wenigen Minuten haben wir das Boot startklar gemacht und verlassen den Hafen.

Ich blicke noch einmal zurück zu Fine, die auf dem Bootssteg steht und uns nachsieht. In ihren Augen erkenne ich Angst und Verzweiflung. Ich will ihr zurufen, dass alles gut wird, doch das kann ich nicht. So stehe ich nur an der Reling und blicke sie an, bis es Zeit wird, mit anzupacken.

Fietes Boot ist schon von Weitem erkennbar und ebenfalls Max, der mit dem Segel zu kämpfen scheint. Erleichterung durchflutet mich, als ich ihn sehe. Er lebt und ist unversehrt! Auch Sascha steht die Erleichterung ins Gesicht geschrieben.

»Okay, ich geh rüber aufs Boot und helfe ihm. Du sagst der Wasserwacht Bescheid, dass alles in Ordnung ist.«

Ich streife mir die Klamotten bis auf die Unterhose ab und springe dann ins Wasser, um zu Max zu schwimmen.

Mit einiger Anstrengung gelange ich schließlich auf das Boot, auf dem Max mich mit Tränen begrüßt.

»Es tut mir so leid, ich wollte doch nur endlich auch der Abenteurer sein, den Fine in der Geschichte aus mir gemacht hat.«

»Schon klar, aber jetzt schauen wir, dass wir dich Abenteurer wieder nach Hause bringen, einverstanden?«

Max nickt nur und ich will mich gerade ans Werk machen, da erwischt eine Böe das Segel.

Ich höre noch, wie Sascha »Achtung, hinter dir!«, brüllt, doch es ist zu spät.

Etwas Hartes trifft mich am Kopf und ich falle über die Reling, wo mich Schwärze empfängt …

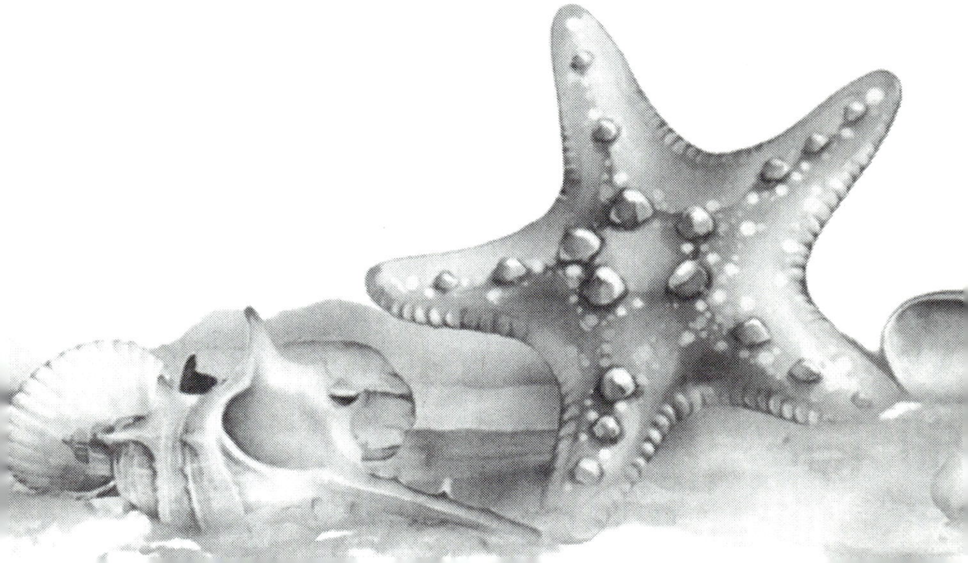

31

FINE

Mit zitternden Händen tippe ich die Nummer der Wasserwacht ein und informiere sie über die Situation. Sorge und Angst um Max bringen mich schier um den Verstand. Wie konnte ich Max mit meiner Geschichte nur auf so eine Idee bringen? Ich schlage die Hände vor mein Gesicht, Verzweiflung liegt wie ein Mühlstein um meinen Hals. Stolpernd gehe ich ein paar Schritte zur Anlegestelle, Raik steht im Boot und sieht zu mir. Seine Augen verankern sich in meinen. Er hebt seine Hand und legt sie auf sein Herz. Sein Anblick tröstet mich, er gibt mir das Gefühl, dass alles gut wird. Er nickt mir zu, ein Versprechen. *Bring ihn zu uns zurück.*

Mein Telefon vibriert, eine Nachricht von Isa. Sofort rufe ich sie an: »Er ist mit Fietes Boot rausgefahren. Sascha und Raik sind auf dem Weg. Sie holen ihn zurück, Isa. Alles wird gut.« Meine Stimme kippt, es kann noch so viel geschehen.

»Ich bin unterwegs.« Bevor ich noch etwas sagen kann, hat Isa das Gespräch beendet. Sascha und Raik haben abgelegt, ich sehe dem Segelboot nach, bis es nach dem Jachthafen zwischen den Inseln verschwindet. Das Meer ist an der Wiek tief und zwischen den Inseln kann es zu starken Böen kommen. *Bitte,*

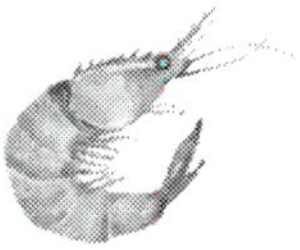

lieber Gott ... Menschen sammeln sich am Pier. Ich erkenne die Gesichter, die mitleidigen Blicke, nicke und schüttle den Kopf, fühle, dass mein Gesicht nass ist von meinen Tränen. Zwei andere Boote fahren hinaus, jemand drückt mir einen Becher heißen Kaffee in die Hand. Inmitten der vielen Menschen fühle ich mich allein. Was in mir tobt, kann ich mit niemandem teilen.

»Fine! Fine!« Ich drehe mich um, Isa rennt auf mich zu und wir umarmen uns. Der Becher Kaffee fällt aus meiner Hand, was mir gleichgültig ist.

»Es tut mir so leid, Isa. Es ist meine Schuld. Sie werden Max finden und zurückbringen.«

Wir fassen uns an den Händen, stehen so nah zusammen, dass wir unsere Körper spüren. *Alles wird gut.* Ich denke es und wünsche es mir mit aller Kraft, die ich habe.

»Gott, ich werde ihm so eine Strafe verpassen, die sich gewaschen hat.« Isa grinst schief, schnieft und wischt sich mit dem Handrücken über das Gesicht.

»Da legst du bitte von mir noch extra eine Strafe drauf. Aber so wie ich unseren Max kenne, wird er stolz auf einige Tage Hausarrest sein.«

Isa lacht und nickt heftig. Mit Kraft umklammert sie meine Hand, das Warten zehrt an unseren Nerven. Mein Herz liegt wie ein Stein in meiner Brust. Ich muss mir Mühe geben, tief einatmen zu können.

»Was soll ich nur tun, wenn er nicht mehr zurückkommt? Wenn er ins Wasser gefallen ist. Wenn Sascha das Boot findet, doch ohne Max?« Ihre Stimme bricht.

»Das darfst du dir nicht vorstellen. Das wird nicht passieren. Max kann schwimmen, er ist nicht dumm. Es wird alles gutgehen.« Meine Hände umklammern ihre Schultern, Isas Gesicht ist blass vor Angst, ihre großen Augen sind aufgerissen.

»Du brauchst etwas zu trinken.« Meine Freundin sieht aus, als würde sie in jeder Sekunde in Ohnmacht fallen. »Kann jemand ein Glas Wasser bringen?«

Ich lasse mich mit Isa auf den Boden sinken, hilfreiche Hände reichen Isa eine Flasche Wasser, die sie an die Lippen setzt und in einem Zug austrinkt.

»Es geht schon wieder, danke. Mir war plötzlich so übel.«

Sie rappelt sich auf, die Menschen werden unruhig, gehen an uns vorbei zur Anlegestelle.

»Sie kommen zurück!« In Isas Stimme klingt Hoffnung.

Ich springe auf, Isa und ich drängen uns durch die Menschen.

»Es ist Saschas Boot, sie haben ihn gefunden!« Erleichterung flutet mich mit Wärme. Isa schlägt ihre Hände vor ihr Gesicht und weint hemmungslos.

Sascha steht hochaufgerichtet auf den Boot, winkt und brüllt etwas, neben ihm sitzt jemand eingewickelt in eine Decke.

»Ich sehe Max, Isa. Gott sei Dank.«

»Ruft den Krankenwagen! Schnell.« Ich verstehe Saschas Worte und sehe, wie die Umstehenden das Telefon zücken und eine Nummer wählen. Ich spähe nach vorn, je näher das Boot kommt, desto mehr fällt mir auf, dass etwas nicht stimmt. Wo ist Raik? Warum kann ich ihn nicht sehen? Max wirft die Decke von seinen Schultern und springt auf den Pier, stolpert in die Arme seiner Mutter.

»Es ist Raik. Er braucht einen Arzt, er hat mich gerettet. Aber ich glaub, er ist tot.« Max' Stimme bricht und ich kann nur sehen, wie Sascha einen leblosen Körper vom Boot zerrt und auf das Pier legt. »Ist ein Arzt hier? Verdammt, Leute! Helft ihm!«

Jemand drängt sich an mir vorbei und lässt sich vor dem nassen Bündel auf den Boden fallen. Ein Ruck geht durch mich hindurch. Ohne dass ich es möchte, finden meine Beine den Weg zu dem Menschen, der auf dem Boden liegt. Seine Haare liegen nass um seinen Kopf, sein Gesicht ist weiß, die Lippen blau. Ich gehe vor ihm auf die Knie, nehme seinen Kopf in meine Hände und ziehe ihn nach oben.

»Wissen Sie, was Sie da tun?« Der Mann drückt rhythmisch auf Raiks Brust. Ich nicke. »Dann beatmen Sie ihn, wenn ich mit der Massage aufhöre. Wir wechseln uns ab.«

Ich nicke und zärtlich drücke ich meine Lippen auf Raiks und lasse Sauerstoff in seine Lungen strömen. *Verlass mich nicht, bitte verlass mich nicht.*

»Beatmen!«

Wir wechseln uns ab, der blonde Mann und ich, es gibt nichts Wichtigeres, als Raik nicht sterben zu lassen. Meine Umgebung löst sich auf, wird zu diffusem Nebel, austauschbar und nicht relevant. Wie aus weiter Ferne höre ich Sirenen heulen. *Wie sehr ich dich liebe, Raik Jensen. Wie sehr ich dich will. Du wirst nicht sterben, denn ich lasse es nicht zu.*

»Machen Sie den Weg frei!«

Jemand stößt mich zur Seite, nimmt meinen Platz ein. Geräte werden ausgepackt, die Rettungssanitäter und der Arzt arbeiten zusammen, jeder Handgriff sitzt. Plötzlich hustet Raik und spuckt Wasser aus. Mit Mühe komme ich auf die Beine und gehe einen Schritt zur Seite, damit die Sanitäter Raik abtransportieren können. Voller Angst laufe ich hinter ihnen her.

»Wo bringen Sie ihn hin?«

»Nach Grevesmühlen. Sind Sie seine Frau?«

Ich schüttle den Kopf.

»Kommen Sie mit dem Auto nach.« Der Arzt lächelt mich an. »Nicht den Mut verlieren.«

»Fine! Komm her.« Isa winkt mir zu.

Max sitzt auf einem Stuhl vor dem zweiten Rettungswagen und lässt die Untersuchung mit stoischem Gesichtsausdruck über sich ergehen. Max hält den Blick gesenkt, er ist in eine Wolldecke eingewickelt, sein Gesicht ist tränennass.

»Geht es dir gut, Max? Ich möchte gleich los und ins Krankenhaus fahren. Was ist denn mit Raik passiert, Max?«

Die Frage war wohl schon zu viel, denn er fängt an zu

schluchzen. Isa streichelt ihn, schüttelt den Kopf und steht auf. »Max, ich begleite Fine zum Auto, ist das okay?«

Der Kleine nickt und sieht mich kurz an.

»Es tut mir leid.«

»Ich weiß. Ich bin froh, dass du heil wieder zurück bist. Ich hab dich lieb.«

»Ich hab dich auch lieb, Fine.«

Isa drückt mir ihren Autoschlüssel in die Hand. »Nimm den. Ich fahre mit Max mit den Sanitätern mit. Er wird noch genauer im Krankenhaus untersucht.«

»Wo ist Sascha?«

»Irgendwo unterwegs mit der Polizei, das Boot soll geborgen werden. Fine, Raik hat Max gerettet. Er ist zum Boot geschwommen, der Wind machte Probleme und Max hatte die Kontrolle verloren. Das Boot war kurz vor dem Kentern.« Isas Stimme stockt, sie schluckt ihre Gefühle hinunter. »Raik ist auf das Boot, dann hat ihn wohl der Segelbaum erwischt und ins Wasser geschleudert. Max ist auch über Bord gegangen, doch er war klug genug, eine Weste zu tragen.«

»Oh Gott.« Meine Schritte werden länger, ich muss zu Raik.

»Kannst du überhaupt fahren?«

»Bitte, Isa, ich kann fahren. Ich möchte einfach nur ins Krankenhaus und sehen, wie es Raik geht. Ich muss ihm sagen, dass ich ihn liebe. Er muss das unbedingt wissen.«

Isa umarmt mich und hält die Autotür auf.

»Das weiß er auf jeden Fall, Fine.«

Im Krankenhaus laufe ich zur Notaufnahme, wo ich Thore treffe, der voller Sorge ist. Raik liegt auf der Intensivstation und ich kann durchsetzen, dass ich ihn sehen darf. Ein Arzt erklärt seinem Bruder und mir, dass Raik selbstständig atmet, doch einige Zeit ohne Sauerstoff war. Man muss abwarten und beobachten. Langsam gehe ich auf sein Bett zu. Seine Haare sind getrocknet und stehen wirr nach allen Seiten ab, um seinen Mund liegt ein dunkler Bartschatten, seine Nase ist an einer Stelle abgeschürft und über der linken Schläfe sitzt ein Verband, wo ihn der Segelbaum getroffen und aus dem Boot geschleudert hat.

»Setzen Sie sich an sein Bett. Das ist gut.« Eine zierliche Krankenschwester geht um Raiks Bett und überprüft den Monitor. »Sie können auch seine Hand halten.« Zögerlich ziehe ich einen Stuhl heran, setze mich darauf und lege meine Hand auf Raiks. Die Krankenschwester lächelt mich an und geht aus dem Zimmer. Thore streichelt seinem Bruder über die Haare. »Was für ein Idiot.« Er wendet sich an mich. »Er kann nichts dafür, dass er nicht am Treffpunkt war. Das war sein erster Gedanke. Ich glaube, es hat ihn ernsthaft erwischt.«

»Ja. Aber wir wissen, wie Raik ist. Ein unsteter Geist. Die Welt ruft nach ihm. So war es schon immer.«

»Da täuschst du dich. Hör zu, es geht mich nichts an, doch ich habe die letzten Wochen viel Zeit mit ihm verbracht. Er ruht in sich und er weiß, was er will.«

»Was will er?«

»Er will dich. Er will ein Leben mit dir. Das möchtest du doch auch, oder? Ein Leben mit ihm?«

»Ja«, meine Stimme versagt kurz und ich atme tief ein, um mich zu fangen, »ich wünsche mir nichts mehr. Ihn so zu sehen …«

»Es ist alles gut gegangen. Raik hatte ein Riesenglück. saMeine Frau und die Kinder warten unten auf mich, es durften ja nicht alle zu ihm. Ich bringe sie nach Hause und dann komme ich zurück.«

Er umarmt mich etwas unbeholfen, doch voller Gefühl. Thore ist ein netter Kerl, ich mochte ihn schon damals in der Schule.

Dann bin ich mit Raik allein, das Piepsen des Monitors wirkt beruhigend auf mich.

»Raik«, flüstere ich. »Es tut mir leid, dass ich dachte, du wärst wieder fortgegangen. Wie damals.« Zitternd beuge ich mich über seine Hand, sie riecht nach Desinfektionsmittel und ein wenig nach Raik, Meer und Sand. Mir wird klar, dass ich ihn ebenso verletzt haben muss, wie er mich. Obwohl er mir seine Liebe gestanden hat, wollte er mich in ein gesichertes Leben gehen lassen, das er mir so nicht bieten kann. Mein Herz schäumt über. »Ich liebe dich auch, Raik. Von ganzem Herzen.«

»Du hast aber lange für diesen Satz gebraucht. Verdammt. Wo bin ich?«

»Gott, Raik! Bin ich froh.« Ohne zu überlegen, springe ich auf und umarme ihn. »Du bist im Krankenhaus und hast uns allen einen riesigen Schrecken eingejagt.«

Er überlegt kurz, möchte sich aufsetzen. »Warte, ich sag Bescheid, dass du aufgewacht bist.«

»Wie geht es Max?« Raiks Stimme klingt besorgt.

»Alles ist in Ordnung. Es geht im gut. Du hast ihn gerettet.«

»Na, nicht wirklich. Ich bin aus dem Boot gefallen.«

»Du hast es erst vor dem Kentern bewahrt. Max ist auch vom Boot gefallen, aber er trug eine Weste. Sascha hat erst Max aus dem Wasser geholt und dann dich. Doch es hat eine Zeit gedauert und ich dachte, du würdest es nicht schaffen.« Meine Stimme bricht und ich kämpfe gegen die Tränen an. Was, wenn ich ihn verloren hätte?

Die Krankenschwester kommt ins Zimmer, der nette Arzt von vorher ist bei ihr. Er untersucht Raik und ist sichtlich erfreut.

»Herr Jensen, Sie können auf alle Fälle auf die Normalstation, heute Nacht behalten wir Sie noch hier und wenn Sie brav sind, kann Ihre Verlobte Sie morgen mit nach Hause nehmen.«

Raik schmunzelt, er nimmt meine Hand und sieht mich an. Ich zucke mit den Schultern, was so viel bedeutet wie: *Was hätte ich sonst sagen sollen?*

Sobald die Untersuchungen beendet sind, nimmt Raik meine Hand und zieht mich näher an sich heran. »Es tut mir leid, dass ich nicht am Strandkorb war. Ich werde dir alles genau erzählen, doch nur so viel. Ich bin entlastet. Ich habe meinen alten Job wieder, wenn ich mag.«

»Das sind wunderbare Neuigkeiten. Ich freue mich so sehr für dich. Wie fühlst du dich damit? Bist du glücklich, wenn du daran denkst, Boltenhagen wieder zu verlassen?«

Raik lässt sich zurück in die Kissen sinken. Er sieht müde aus. »Es tut mir leid, Raik, ich rede und rede und du musst dich ausruhen. Ich sollte besser gehen.«

»Nein, warte, geh noch nicht. Ich muss dich unbedingt etwas fragen.«

»Ja?« Bei seinem Blick klopft mein Herz schneller und die Schmetterlinge in meinem Bauch sind wieder zurück und tanzen.

»Was ist mit Hubertus?«

»Wir haben uns getrennt. Hubertus hat die Verlobung aufgelöst. Auch ohne dich war das die beste Entscheidung. Ich hätte ihm spätestens jetzt sagen müssen, dass Kinder für mich nicht infrage kommen.«

»Dann bist du also solo, Frau Petersen? Und ich kann auf Freiersfüßen wandeln?«

Ich lache und lege meine Hand auf seine Wange. »Vielleicht hast du dir den Kopf doch zu stark gestoßen?«

»Nein, Fine. Das ist das Einzige, was für mich zählt. Du bist das Einzige, was für mich zählt. Schon damals, Fine, und auch, als ich wegging. Du warst jeden Tag bei mir, ich habe das sehr früh erkannt. Doch ich wusste nicht, was ich tun soll.«

Du hättest zurückkommen können, du hättest anrufen können, du hättest ... Ich schweige, denn ich bin sicher, dass alles, was wir erlebt haben, uns auf den Weg führte, der uns zusammengebracht hat.

»Das spielt keine Rolle mehr.«

»Fine Petersen, eins musst du mir versprechen.«

»Gut.«

»Lass uns diesen verdammten Strandkorb kaufen und in deinen Garten stellen, da ist ein Platz hinter den roten Rosen. Lass uns nie aufhören zu flüstern, und ich möchte dich immer im Strandkorb küssen können.«

Darauf muss ich nichts antworten, denn nach diesem Satz schläft Raik vor Erschöpfung ein. Ich bleibe noch eine Weile an seinem Bett sitzen und treffe mich später mit Isa in der Cafeteria. Max ist dabei, er darf nach Hause. Uns allen steckt der Schrecken in den Gliedern und als ich daheim die Tür aufsperre, suche ich den Garten nach einem Platz für den Strandkorb ab. Ja, er würde auf alle Fälle passen. Ein warmes Gefühl durchströmt mich. Es hört sich wundervoll an dieses ›uns‹. Während ich die Kater begrüße, leuchtet die abendliche Sonne orange und ich gehe in den Garten.

Wie noch nie in meinem Leben fühle ich mich erfüllt, voll von Liebe und Verständnis. Ich weiß nicht genau, wie es mit Raik und mir weitergehen wird, doch wir werden zusammen sein. Im Licht des Sonnenuntergangs, inmitten des Blütenmeeres weiß ich, dass jetzt und hier alles möglich ist … und ich werde ausnahmslos alles genießen.

Ende

facettenreich

Caro & Alex

FACETTENREICH

Facettenreich – das sind Carola Leipert und Alexandra Mazar. Gemeinsam haben wir uns dem schönsten und zugleich schwierigsten Gefühl der Welt verschrieben – der Liebe.
Was liegt da näher, als gemeinsam Romane zu schreiben, in welchen dieses Thema an traumhaften Orten voller Romantik mit Spannung zu Geschichten gewoben wird. Natürlich in gewohnt facettenreicher Manier – mit einer Prise Humor, Abenteuer und Dramatik.

Bisher erschienen:

Die Flüsterherz-Reihe:
Schneeflockengeflüster
Strandkorbgeflüster

weitere Bände sind in Vorbereitung

Schneeflocken
GEFLÜSTER
CAROLA LEIPERT
ALEXANDRA MAZAR

SCHNEEFLOCKENGEFLÜSTER

KLAPPENTEXT

Clara steht am Ende ihres Architekturstudiums, doch Freude darüber will sich bei ihr nicht einstellen, zu groß ist die Sorge um die Rückzahlung ihres Bafögs. Wie gut, dass Freundin Julia ihre Hilfe auf dem Regensburger Christkindlmarkt im fürstlichen Schloss benötigt.

Doch dann geht alles schief, als sie versehentlich den teuren Mantel eines Kunden ruiniert.

Ein Zusatzjob muss her. Die Annonce für die Betreuung einer alten Dame scheint die Rettung.

Unglücklicherweise stellt sich heraus, dass diese ausgerechnet die Patentante des ominösen Fremden vom Weihnachtsmarkt ist.

Der, wenn auch unausstehlich, eine starke Anziehung auf sie ausübt und auch Clara scheint ihm nicht gleichgültig zu sein.

Während die beiden sich näherkommen, stellt sich für Clara immer mehr die Frage: Ist es am Ende nur ein Spiel für ihn?

Ein Regensburg-Roman voller Wintermagie und Schneeflockengeflüster, romantisch, besinnlich und leidenschaftlich.

SCHNEEFLOCKENGEFLÜSTER - FLÜSTERHERZ-REIHE

LESEPROBE

Kapitel 1

Clara

Die Adventszeit könnte so schön sein, wären da nicht die Regensburger, deren Laune sich ebenso abwechslungsreich gestaltet wie das unangenehme Wetter. Weihnachtszeit ist die »stade«, besinnliche Zeit. Die Menschen nehmen Rücksicht aufeinander und freuen sich auf die ruhigen Feiertage, die sie mit ihren Lieben verbringen werden. Das in der Theorie oder in einem anderen Universum.

Um mich herum tobt der Bär, ich lehne an der Bretterwand des kleinen Holzstandes und ziehe meine Schultern fröstelnd nach oben. Die Holzbude bietet keinen Schutz gegen die feuchte Kälte, die typisch für Regensburg zu dieser Jahreszeit ist. Ebenso wenig gegen den Lärm, der anschwillt, und wie das Tosen eines Wintersturms um die Holzstände fegt. Je nachdem wie emotional die Aussteller um mich herum ihre Probleme diskutieren. Dicke, schmutziggraue Wolken türmen sich zu einer Wand auf und verschlucken Wärme und Licht, bevor etwas davon bei den Regensburgern ankommen kann. Das sieht nach Regen aus oder Schnee oder beides. Ich beobachte meine Freundin Julia beim Öffnen eines riesigen Kartons, besser gesagt bei dem Versuch.

»Alles okay?« Ich muss grinsen, als sie mir einen strafenden Blick zuwirft. Diesen Ausdruck kenne ich seit genau zwanzig Jahren, habe ihn zum ersten Mal im Kindergarten gesehen und seitdem immer wieder aufs Neue die Freude.

»Vielen Dank der Nachfrage. Aber hier ist es so eng, dass ich froh bin, mich mit der Schere nicht selbst zu verletzen.« Theatralisch wischt sie über ihr herzförmiges Gesicht mit den Grübchen und verdreht ihre braunen Rehaugen nach oben. Sie sieht aus, als könne sie kein Wässerchen trüben. Doch das ist ein Irrtum, ein fataler!

»Bist du dir sicher, dass das hier eine gute Idee ist?« Ich deute auf die vielen Holzstände um uns herum und das geschäftige Treiben der Menschen, unser Standnachbar flucht lauthals und ich schüttle den Kopf. Ach, wie ich Regensburg liebe!

Julia unterbricht ihren Kampf mit der Schachtel und richtet sich auf. »Ah, mein Rücken. Das wird super, Clara, wir werden Geld scheffeln ohne Ende. Immerhin ist das hier nicht irgendein Weihnachtsmarkt. Es ist *der* Weihnachtsmarkt in Regensburg. Romantisch, besinnlich, blaublütig …«

»Jaja.« Ich muss lachen. »Der Christkindlmarkt im fürstlichen Schloss.«

Julia hatte Himmel und Hölle in Bewegung gesetzt, um einen der begehrten Stände im Innenhof des Schlosses St. Emmeram zu bekommen und ihre Leckereien dort während der Adventszeit zu verkaufen, die sie sonst ausschließlich in ihrem *Café Schokogeflüster* anbietet. Vegane Köstlichkeiten, Kuchen in allen Variationen, Schokolade in flüssiger Form oder als Pralinen … Die Liste ist endlos und kommt gut an. Meine beste Freundin scheffelt schon jetzt Geld, was mich glücklich macht, denn sie arbeitet hart und hat sich den Erfolg redlich verdient.

»Schaffst du das jetzt mit dem Auspacken? Sonst schlafe ich vor Langeweile noch ein.« Es geht doch nichts über den notwendigen Ansporn, um Dinge vorwärtszutreiben. Julia trennt mit Anstrengung das letzte Paketband von der Schachtel und reißt in Siegerpose die Arme nach oben. »Hab es!«

»Yeah!« Ich springe in die Luft und wir brechen beide in lautes Lachen aus, was von den umstehenden Leuten mit verlegenen Blicken bedacht wird. Die nächste Stunde sind wir mit Auspacken beschäftigt, Kaffeemaschinen, Töpfe und alles, was es braucht, die Menschen in der Adventszeit glücklich zu machen.

»Schau mal, wie gefallen dir die?« Julia hält eine Tasse in meine Richtung. »Erinnert sie dich an etwas?«

»Das ist ja unglaublich. Du hast es nicht vergessen!«

»Wie könnte ich? Das war dein erstes Design. Es ist so schön, es passt einfach perfekt.« Sie tippt auf die cremefarbene Fläche mit dem Schriftzug *Schokogeflüster* und den Verzierungen und sieht mich ernst an. Doch bevor sie etwas philosophisch Erwachsenes sagen kann, gehe ich einen Schritt auf sie zu und umarme sie.

»Das ist einfach wunderschön. Vielen Dank. Jetzt lass uns alles fertig machen, morgen geht es los.«

Julia nimmt meinen Arm. »Jetzt warte doch mal. Ich meine das ernst. Der Name des Cafés, deine Ideen, die Unterstützung, wenn immer Kata und ich dich brauchen. Danke. Ich hätte es nicht geschafft ohne dich.«

»Kata ist irgendwie auch meine Oma. Außerdem machst du mich gerade verlegen.«

»Sei doch nicht doof.« Julia kräuselt die Nase und zieht die Augenbrauen zusammen, was ihr das Aussehen eines wütenden Häschens verleiht. Wärme steigt in mir auf, breitet sich in meinem Bauch aus und lässt meine Augen feucht werden. »Julia, ich kenne keinen Menschen, der mehr für mich getan hat. Ohne DICH, ich kann mir das nicht vorstellen.« Es fehlen mir die

Adjektive, um meine Gefühle zu beschreiben, also sage ich besser nichts. Julia schweigt auch, sieht mir ernst in die Augen und geht dann zur Tagesordnung über. Die kommenden zwei Stunden kümmern wir uns um den Strom und die Technik, dekorieren und packen die vielen Kisten aus, die nicht weniger zu werden scheinen. Es wird dunkel, Kerzen und Fackeln werden angezündet und tauchen den Innenhof in ein weiches Lichtermeer. Die Zweige der alten Ahornbäume ragen in den bewölkten Himmel, sie sind jahrhundertealt, und ich frage mich, welche Geschichten sie erzählen könnten. Ein leiser Duft von gebratenen Mandeln steigt auf, obwohl der Markt noch für Besucher geschlossen ist, gibt es kleine Köstlichkeiten zum Probieren. Irgendwo beginnt jemand auf einer Geige zu spielen, ein Weihnachtslied, so hell und klar, dass wir aus unserem Holzhäuschen treten, um zu sehen, woher diese magische Musik kommt. *Es wird scho glei dumper, es wird scho glei Nacht …* Ein zweites Instrument kommt dazu, übernimmt die Melodie des uralten Tiroler Weihnachtsliedes.

»Das ist wunderschön!« Julia flüstert und lächelt mich an. »Ich bin mir sicher: Diesen Winter geschieht etwas Magisches!« Sie hat ihren Kopf gehoben, blickt in den wolkenverhangenen Himmel, als würde sie dort etwas sehen, was anderen verborgen bleibt. In meinem Bauch flattert etwas, lässt mein Herz schneller schlagen. Heute kann ich daran glauben: Etwas Magisches wird geschehen.

Zu Hause angekommen, denke ich über den Satz meiner besten Freundin nach. Es muss nicht gleich Magie im Spiel sein, doch ein fester Job wäre nicht schlecht, um aus dieser Wohngemeinschaft ausziehen zu können. Kurz verliere ich mich in einem Tagtraum, der mit einer sauberen Dusche beginnt und einem gefüllten Kühlschrank endet. Ich halte mich mit Gelegenheitsjobs über Wasser, denn mein Studium war, ich formuliere es, wie es ist, für den Eimer. Architektur wollte ich nie studieren, doch das schien mir eine gute Idee gewesen zu sein, meine künstlerischen Träume umsetzen zu können. Was war ich doof gewesen.

Aufseufzend nehme ich das Päckchen aus meinem Rucksack, Julia hat mir Kuchen mitgebracht und das würde mein Abendessen werden. Was weg ist, ist weg. Einmal im Kühlschrank, würde mein Mitbewohner Luis wie ein Schwarm Heuschrecken darüber herfallen. Mit einem Anflug schlechten Gewissens stopfe ich den Schokoladenkuchen in mich hinein, obwohl ich gar keinen Hunger habe. Dann schleiche ich ins Bad, putze meine Zähne und atme erleichtert auf, als ich in meinem Bett liege. Ich bin aufgewühlt und froh, dass ich allein in der Wohnung bin. Luis ist wahrscheinlich bei seinem Freund Felix, und ich habe meine Ruhe. Obwohl ich müde bin, kann ich nicht einschlafen – meine Gedanken spielen Pingpong in meinem Kopf. Schließlich werfe ich die Decke von mir, steige mühsam aus dem Bett und schlurfe in die Küche. Im Kühlschrank steht eine fast leere Milchpackung, was meinen Blutdruck in die Höhe schnellen lässt. Luis … Er hat die Milch ausgetrunken und vergessen, dass er mit Einkaufen dran war. Der Klassiker. Die Wahl fällt auf Tee, ich freue mich nicht darüber, dass es nur noch schwarzen gibt, und trinke einige Schlucke Wasser aus der Leitung. Magisch ist hier gar nichts.

Zur Eröffnung des romantischen Weihnachtsmarktes ist unser Stand perfekt dekoriert und katapultiert mich mit seinen Lichtern direkt in den Weihnachts-Kitsch-Himmel. Julia und ich tragen dicke, rote Winterpullover mit der Aufschrift *Schneeflockengeflüster* und die passenden Mützen dazu. Ich fühle mich wie ein kleiner, roter, moppeliger Elf, der genervt auf den Weihnachtsmann wartet. Es soll endlich losgehen! Na ja, ein mittelgroßer Elf mit einem Po, den ich normalerweise nicht mit einem dicken Wollpullover betone. Aber Julia war auf diesem

Ohr taub und hatte nur »Du spinnst ja wohl!« gesagt, als ich sie auf meine Rundungen aufmerksam gemacht hatte.

Die Stimmung auf dem Markt ist gespannt, Kinder und Erwachsene warten auf das Erscheinen des Christkinds und drängen sich zu einem Pulk aufgeregter Fans zusammen. Der Auftritt des fürstlichen Christkinds ist eine Tradition: Jedes Jahr ist es auf dem Balkon zu sehen, rezitiert ein Gedicht, und wirft zum Abschied Sternenstaub auf die Besucher. Das Christkind hat ebenfalls einen eigenen Postkasten, in den die Kleinen und Großen ihre Wunschlisten oder Nachrichten an den Weihnachtsmann werfen können. Ich hänge mich über den Verkaufstresen, um besser zum Balkon sehen zu können. So habe ich eine perfekte Sicht auf das Christkind und den Sternenstaub. Julia hat mir den Stand überlassen und sich in die Menge gestellt, um noch näher dran zu sein. Typisch. Doch ich habe hier alles im Griff.

»Kann ich einen Punsch bekommen?«

Ein *Ausgerechnet jetzt!* schießt durch meinen Kopf. Zwei elegant gekleidete Männer stehen vor mir, nicht die Klientel, die eine Portion glitzer-goldenen Sternenstaub auf den teuren Wollmänteln genießen würde, doch hätten sie sich noch Zeit lassen können, damit ich das von der Ferne aus kann. Der Jüngere der beiden ist so groß, dass er mir direkt ins Gesicht sehen kann, obwohl ich nicht zu den winzigen Frauen gehöre und der Boden des Standes einige Zentimeter erhöht ist. Irritiert fühle ich, dass mein Puls in die Höhe schnellt und ich etwas zu schwitzen beginne, obwohl es kalt ist. Solche blauen Augen habe ich noch nicht gesehen und ich frage mich kurz, ob er Kontaktlinsen trägt. Seine lässige Mütze ist farblich abgestimmt auf Schal und Wollmantel. Er hat eine gerade Nase und volle Lippen, die er gerade zu einem Lächeln verzieht, was meinem Puls einen gehörigen Schub nach oben verpasst. Mein lieber Scholli, meine Stirn wird feucht, ich schwitze noch etwas mehr. Bestimmt habe ich ein rotes

Gesicht, das habe ich immer, wenn ich nervös bin, und ich bin gerade sehr nervös.

»Sie verkaufen doch Punsch?« Er klingt amüsiert, wahrscheinlich ist er es gewöhnt, dass er von Frauen so angestarrt wird. *Reiß dich zusammen, das darf ja wohl nicht wahr sein!*

Ahs und *Ohs* der Menge lassen keinen Zweifel daran, dass das Christkind auf den Balkon tritt.

»Selbstverständlich. Welchen Punsch hätten Sie denn gerne?« Mit einer Kopfbewegung deute ich zum Schild, das ich heute Morgen eigenhändig beschrieben und bemalt hatte.

»Einen normalen Punsch, bitte. Keine Experimente. Was hätten Sie gerne?« Den letzten Satz richtet er an den kleineren Herrn, der hinter ihm steht.

»Ich schließe mich an.« Der ältere Mann tritt ebenfalls an den Tresen und begutachtet die Kuchen und Kekse. Ich rätsle kurz, in welcher Beziehung die beiden zueinander stehen, da mein blauäugiger Adonis ihn gesiezt hat, sind sie wahrscheinlich beruflich oder so verbandelt. Attraktiv ist der Ältere ebenso und weniger zurückhaltend. Er drängt sich näher zu mir:

»Das sieht verdammt lecker aus. Ist hier alles vegan?«

»Ja. Es ist alles vegan. Möchten Sie etwas zum Punsch dazu?«

Er schüttelt den Kopf. »Sie sind *Schokogeflüster*? Das Café an der Steinernen Brücke?«

»Äh, ja. Richtig.«

»Dann werde ich die Köstlichkeiten direkt bei Ihnen im Café kosten.« Er lächelt mich strahlend an. Flirtet er etwa mit mir?

Das kläre ich jetzt nicht auf, sollen die beiden doch denken, was sie wollen. Der attraktive blauäugige Kerl wirkt unter Zeitdruck, als hätte er noch einen Termin.

»Ich bin sicher, die junge Dame würde sich darüber freuen, Herr Brunner.«

Ich drehe beiden den Rücken zu und bleibe mit dem Schuh am letzten unausgepackten Karton hängen, den Julia unter den

Tresen geschoben hat, damit sie in Ruhe das Christkind-Spektakel ansehen kann. Das war knapp, ich verkneife mir einen unweihnachtlichen Fluch und nehme mir vor, Julia zu sagen, was ich von Unordnung halte.

»Ah. Gut. Punsch. Kommt sofort.« Ich schnappe mir zwei Tassen und fülle den Punsch hinein. »Hier bitte. Orangenpunsch.«

»Das habe ich nicht bestellt.«*Von Osten strahlt ein Stern herein,*
Mit wunderbarem hellem Schein,

Die klare Stimme des Christkindes lenkt mich einen Augenblick ab, was der Typ zum Anlass nimmt, auf den Tresen zu klopfen, als wäre ich taub, senil oder beides.

»Sie haben einen Punsch bestellt. Klassisch. Das ist unser klassischer Punsch.« Ich deute auf den dampfenden Becher, der so verführerisch duftet, dass ich das Problem des Kerls nicht verstehe.

Es naht, es naht ein himmlisches Licht,

»Erwarten Sie etwa, dass ich Ihnen das Rezept eines klassischen Punsches mitteile?«

»Also wirklich.« In meinem Bauch beginnt es zu kribbeln, langsam werde ich so richtig sauer. Ich werfe einen Blick in die Menge, wo ist Julia? Sie würde die richtigen Worte finden.

»Herr Wagner, lassen Sie es gut sein. Ich nehme den Punsch, Orange? Klingt köstlich.«

»Das ist eine Prinzipsache. Ich habe Punsch bestellt.

Gewürznelken, Zucker, etwas Orangensaft, doch im Verhältnis mehr Rotwein, etwas Rum, schwarzer Tee, Zimtstangen …«

Die Stimme des Mannes ist nicht laut, trotzdem sehr gut zu verstehen, auch drei Stände weiter.

»Danke für den Kochkurs.«

Mein Tonfall ist schnippisch, ich spüre die Hitze in meinen Wangen und ich hoffe, dass man mein rotes Gesicht bei Dunkelheit und einer Unmenge von Kerzen nicht sehen kann. Ich bemühe mich, zu lächeln, doch merke, wie die Freundlichkeit buchstäblich aus meinem Gesicht gleitet. Etwas schneller als nötig, nehme ich die Tasse und kann gerade noch an mich halten, den Inhalt nicht hinunterzukippen. Rum ist auch in unserem Orangenpunsch, und das nicht zu wenig.

Einen Augenblick später stelle ich einen Rotweinpunsch vor ihn und beobachte, wie er einen Schluck nimmt und das Gesicht verzieht.

»Ist das Ihr Ernst? Das ist ebenfalls kein Punsch …«

Lächelnd nehme ich seine Tasse und probiere es dieses Mal mit einem Kinderpunsch. DAS Spiel können wir noch länger spielen. Blaue Augen hin oder her, dieser Mensch ist unmöglich, unsympathisch und ich so sauer. Wütend drehe ich mich um und vergesse den Karton unter dem Tresen, bleibe mit meinem Schuh daran hängen und schütte den Punsch auf den Wollmantel des Mannes.

Ach, du Scheiße …

Das sich in tausend Strahlen bricht …

CAROLA LEIPERT

Carola Leipert, Jahrgang 1976, lebt mit Mann, Sohn, einer Katze und zwei Meerschweinchen in Mittelhessen. Ihr ungewöhnlicher beruflicher Weg – Reiseverkehrskauffrau, Diplom Biologin, Autorin und Texterin – beeinflusst ihre Geschichten durch die Thematik der Suche nach dem persönlichen Glück. Ihr Debütroman „Das Tal der Zebras" entstand so nach ihrem Studienaufenthalt 2004 in Südafrika, wo sie ein halbes Jahr in einem Naturreservat ohne Strom und Telekommunikation lebte und als Verhaltensbiologin forschte. Dabei sind Themen wie Liebe, Freundschaft und Mut zur Selbstverwirklichung immer in ihren Geschichten verwoben. Seit 2022 schreibt sie mit Autorin Alexandra Mazar gemeinsam romantische Geschichten, die unter dem Namen „Flüsterherz-Reihe" veröffentlicht werden. Wenn sie nicht schreibt, ist sie mit der Familie unterwegs auf der Suche nach neuen Abenteuern, die sie zu ihren Geschichten inspirieren.Weitere Informationen zur Autorin und ihren Büchern unter www.carola-leipert.de

Carola Leipert
Deine Welle bricht mein Herz
Roman

DEINE WELLE BRICHT MEIN HERZ

LESEPROBE

Alina

»Verdammt, geh jetzt endlich zu, du blödes Ding!« Manjas Faustschläge prasselten auf den Koffer nieder und ihre Stimme war voller Frustration. Seit zwei Stunden quälte sie sich damit, ihre Sachen für die Reise nach Kapstadt zu packen, doch egal wie sie es anstellte, es war deutlich zu viel, was sie versuchte hineinquetschen. Genervt rutschte sie schließlich von dem Kofferdeckel, auf dem sie gehockt hatte, und sah mich an. In ihrem Blick stand die pure Verzweiflung.

»Warum zum Henker darf ich auch nur zwanzig Kilo mitnehmen?« Stöhnend ließ sie sich auf ihren weichen Teppich fallen.

Unwillkürlich musste ich grinsen. »Vielleicht, weil du dort eh nicht viel brauchen wirst?« Die meiste Zeit würde sie sommerliche Temperaturen haben, während hier auf mich der Winter wartete. Bei dem Gedanken an Schnee und Frost rieb ich mir fröstelnd über die Arme.

»Aber ich kann mich einfach nicht entscheiden!«, jammerte sie. »Was, wenn ich nicht für jede Gelegenheit das passende

Outfit dabeihabe und mich dann ärgere, es nicht mitgenommen zu haben?«

»Du übertreibst maßlos. Ich kann mir nicht vorstellen, dass eine Anthropologiestudentin so viele verschiedene Events besuchen wird, wofür sie jedes Mal ein anderes Outfit braucht.«

Ohne Vorwarnung flog ein Pullover in meine Richtung. Ich konnte mich gerade noch rechtzeitig ducken. »Hey! Vorsicht! Ich habe eine Teetasse in der Hand!«, rief ich, und prompt landete etwas von dem zart duftenden Jasmintee auf der Bettdecke. Sofort bildete sich ein leicht bräunlicher Fleck auf der weißen, nur mit feinen schwarzen Streifen durchsetzten Bettwäsche. Ich verzog das Gesicht, denn es war Manjas Lieblingsbettbezug. Doch es brachte sie überhaupt nicht aus der Ruhe.

»Nicht weiter schlimm«, kam es nur von ihr. Sie hatte sich bereits wieder hingekniet, um das Ein- und Ausräumspiel von Neuem zu beginnen. »Ich muss das Bett für Grit nachher eh noch frisch beziehen. Sie kommt morgen früh und hat keinen Schlüssel dabei, also vergiss es bitte nicht.«

Ihr mahnender Blick aus dunkelbraunen Augen kreuzte meinen und ich verdrehte sie genervt.

»Nein,werde ich nicht. Wie könnte ich auch. Du hast mich ja nur schon ungefähr hundertmal daran erinnert.« Grit würde hier für das nächste halbe Jahr zur Untermiete wohnen, während meine Schwester ihr Auslandssemester in Kapstadt absolvierte. Ich hatte sie weder bisher persönlich getroffen noch ein Foto von ihr gesehen, aber Manja war der festen Überzeugung, dass ich mich super mit ihr verstehen würde. Also blieb mir nichts anderes übrig, als ihr zu vertrauen. Ich hätte es zwar besser gefunden, Manja hätte das Zimmer nicht untervermietet, aber da sie das Geld brauchte, wäre es nicht fair gewesen, mich deswegen querzustellen. Schließlich liebte ich meine Schwester und wollte sie unterstützen.

Ich betrachtete sie, während ich an meinem Tee nippte. Der Gedanke, ein halbes Jahr ohne sie auszukommen, bereitete mir

Bauchschmerzen. Sie war meine beste Freundin und immer an meiner Seite. Es war das erste Mal, dass wir so lange voneinander getrennt sein würden. Und das machte mir unheimlich Angst.

»Hey, Schwesterherz, guck nicht so traurig.« Sie stand auf, kam zu mir und setzte sich neben mich. Ich stellte meine Tasse ab und umarmte sie.

»Wir sehen uns doch bald schon wieder, wenn du mich in Kapstadt besuchen kommst«, versuchte sie mich zu trösten. »Und dann fliege ich über die Weihnachtsfeiertage mit dir nach Hause. Du wirst sehen. Die Zeit ohne mich wird superschnell vergehen.«

Bei ihren Worten spürte ich, wie Schuldgefühle sich in mir breitmachten. Warum musste sie in letzter Zeit immer mich trösten? Sollte es denn nicht umgekehrt sein? Schließlich war ich die Ältere. Sollte ich da nicht ein Vorbild für sie sein und Stärke und Zuversicht ausstrahlen? Aber genau diese zwei Wesensmerkmale waren für mich in den letzten Wochen und Monaten immer mehr zu Fremdwörtern geworden. Traurig – und auch ein wenig hilflos – schmiegte ich mich an sie und sog den Duft aus exotischen Blüten ein, nach dem ihre Haare rochen. Obwohl sie zwei Jahre jünger war, war sie eindeutig diejenige, die mutig und weltoffen das Leben meisterte. Ganz im Gegensatz zu mir.

»So, genug gekuschelt. Mir läuft die Zeit davon«, murmelte sie und löste sich von mir. Ihr ging der bevorstehende Abschied ebenso nah wie mir, auch wenn sie das nicht zeigen wollte.

Sie kniete sich wieder mitten in ihr Chaos, das aus umherliegenden Klamotten sowie diverser Beutelchen bestand, in denen bereits Schmuck und Kosmetikartikel verstaut waren. Wovon – und da war ich absolut sicher – sie über die Hälfte in dem halben Jahr nicht einmal benötigen würde. Aber was das anbelangte, war sie stur. Das hatte sie ganz klar von Mama.

Seufzend angelte ich mein Handy vom Nachttisch und

wischte übers Display. Immer noch keine Antwort von Leon. Dabei hatte er alle meine Nachrichten von gestern gelesen. Klar zu erkennen an den blauen Häkchen. Warum nur meldete er sich nicht? *Es ist ihm egal,* antwortete eine leise Stimme in mir. *Du bist ihm egal.* Aber ich brauchte ihn, wieso konnte er das nicht verstehen? Er war schon zu Manjas Abschiedsparty nicht aufgekreuzt, und jetzt das.

»Ich habe ihn zu!«, schrie Manja und ich zuckte so erschrocken zusammen, dass mir das Handy aus der Hand fiel.

»Tschuldigung«, nuschelte sie mit einem breiten Strahlen im Gesicht. »Hoffentlich passt das Gewicht jetzt.« Sie hievte den Koffer auf die Waage, die sie schon bereitgestellt hatte, und warf einen skeptischen Blick darauf.

»Und?«, fragte ich.

»Passt!«, jubelte sie. »Sie zeigt einundzwanzig Kilogramm an.« Freudig drehte sie sich einmal um ihre eigene Achse. Ihre langen, dunklen Haare wirbelten umher. »Jetzt muss ich nur noch schnell das Chaos beseitigen, und dann ist noch genug Zeit für einen Kaffee und einen Spaziergang, bevor Mama und Papa kommen.«

Liebenswerterweise hatte Papa sich breitschlagen lassen, Manja nach Frankfurt zum Flughafen zu bringen, denn mit dem Zug von Münster wäre es ein recht weiter und umständlicher Weg gewesen. Und Mama und ich wollten es uns nicht nehmen lassen, die beiden zu begleiten. Doch auch wenn der Flug erst um halb elf spätabends startete, mussten wir zeitig los. Ich hatte Manja versprochen, noch einen letzten Spaziergang mit ihr zu machen, bevor sie in den Süden flog. Allerdings sank meine Laune jetzt mehr und mehr in den Keller. Die bevorstehende Einsamkeit ängstigte mich zunehmend. Einzig und allein Leon hätte dem entgegenwirken können. Doch er war offenbar nicht daran interessiert, mir beizustehen.

»Denkst du schon wieder an ihn?«, unterbrach Manja meine

Gedanken. »Du machst wieder dieses komische Grübelgesicht, das ich immer nur bei dir sehe, wenn es um *ihn* geht.«

Genervt, dass sie mich dabei jetzt auch noch ertappt hatte, schnappte ich zurück: »Das kann dir doch egal sein, du bist ja eh in ein paar Stunden weg.«

Erstaunt zog sie eine Augenbraue hoch. »Du weißt, dass ich es nur gut mit dir meine, oder? Leon tut dir nicht gut, und mir tut es weh, das zu sehen.«

»Wolltest du nicht spazieren gehen und Kaffee trinken?«, fragte ich, ohne auf ihre Worte einzugehen. Ich wollte das nicht hören, denn es stimmte einfach nicht. Leon war nicht so, er war nur … ich wusste es selbst nicht. Aber vielleicht würde ich das ja herausfinden, wenn Manja weg war.

Da es heute ein sehr milder und sonniger Herbsttag war, entschlossen wir uns, mit den Fahrrädern bis zur Kreuzschanze zu fahren und uns unterwegs in der Kaffeerösterei einen Latte macchiato mitzunehmen. Die Stimmung zwischen uns war gekippt, wie immer, wenn das Gespräch auf Leon kam, und jetzt zusammen auf der Terrasse zu sitzen und sich anzuschweigen, darauf hatte keine von uns Lust.

Mit den Fahrrädern hatten wir innerhalb ein paar Minuten die Kaffeerösterei erreicht und ich atmete tief den aromatischen Geruch ein, der uns bereits im Eingang entgegenschlug.

»Den Kaffee werde ich auf jeden Fall vermissen«, sagte Manja, während wir auf unsere Bestellung warteten. Es war der erste Satz, den sie sprach, seit wir das Haus verlassen hatten. Offenbar war sie wieder bereit, mit mir zu reden.

»Laut Reiseführer soll es in Kapstadt auch superleckeren Kaffee geben«, erwiderte ich, um mit ihr gesprächsmäßig wieder gemeinsam auf neutrales Gebiet zu kommen. Das Letzte, was ich wollte, war, im Streit mit ihr auseinandergehen.

»Ich bete, dass das stimmt. Ohne guten Kaffee bin ich so gut wie verloren«, sagte sie und legte eine Extraportion Dramatik in ihre Stimme.

Ich nahm die Becher in Empfang, während Manja bezahlte. »Solltest du es gar nicht aushalten, bringe ich dir zur Not eine Packung Kaffeebohnen mit«, sagte ich und tauschte ein Lächeln mit Paul, der hinter der Theke stand.

»Für Stammkunden wie euch mache ich sogar ausnahmsweise mal einen Rabatt«, ließ er grinsend verlauten, was meiner Schwester ein seliges Lächeln entlockte.

Während Manja sich noch von Paul verabschiedete, trat ich aus dem Laden in die Herbstsonne. Ihre Strahlen fielen auf mein Gesicht und die Wärme tat gut. Schnell zückte ich mein Handy, doch immer noch keine Antwort von Leon. Tapfer schluckte ich meine Wut herunter, damit Manja nichts merkte.

Mit unseren Kaffee to go schoben wir die Räder bis zu einem kleinen Park an der nahegelegenen Kreuzschanze. Hier gab es einen kleinen Weiher an dem wir öfter eine Kaffeepause machten. Ich liebte diesen Ort. Hier war es ruhig und heimelig und ich würde diesen Platz immer mit Manja in Verbindung bringen.

Eine Weile schlenderten wir umher, bis wir eine Bank in der Sonne fanden. Rasch fegten wir die Blätter runter, die mit ihrer bunten Färbung in Gelb, Orange und Rot den Herbst ankündigten, und setzten uns. Der Kaffee war immer noch heiß und der Schaum cremig, die perfekte Kombination. Für einen Moment schloss ich die Augen, genoss das Aroma auf meiner Zunge und lauschte den Vögeln um uns herum.

»Ich kann mir gar nicht vorstellen, dass ich bereits morgen früh über südafrikanischen Boden laufen werde«, sagte Manja versonnen. Ich öffnete die Augen und stellte fest, dass auch sie mit geschlossenen Augen Lidern die Sonne auf ihrem Gesicht genoss.

»Ich kann es mir nicht vorstellen, morgen früh allein in

unserer Küche zu sitzen«, antwortete ich und konnte es nicht vermeiden, dass sich Traurigkeit in meine Stimme schlich.

»Ach, das ist bestimmt nur am Anfang so. Du wirst dich schnell umgewöhnen. Und außerdem ist Grit ja auch noch da. Ihr werdet sicher viel Spaß zusammen haben.«

Verwundert sah ich sie an. »Wie kommst du darauf?«

»Ach, sagt mir mein Bauchgefühl.« Sie grinste mich an und trank einen Schluck von ihrem Kaffee, der einen kleinen weißen Schaumstreifen auf ihrer Oberlippe hinterließ.

»Hast du denn wirklich keine Angst so allein in Kapstadt? Ich meine, du bist noch so jung und nie allein so weit weg gewesen.«

»Ach was, es wird schon nichts passieren. Ich bin vorsichtig, versprochen. Du solltest dir deswegen nicht den Kopf zerbrechen.«

»Aber ich bin deine große Schwester, natürlich mache ich mir Sorgen!« Empört zog ich die Augenbrauen zusammen.

»So viel älter bist du nicht. Zwei Jahre sind kein großer Unterschied. Und vergiss nicht, ich bin dir in Vielem weit voraus.« Das klang so selbstsicher, aber sie hatte recht. Genauso war es. Es traf mich trotzdem.

»Danke für die Erinnerung!«, sagte ich mit einem schnippischen Unterton. Manja war immer die Vorzeigetochter für unsere Eltern gewesen. Sie war so geradlinig, stets ihre Ziele und Träume fest vor Augen, während ich unstet herumtapste und meinen Weg einfach nicht finden wollte.

»So war das nicht gemeint. Und das weißt du auch. Du bist großartig, und ich liebe dich genauso, wie du bist.« Sie drückte einen dicken Schmatzer auf meine Wange. Ein zartes Lächeln stahl sich auf meine Lippen. Ich konnte ihr nie lange böse sein.

»Danke.«

Das Handy vibrierte in der Tasche und ich zog es hastig hervor. Mit zittrigen Fingern entsperrte ich das Display, doch es war nur eine Nachricht von Mama, die langsam etwas panisch zu werden schien. Sofort zogen sich meine Mundwinkel nach unten.

Manja hieb mir ihren Ellenbogen in die Seite. »Aua! Spinnst du?«

»Du machst es schon wieder!«

»Was denn?«, fauchte ich.

»Dieses Leon-Gesicht.« Mit ihren Fingern malte sie zwei Anführungszeichen in die Luft.

Ich atmete auffallend ein, um ihr zu zeigen, wie sehr sie mich damit nervte. »Er bedeutet mir nun mal viel. Kannst du das nicht verstehen?«

»Wie denn, wenn ich sehe, wie er dich behandelt? Er *benutzt* dich, wie es ihm passt!« Wie immer, sobald das Gespräch auf Leon kam, wurde ihre Stimme eine Nuance lauter und höher. Was mich wiederum aufbrachte. Es war ein endloses Desaster.

»Er benutzt mich nicht! Er klebt nur nicht wie eine Klette an mir und mag es nun mal nicht, ständig zu texten!«, verteidigte ich ihn.

»Aber wenn er wirklich etwas für dich empfinden würde, würde er nicht ständig mit dir eine Berg- und Talbahnfahrt machen!« Leider hatte sie damit einen wunden Punkt getroffen, denn tatsächlich war es ein ständiges Auf und Ab mit ihm. Aber es lag wahrscheinlich daran, dass wir nun mal kein Paar waren. Nur Freunde allerdings auch nicht. Denn das, was uns verband, war weit mehr als das, was man unter einer normalen Freundschaft verstand. »Friends with benefits« hatte es Maxi, meine beste Freundin, mal genannt. Während Leon damit offenbar sehr gut klarkam, klappte es bei mir allerdings überhaupt nicht. Ich wünschte mir eine richtige Beziehung mit ihm, mit Verbindlichkeit und Zuverlässigkeit. Genau das Gegenteil von dem, was Leon vorschwebte. Es war zum Haareraufen.

Manja war mittlerweile aufgestanden und hatte ihren Kaffeebecher in einem Mülleimer entsorgt. Seufzend warf auch ich meinen Becher hinein..

»Wir haben jetzt leider keine Zeit mehr, das ausführlich zu klären.« Sie stand vor mir und ihre Augen wirkten plötzlich unglaublich traurig. »Aber wir haben darüber ja auch schon so oft gesprochen und sind doch nie zu einem Ergebnis gekommen.« Sie nahm meine Hand und drückte sie sanft. »Ich hoffe nur, er verletzt dich nicht so tief, dass deine Wunden nicht mehr heilen können.« Die letzten Worte waren nur noch geflüstert.

»Ach, Manja!«, stieß ich hervor und zog sie an mich. »Das wird nicht passieren.«

»Da bin ich mir leider nicht sicher. Ich wünsche mir nur, du behältst recht.«

Carola Leipert
Deine Sonne heilt mein Herz
Roman

DEINE SONNE HEILT MEIN HERZ

LESEPROBE

Chris

Das Flugzeug ging langsam in den Sinkflug über. Müde von den Strapazen der letzten vierundzwanzig Stunden, in den ich kaum hatte schlafen können, versuchte ich, in meinem Sitz eine bequemere Position zu finden. Bei einer Größe von 1,85 m nicht ganz so einfach. Ich war froh, wenn ich endlich aus dem Flieger raus kam und mich einmal ordentlich strecken konnte.

Mein Sitznachbar hingegen, ein älterer Herr mit schütterem grauem Haar und aufgedunsenem Gesicht, hatte mit den beengten Sitzverhältnissen offenbar kein Problem gehabt. Nachdem er sich einen Whiskey hatte bringen lassen, war er beseelt eingeschlafen und hatte nur dann und wann ein kurzes, schnarchartiges Grunzen von sich gegeben.

Meine Augen brannten vom Schlafmangel. Selbst der Kaffee hatte das nicht bessern können. Vielleicht half ein bisschen Zucker. Ich riss die Folie auf, in der das Frühstückshörnchen eingeschweißt war und tunkte es in das Schälchen mit Erdbeermarmelade. Pappig klebte es in meinem Mund, sodass ich es mühsam runterwürgte. Appetit hatte ich ohnehin nicht, der war mir seit Sandras Anruf vergangen. Auch der Joghurt schmeckte leider nur nach künstlichem Pfirsicharoma und so beendete ich mein Frühstück. Die Flugbegleiterin nahm mit einem strahlenden Lächeln mein Tablett entgegen. Kein einfacher Job, so viel war sicher.

Ich schloss die Augen und presste die Lippen zusammen, um die Erinnerungen zurückzudrängen, die sich wieder in meinen Kopf schlichen. Drei Tage lagen sie zurück und hatten meine Pläne mit einem Schlag zerschmettert. Sandras Verzweiflung und die Schluchzer, die sie vergeblich versucht hatte am Telefon zurückzuhalten, klangen immer noch in meinen Ohren. Es ging wie immer um Nadine und ihre selbstzerstörerische Liebe zu mir. Wann würde dieser Albtraum endlich ein Ende finden?

Mittlerweile fiel es mir schwer zu glauben, dass ich Nadine einmal mit allen Phasern meines Daseins geliebt hatte. Diese Zeit schien unendlich weit entfernt. Nun stürzte sie mit ihrer toxischen Art und Weise das Leben von Sandra, ihrer besten Freundin und meines immer und immer wieder ins Chaos. Selbst meine Reise bis nach Neuseeland, am anderen Ende der Welt, hatte mich nicht davor bewahren können.

»Chris, du musst nach Hause kommen und mit ihr reden. Sie richtet sich sonst zugrunde!« Sandra hatte mich in dieser einen Nacht angefleht. Denn Nadine hatte die Kontrolle über sich und ihre Emotionen komplett verloren und sich offenbar so mit Alkohol zugeschüttet, dass Sandra sie in ein Krankenhaus hatte bringen müssen.

»Nur du kannst ihr klarmachen, dass ihr selbstzerstörerisches Verhalten nichts bringt und sie ihr Leben damit völlig ruiniert!« *Und unseres ebenfalls.* Aber die Worte hatte ich mir verkniffen. Es war auch nicht nötig sie auszusprechen, denn Sandra und ich wussten es beide.

Das Flugzeug verlor nun immer mehr an Höhe und Druck baute sich in meinen Ohren auf, der mich von meinen Erinnerungen ablenkte. Ich schluckte ein paar Mal, doch es halft nur wenig. Das Knacken in meinen Ohren ließ mich schmerzhaft zusammenzucken. *Durchhalten, gleich sind wir unten* ermahnte ich mich in Gedanken. Nur noch ein paar Minuten, dann war es geschafft, dann berührte das Flugzeug deutschen Boden und ich war wieder zu Hause.

Dort, wo ich gar nicht hinwollte.

Unruhig fuhr ich mir mit den Händen durch die braunen Locken und sah nach draußen. Meinen Atem ruhiger fließen lassend versuchte ich meinen Blick auf die Gebäude zu fokussieren, deren Silhouette immer besser zu erkennen war. Viele Autos waren bereits unterwegs auf den Straßen rund um den Flughafen und ich fragte mich, ob es eine Uhrzeit gab, an der es hier jemals ruhiger zuging. Gleißendes Sonnenlicht lag auf der Landschaft und ließ ihre Farben mehr und mehr verblassen. Das war das einzig Gute. Der Sommer hatte mich schon immer glücklich gemacht und ich freute mich darauf, endlich der Enge des Fliegers zu entkommen und wieder warme Luft auf meiner Haut zu spüren.

Die Räder des Flugzeugs setzten quietschend auf und ein heftiges Ruckeln erfasste den Flieger und presste mich in den Sitz. Wie auf Kommando erwachte mein Sitznachbar und streckte sich gemütlich, wobei ich kurz auf sein Hemd schielte, dass sich über seinem fülligen Bauch gefährlich spannte. Die Knöpfe an seinem Hemd wurden dadurch auf eine Zerreißprobe gestellt, doch sie waren offenbar so bombenfest genäht, das keine Gefahr für mich bestand. Neugierig schaute er an mir vorbei, um einen Blick aus dem Fenster zu erhaschen und schenkte mir ein freundliches Lächeln, bei dem sein grauer Schnurrbart in leichte Schwingung geriet.

»Sonnenschein bei der Landung. Es gibt nichts Besseres!«

Ich erwiderte sein Lächeln verhalten und nickte zustimmend. Dann sah ich wieder aus dem Fenster.

Nach ein paar Minuten hatte der Flieger seine Parkposition erreicht und die Anschnallzeichen auf der Anzeige vor unseren

Köpfen erlosch. Ich löste meinen Gurt. Die Leute um mich herum erhoben sich hektisch von ihren Plätzen, als gäbe es einen Preis dafür, das Flugzeug schnellstmöglich zu verlassen. Ich konnte die verabschiedenden Worte des Flugkapitäns kaum verstehen, denn das Aufklappen der Gepäckfächer hallte durch den Flieger, vermischte sich mit lauten Gesprächsfetzen und dem Rascheln von Kleidungsstücken. Geduldig wartete ich, bis der Gang sich leerte, dann erhob auch ich mich, zog meinen Rucksack aus dem oberen Gepäckfach und machte mich auf den Weg.

Zwei Stunden später sank ich erschöpft auf meinen reservierten Sitzplatz im ICE nach Karlsruhe. Ich war gut durch die Kontrolle gekommen, hatte nicht lange auf mein Gepäck warten müssen und mir sogar noch Kaffee und Sandwich organisieren können, bevor ich mich auf den Weg zum Tiefbahnhof unter dem Flughafen machte. Die vielen Leute und die Hektik, die mich begleiteten, hatten mir pochende Kopfschmerzen verursacht.

Ich massierte meine Schläfen, während mein Blick auf das typisch karierte Muster der Polstersitze fiel.. Ich hielt inne und strich kurz mit den Fingerspitzen über den weichen Flor. Auch wenn auf die Pünktlichkeit der deutschen Bahn nicht Verlass war, ihr Design würde man unter tausend anderen erkennen. Plötzlich ertönte die Stimme des Zugführers durch die Lautsprecher. »Verehrte Fahrgäste. Wir begrüßen Sie an Bord unseres ICEs …« Ich gab ein unwilliges Brummen von mir und sah aus dem Fenster. Weitere anderthalb Stunden Zugfahrt lagen noch vor mir.

Beim Einsteigen hatte ich registriert, dass der Großraumwagen fast voll war. Der typische Morgengeruch von Kaffee, After Shave und Frühstücksgebäck lag in der Luft und erinnerte mich daran, auch meinen Kaffee zu trinken, bevor er kalt wurde. Das Geraschel von Zeitungen und Geklacker von Fingern auf Laptoptastaturen umgaben mich, während der Zug Fahrt aufnahm. Auch ich hätte ein wenig arbeiten können, doch das Gedankenchaos in meinem Kopf lenkte mich momentan zu sehr ab und der fehlende Schlaf machte meine Konzentration eh zunichte. Wenigstens hatte ich die Sitzreihe für mich, zumindest im Moment noch.

Ich zog mein Handy aus der Tasche und entsperrte den Flugmodus. Eine Nachricht nach der anderen traf ein. Sandra wollte wissen, ob ich mit Nadine schon ein Treffen vereinbart hatte, Mama fragte, wann sie mich genau vom Bahnhof abholen sollte, und Alina erkundigte sich nach meinem Flug. Zu guter Letzt kamen die Nachrichten von Nadine. Gleich fünf! Ich stöhnte auf. Warum nur hatte Sandra nicht warten können, ihr mitzuteilen, dass ich kam? Das weckte sofort falsche Hoffnungen bei Nadine, die ich dann wieder klarstellen musste. Da hatte ich echt keine Lust mehr darauf. Unmutig trommelte ich mit den Fingerknöcheln gegen das Fenster. Allein der Gedanke an weitere Diskussionen mit Nadine verstärkte meine Kopfschmerzen.

Also tat ich, was ich meistens in solchen Situationen tat, ihre Nachrichten ignorieren. Nur Sandra und meinen Eltern schickte ich kurze Infos und wählte dann Alinas Nummer mit Videocall an. Ich brauchte dringend eine Person, die mich aufheiterte, wenigstens für einen Moment. Lange musste ich nicht warten, denn Alina nahm bereits nach dem zweiten Klingeln das Gespräch an und grinste fröhlich in die Kamera.

»Chris, hey, bist du schon gelandet?« Die Freude mich wieder in ihrer Nähe zu wissen, stand ihr ins Gesicht geschrieben. Ihr Strahlen war ansteckend und entlockte mir ebenfalls ein Lächeln.

»Ja, Sugar, bin bereits im Zug nach Karlsruhe.« Ich

schwenkte kurz das Handy herum, dann drehte ich die Kamera wieder zu mir.

»Super! Hat alles gut geklappt?«

»Ja, es gab keine Probleme. Nur dass ich nicht gut pennen konnte im Flieger.« Und auch jetzt keinen Schlaf finden würde, solange das Treffen mit Nadine noch vor mir lag. Es gelang mir nicht, meine zerknitterte Miene vor Alina zu verbergen und auf ihrer Stirn bildetet sich für einen Moment eine Sorgenfalte. Doch dann hellte sich ihre Miene wieder auf.

»Ich bin froh, dass du wieder da bist. Ehrlich.« Sie schickte mir einen Handkuss entgegen. »Du wirst uns doch besuchen kommen? Du hast es versprochen!« Spielerisch zog sie die Augenbrauen hoch und riss die Augen auf. Ich konnte mir ein Lachen nicht mehr verkneifen, in dass sie einstimmte.

»Na klar. Ich komme dich besuchen, sobald ich meine Sachen in Karlsruhe geregelt habe.« Ein Kloß bildete sich in meinem Hals. Wenn ich nur daran dachte, fiel mir das Atmen schwer. »Wahrscheinlich stehe ich schneller vor deiner Tür als du denkst«, versuchte ich die Schwere der Situation zu überspielen. Es gelang mir nur mäßig. Je nachdem wie es laufen würde, war das allerdings noch nicht mal gelogen. Alinas Blick wurde weich.

»Du bist hier jederzeit willkommen. Das meine ich wortwörtlich. Komm, wann immer du willst.« *Komm, wenn du es nicht mehr aushältst.* Sie sprach es nicht aus, musste sie auch nicht, denn ich konnte es an ihrer Mimik erkennen. Sie wusste, warum ich gekommen war, wusste, was mir bevorstand. Wer hätte es besser verstehen können als sie, die auch lange Zeit in einer emotionalen Abhängigkeit gesteckt hatte. Aber im Gegensatz zu Nadine und mir hatte Alina mit Leon die Kurve gekriegt und war nun glücklich mit ihm. Nadine hingegen war das nicht gelungen, egal wie sehr ich mich bemüht hatte. Noch nicht einmal mein Fortgang nach Kapstadt hatte das bewirken können. Sie würde sich vermutlich erst von mir lösen können, wenn mir jemand den Rang ablief - worauf ich während meiner Zeit in Südafrika und Neuseeland tatsächlich gehofft hatte. Doch leider war diese Hoffnung nicht erfüllt worden.

»Ich weiß, Sugar. Ich nehme dich beim Wort.« Alina und mich verband nicht nur unsere gemeinsame Zeit in Südafrika, als sie dort ihre Schwester Manja besucht hatte, sondern auch die Erfahrungen was unsere Beziehungen betraf. Wir waren dadurch zu engen Freunden geworden, auch wenn ich mich durchgängig am anderen Ende der Welt aufgehalten hatte. In der jetzigen Situation war sie so eine unverzichtbare Stützte für mich.

»Du schaffst das. Wer, wenn nicht du? Und du bist doch bestens vorbereitet, *Herr Kommunikationspsychologiestudent.*« Ihre letzten Worte klangen neckend, doch sie schafften es nicht, den Ernst der Lage zu überspielen.

Ich hätte im Leben nicht gedacht, dass mich eines Tages meine verzweifelte Situation mit Nadine dazu bringen würde, ein Fernstudium der Kommunikationspsychologie zu beginnen. Doch dieser Entschluss rührte tatsächlich daher. Mit der Intention, anderen Menschen in Zukunft dabei zu helfen, durch bessere Kommunikation weniger Probleme zu haben. Allerdings verspürte ich mittlerweile leise Zweifel, ob mir das auch gelingen würde, wenn es nicht einmal bei mir selbst funktionierte.

»Ich melde mich bei dir, wenn ich näheres weiß. Aber danke, dass du so viel Vertrauen in mich hast.« Wieder schlich sich ein Lächeln in mein Gesicht. Genau deshalb hatte ich Alina angerufen Sie schaffte es, etwas Leichtigkeit in meine Situation zu bringen, die mir bleischwer auf der Seele lag. »Danke, Sugar.«

»Jederzeit gerne. Jetzt versuch, dich ein wenig auszuruhen und abzulenken. Du wirst deine Kraft noch brauchen.« Wieder erschien diese kleine Sorgenfalte auf ihrer Stirn.

»Das mache ich. Ich verspreche es, bei allem, was mir heilig ist. Hab' einen schönen Tag.«

Sie schmatzte mir zwei Küsse entgegen, winkte kurz und legte auf. Ich steckte das Handy wieder weg und zog meinen Hoodie aus dem Rucksack, rollte ihn zusammen und schob ihn mir in den Nacken. Tatsächlich hatte mir das kurze Gespräch geholfen, ein bisschen ruhiger zu werden. Müde ließ ich den Kopf gegen mein improvisiertes Kissen sinken und richtete meinen Blick auf die vorbeirauschende Landschaft. Es lag noch ein langer Tag vor mir und er würde mir alles abverlangen.

Es war ein komisches Gefühl, nach so langer Zeit wieder auf dem Vorplatz des Karlsruher Hauptbahnhofes zu stehen. Die Sonne brannte mittlerweile vom wolkenlosen Himmel auf den schmutzig-beigefarbenen Steinboden. Vor mir befanden sich die Haltestellen der Straßenbahnen, an denen sich wartende Menschen in den spärlichen Schatten drängten. Ein Mann rempelte mich an und murmelte eine Entschuldigung, während er mit zielgerichteten Schritten weiterhastete.

Suchend sah ich mich um und entdeckte das Auto meiner Mutter ein paar Meter entfernt. Sie winkte mit wild rudernden Armen. Offenbar hatte sie Angst, ein Knöllchen zu kassieren, wenn sie zu lange in der Parkzone stand.

Ich hob die Hand, um ihr ein Zeichen zu geben, dass ich sie gesehen hatte, dann steuerte ich mit schnellen Schritten, den schweren Trekkingrucksack auf den Schultern und den kleinen Rucksack in der Hand tragend auf sie zu.

Sie wirkte angespannt und erschöpft, doch als ich näher kam begann ihr Gesicht zu strahlen. Das blonde Haar hatte sie wie immer akkurat hochgesteckt, doch Bluse und Rock waren zerknittert.

»Hallo mein Schatz«, begrüßte sie mich und zog mich stürmisch an mich. Ihre Umarmung war fest und ich atmete den Duft ihres blumigen Parfüms ein.

»Ach, ist das schön«, murmelte sie in mein Ohr und strich seufzend durch meine Locken, die nun wild nach allen Seiten abstanden.

Ich unterdrückte ein Schmunzeln und löste mich wieder von ihr. Hastig warf sie einen Blick hinter sich, wo ein Typ in dunkelblauer Uniform stand, und Strafzettel verteilte. Ordnungsamt konnte ich auf seinem Rücken lesen.

»Komm, wir müssen uns beeilen. Ich stehe hier schon länger als erlaubt und wurde schon ermahnt.« Genervt verdrehte sie die Augen und deutete auf den Typen hinter ihr. »Wenn ich nicht innerhalb von zwei Minuten verschwinde, bekomme ich einen Strafzettel.«

»Na, das wollen wir doch auf keinen Fall riskieren!«, sagte ich lächelnd und sie drückte mir noch einen Kuss auf die Wange, bevor sie den Kofferraum öffnete.

Ich warf mein Gepäck hinein. »Ah, tut das gut, das schwere Zeug endlich loszuwerden.« Ich dehnte kurz meine schmerzenden Schultern und streifte dann kurzerhand mein Shirt ab.

Die wenigen Minuten vom Zug durch den Bahnhof bis hierher hatten gereicht, um es am Rücken völlig zu durchnässen. Mit nacktem Oberkörper ließ ich mich auf den Beifahrersitz gleiten. Meine Mutter warf einen liebevollen Blick auf mich, bevor sie das Auto startete und losfuhr.

»Ich bringe dich schnell nach Hause, dann muss ich wieder ins Büro. Ausgerechnet heute ist die Hölle los!«, jammerte sie und reihte sich in den Straßenverkehr ein. Hastig wandte ich meinen Blick ab und sah aus dem Fenster, um mein Schmunzeln vor ihr zu verbergen. Es gab offenbar Dinge, die änderten sich nie. Denn bei ihr war alles immer etwas dramatischer. Im Büro, in dem sie als Chefassistentin arbeitete, war grundsätzlich die Hölle los. Aber ich verkniff mir einen Kommentar, denn ich wollte sie nicht sofort wieder verärgern.

»Im Kühlschrank stehen Sandwiches und im Gefrierschrank wartet Eis auf dich.«

»Das ist echt lieb von dir, danke Mama.«

»Wenn ich mir heute schon nicht freinehmen kann, soll es dir trotzdem an nichts fehlen. Schließlich warst du jetzt ein Jahr lang weg.« Ihr Lächeln streifte meinen Blick. »Die Info über deine Rückkehr war leider etwas sehr spontan«, versuchte sie sich zu entschuldigen. Dabei musste sie das nicht. Sie traf keine Schuld.

»Tut mir leid, dass ich eure Planung etwas gecrasht habe, aber …« Ich biss mir auf die Zunge und überlegte fieberhaft, wie ich meiner Mutter meine Rückkehr verkaufen konnte, ohne Nadine dabei ins Spiel zu bringen. Allerdings war das nur schwer möglich, denn auch wenn meine Mutter nicht alles, was zwischen Nadine und mir letztes Jahr vorgefallen war, hautnah mitbekommen hatte, so wusste sie doch grob darüber Bescheid. »Ich muss dringend was mit Nadine klären, was leider nur persönlich geht.« Wenn meine Mutter eins und eins zusammenzählen konnte, reichten ihr die Informationen, um zu wissen, dass etwas Gravierendes vorgefallen sein musste, das mich veranlasst hatte zurückzukommen. Sie war jedoch klug genug nicht danach zu fragen.

»Dann hoffe ich für dich, dass euch das gelingt. Sich an Dinge in der Vergangenheit zu hängen, die nie wieder so sein können, ist müßig und reine Zeitverschwendung. Es ist gut, nach vorne zu blicken und eigene Wege zu gehen.«

Verwirrt blinzelte ich über ihre offenen Worte und warf einen schnellen Seitenblick zu ihr.

»Redest du jetzt von mir oder von dir?«, fragte ich und ließ sie dabei nicht aus den Augen. Irgendetwas in ihrem Tonfall irritierte mich.

»Wer weiß, wahrscheinlich von uns beiden«, antwortete sie, mied aber meinen Blick. Ob etwas zwischen ihr und Papa vorgefallen war, dass ich nicht mitbekommen hatte? Unruhe machte sich in mir breit. Eine Antwort würde ich allerdings frühestens darauf erhalten, wenn wir heute Abend alle zusammen saßen.

Mama parkte und beugte sich zu mir rüber. Kurz ließ sie ihre Finger über meine Wange gleiten und schenkte mir ein warmes Lächeln.

»Was auch immer dich nach Hause geführt hat, ich freue mich, dich wieder in meiner Nähe zu haben. Auch wenn mir mein Gefühl sagt, dass es nur von kurzer Dauer sein wird.«

Erst jetzt sah ich, dass die Anzahl der Fältchen um ihre Augen herum zugenommen hatten. Dunkle Schatten lagen unter ihren sonst so strahlend blauen Augen.

»Ich freue mich auch, Mama.«

»Jetzt aber raus mit dir. Ich muss weiter.« Mit ihrer Hand vollführte sie eine Geste, die mir zeigte, dass ich aussteigen sollte. Schnell löste ich den Gurt und kam der Bitte nach. Mit ein paar Schritten war ich beim Kofferraum und holte mein Gepäck heraus. Grummelnd wuchtete ich den Trekkingrucksack hoch. Seine Gurte kratzten über meine Haut, als ich ihn schulterte und Mama ein letztes Mal nachwinkte. Dann zerrte ich meinen Haustürschlüssel aus dem kleinen Rucksack, packte auch diesen und machte mich auf den Weg in unsere Wohnung.

facettenreich

Caro & Alex

ALEXANDRA MAZAR

Alexandra Mazar schreibt Entwicklungsromane, Love & Landscape und Dramen. Eine starke Heldin ist stets Mittelpunkt ihrer Erzählungen und Romane.

Unter ihrem Pseudonym **Alex Miller**
schreibt sie Thriller,
Dark Fantasy und Hard-Boild Romane.
Mehr Informationen zur Person,
Büchern, Lesungen unter
https://alexandra-mazar.com

Folgen Sie mir auf Amazon, um keine Neuerscheinungen zu verpassen.

ALEXANDRA MAZAR
Das Licht
und all die Tage dazwischen

DAS LICHT UND ALL DIE TAGE DAZWISCHEN

DIESER SPANIEN-ROMAN ERSCHEINT IM FRÜHJAHR 2024

Zwei Leben, zwei Geheimnisse ... und eine Liebe, die keine Grenzen kennt.

Das Schicksal führt *Charlotte von Wenger* nach Madrid. Vor langer Zeit war sie schon einmal in dieser großartigen Stadt gewesen. Damals hatte sie von einer Karriere als Malerin und einem Leben mit ihrer großen Liebe Manuel geträumt. Er hatte ihre Leidenschaft für die Werke von Hieronymus Bosch geteilt. Doch plötzlich war er spurlos verschwunden.

Heute, fünfundzwanzig Jahre später, steht Charlotte wieder im Museo del Prado, jenem Ort, an dem ihr Traum damals wie eine Seifenblase zerplatzte. All die Erinnerungen kehren zurück -, die Verzweiflung, tausend offene Fragen und der bittere Schmerz einer unglücklichen Liebe, die sie immer noch in sich trägt. Charlotte muss Manuel finden, um die Vergangenheit aufzuarbeiten, und dabei ein Geheimnis zu lüften, das ebenso mächtig ist wie der Grund, aus dem Manuel damals wortlos verschwand.

Ein bewegender Roman über das Leben, die Liebe, den Tod und Madrid.

Alexandra
Mazar
Der Duft
von
Orangenblüten

DER DUFT VON ORANGENBLÜTEN - ORANGENBLÜTEN-SAGA TEIL 1

LESEPROBE

Ich denke an die Sierra Nevada. An die zerklüfteten Gipfel, die im April vom Schnee bedeckt in ihrer kargen Schönheit verborgen liegen. Wenn die Sonne das weiße Kleid der Berge zum Glitzern bringt, flüstern die Märchen der Vergangenheit in mein Ohr. Unversehrt ist diese Schönheit, kalt und unberührt, so perfekt, dass ich die Augen schließen will, und doch ist es mir nicht möglich, ich kann mich nicht belügen.

Fast hasse ich den Schnee, der die Landschaft in bleichen Frieden taucht, trügerisch in seiner Perfektion. Ich warte auf die wilde Wirklichkeit des Sommers, unverhüllt, bizarre Formen, strahlende Gipfelketten, harter Stein, zerklüftet, unmöglich zu erklimmen und das Schönste, was ich jemals gesehen habe.

Ich habe den Gipfeln der Sierra alles erzählt, die Lügen ließ ich dort, der nächste Winter wird seinen Mantel darüberlegen und sie werden ins Vergessen hinabsinken, wie es das Schicksal aller Lügen sein sollte.

Meine Tränen nahm ich mit, hüte und liebe sie, wie es das Schicksal meiner Tränen sein wird. Denn ich habe sie aus einem Grund geweint, der mein Geheimnis sein soll.

Ich bin erfüllt von dem Geruch der Sierra, ich kann mich an

jeden Augenblick erinnern. Die morgendliche Frische des nassen Grases, noch schwer bedeckt vom Tau, die leichte Süße der Kräuter, die eine sanfte Brise vor sich herträgt. Später am Tag, wenn die Hitze den Tau verschlungen und den Boden getrocknet hat, rieche ich die dunkelrote Erde, gefüllt mit Leben und mit Tod. Dann die Nacht. Die Sierra gibt her, was sie an Düften am Tag gefangen hat, und ich stehe unter einem funkelnden Sternenhimmel, lasse den Duft in mich strömen, bewahre etwas davon bei mir.

Ich denke an die Sierra Nevada, die so viel mehr ist und immer bleiben wird, denn ich bin ein Teil von ihr und sie bleibt ein Teil von mir.

Vergangenheit, Gegenwart und Zukunft.

DAVOR

Die meisten Menschen sterben zwischen drei und fünf Uhr morgens. Während dieser Zeit befindet sich der Körper in einer Regenerationsphase, der Herzschlag verlangsamt sich, die Funktionen der Organe sind reduziert. Der unsichtbare Schutzschild ist gesenkt, unser Organismus verweilt im Überlebensmodus, arbeitet auf Sparflamme, ist angreifbarer und verletzlicher. Ich arbeite seit fünfzehn Jahren als Krankenschwester, davon drei Jahre im Nachtdienst, hier im Hospital *Zum Heiligen Geist* in Frankfurt, und ich habe oft erlebt, dass sich der Tod vor allem in dieser Zeit genommen hat, was wehrlos war. Während dieser zwei Stunden, zwischen drei und fünf Uhr morgens, bin ich unruhiger, patrouilliere in kürzeren Abständen durch die Gänge und suche in den halbdunklen Nischen des alten Gebäudes nach einem verborgenen Schatten, den ich zu vertreiben bereit bin. Selbstverständlich weiß ich es besser, doch nachts verschwimmt die Realität und vermischt sich mit der Stille und meinen Erinnerungen zu einer anderen Wahrheit.

Jetzt ist es fünf Uhr, der letzte Kontrollgang. In einer Stunde werde ich von meinen Kollegen der Tagschicht abgelöst. Zu Hause erwartet mich ein Frühstück mit meinem Mann und danach ein weiches Bett, welches derselbe vielleicht für eine Stunde mit mir teilen wird. Aber noch bin ich hier. Eine Patientin liegt mir besonders am Herzen. Emilia Rose, die alte Dame mit einem Namen, der mich an den flüchtig süßen Duft dunkelroter Rosen erinnert. Sie wurde bewusstlos zu Hause aufgefunden. Einer Nachbarin war aufgefallen, dass die Jalousien in Frau Roses Wohnung seit Tagen geschlossen waren, deshalb hatte sie die Polizei alarmiert. Vor zwei Tagen wurde Emilia Rose bei uns eingeliefert, dehydriert, abgemagert, mit schwachem Herzen und kaum noch Leben in ihr. »Schätzchen«, hatte sie in der ersten Nacht unserer Bekanntschaft in mein Ohr geflüstert und meine Hand dabei erstaunlich stark gedrückt. »Schätzchen, mir geht es gut. Es ist alles so, wie es sein soll.« Sie lächelte mich an. »Wie schön Sie sind.« Ihre Finger strichen über meine langen roten Haare und tätschelten mein Gesicht. Normalerweise mag ich es nicht, angefasst zu werden, doch einem Impuls folgend, schmiegte ich meine Wange in die Mulde ihrer Hand. Mir war, als würde ich sie kennen, sie und ihr Schicksal.

»Frau Rose, es geht Ihnen wieder besser nach ihrem Schwächeanfall, doch Sie müssen auf sich aufpassen.« Ich setzte mich an ihr Bett und nahm ihre schmale Hand in meine, die Haut war dünn wie Pergament, ihre Finger verkrümmt wie die Krallen eines Vogels. Frau Rose rührte mich, scheinbar zart und zerbrechlich, doch ihre Augen erzählten eine andere Geschichte.

»Leben Sie allein? Gibt es jemanden, der sich um Sie kümmert?« Ich fuhr mit den Fingerspitzen vorsichtig über ihre Hand und fühlte den Puls unter der Pergamentpapierhaut flattern wie ein Schmetterling. »Mein Mann hat sich um mich gekümmert und ich mich um ihn. Mein Alexander ist vor sechs

Monaten gestorben.« Ihr Blick verlor sich in der Ferne. »Es waren siebzig Jahre, Schätzchen. Ich dachte, dass ich vor ihm gehen werde. Verstehen Sie?«

Sprachlos nickte ich. Eine unfassbar lange Zeit. Siebzig Jahre! Ein ganzes Leben. »Bitte geben Sie nicht auf!« Traurig legte ich Frau Rose die Sauerstoffmaske an, sie ließ es geschehen. Die Enttäuschung in ihrem Blick schmerzte mich, ich hatte das Gefühl, etwas Falsches zu tun. Paul und ich waren seit fünf Jahren verheiratet und schon die Ausnahme in unserem Freundeskreis. Siebzig Jahre, mein Gott! Wie funktioniert das nur? Ich sah auf meine Hand mit dem Ehering, ein schlichter, schmuckloser Reif aus geklopftem Silber. Nachdenklich saß ich am Bett der alten Dame, lauschte ihrem Atem, der tiefer wurde, kontrollierte zum x-ten Mal die Infusion, Tropfen für Tropfen nahm Frau Roses zierlicher Körper die Flüssigkeit auf. Als ich sicher war, dass sie ruhig schlief, verließ ich das Zimmer und begann mit meiner Arbeit. Frau Roses Geschichte begleitete mich den Rest der Nacht und die folgenden Dienste.

Auch heute saß ich an ihrem Bett und lauschte ihrer Geschichte. Sie erzählte von Alexander, ihrem Ehemann. Er war Handwerker gewesen mit einer künstlerischen Ader. »Gedichte, Kindchen, Gedichte. Das waren meine Diamanten und Reisen in unsere gemeinsame Seele. Alexanders Gedichte. Er war so begabt und er hat mich so geliebt.«

Schon die Erwähnung seines Namens riss Frau Rose aus ihrer Lethargie und hauchte ihrem Körper Energie ein. Die beiden mussten sich sehr geliebt haben. Tränen stiegen in mir auf, ich hätte gern mehr über das Leben und die Liebe der alten Dame erfahren, doch ihre Zeit lief ab. Trotz der Infusionen und den Medikamenten verschlechterte sich ihr Zustand, sie schien weniger zu werden, ihr Leuchten verglühte wie eine Sternschnuppe in der Nacht. Seit vielen Jahren war es das erste Mal, dass ich das Schicksal eines Patienten so nah an mich heranließ.

Ende der Leseprobe …

Der Geschmack von dunklen Orangen

Der zweite Teil der Orangenblüten-Saga erzählt Katharinas Geschichte weiter.

Klappentext:

Wenn die Sehnsucht dich nicht loslässt, bist du zu einem Teil von ihr geworden.

Katharina kann die Zeit in Andalusien und ihre Gefühle für Fernando nicht vergessen. Acht Monate, nachdem sie Spanien verlassen hat, um mit ihrem Mann Paul in Deutschland zu leben, kämpft sie mit ihren Zweifeln.

Für die Hochzeit von Alba und Mateo fliegt sie nach Burgos, die Stadt, wo die Reise zu ihren Wurzeln und der rätselhaften Finca La Esperanza in Andalusien vor fast einem Jahr begann.
Dort angekommen, verfällt sie erneut dem geheimnisvollen Zauber des Landes und fragt sich, wohin sie gehört.

Als Fernando unvermittelt vor ihr steht und Katharina auf La Esperanza gebraucht wird, muss sie eine schicksalhafte Entscheidung fällen. Denn es geht nicht nur um die Orangenplantage in Andalusien und die Menschen, die Katharina ans Herz gewachsen sind, sondern auch um ihre Zukunft.

Printed in Poland
by Amazon Fulfillment
Poland Sp. z o.o., Wrocław

21998016R00199